SV

Maddalena Vaglio Tanet

In den Wald

Roman

Aus dem Italienischen
von Annette Kopetzki

Suhrkamp

Die Originalausgabe erschien 2022 unter dem Titel
Tornare dal bosco bei Marsilio Editori S.p.A., Venezia.

Die Übersetzung dieses Buches ist dank einer Förderung
des italienischen Ministeriums für Auswärtige Angelegenheiten
und Internationale Kooperation entstanden.
Questo libro è stato tradotto grazie a un contributo assegnato dal
Ministero degli Affari Esteri e della Cooperazione Internazionale
Italiano.

Erste Auflage 2024
Deutsche Erstausgabe

Umschlagfoto: Bernd Webler/plainpicture
Satz: Eberl & Koesel Studio, Kempten
Druck und Bindung: CPI books GmbH, Leck
Printed in Germany
ISBN 978-3-518-43198-6

www.suhrkamp.de

In den Wald

Dem Andenken an Ada Maurizio,
meiner Großmutter
Maria Vadori, meiner Urgroßmutter
und Lidia Julio, Lehrerin.

Für Paola Savio, meine Mutter

Steine, im Wald ausgelegt; sie haben kleine
Freunde, Ameisen und andere Tiere
die ich nicht erkennen kann. Nicht der Wind
fegt den Stein hinweg, diese Gräben, diese
Reste der Finsternis, dieses Leben
aus schweren Träumen.

Reste der Finsternis: Ich habe ein Herz, das aufflammt
und dann zerfällt, um sich arglos zu erinnern
dass es nicht stirbt.
Ich habe ein Herz wie dieser Wald: ganz
sarkastisch, manchmal, seine schmutzigen Zweige
sinken nieder auf den Kopf, um dir eine Last zu sein.

AMELIA ROSSELLI,
Documento

Wie Augen diese erloschenen Fensterlöcher
rechts hat der Efeu alles abgeschürft und scheint
schön würde man sagen ein Sieg diese grüne Opulenz
während in der Höhe ein Vogel krächzt man sieht ihn fliegen
im Kreis wie einer der mit Geistern spricht
welch seltsame Mechanismen der Kopf, die Toten belästigen wir
mit Gedanken, krächzt, krächzt, es ist nur eine Krähe.

AZZURRA D'AGOSTINO,
Canti di un luogo abbandonato

I

Statt in die Schule ging die Lehrerin in den Wald.

In einer Hand hielt sie die Zeitung, die sie gerade gekauft hatte, in der anderen die lederne Aktentasche mit den Heften, den korrigierten Aufgaben, den Kugelschreibern und sorgfältig angespitzten Bleistiften. Ohne zu zögern, verließ sie die Straße, als wäre der Wald von Anfang an ihr Ziel gewesen. Ihre flachen Schuhe traten auf einen Teppich aus braunen, glänzenden Blättern, die ihr wie ein Feld aus rohen Innereien erschienen.

Die Zeitung und die Tasche verlor sie bald. Irgendwann hatte sich ihr Griff gelockert, es war ihr nicht bewusst geworden. Eine Weile folgte sie dem Pfad, vielleicht aus einer physischen Gewohnheit, dann ließ sie ihn hinter sich und begann, Hänge hinauf und hinabzugehen. Ihr war, als käme sie sehr schnell voran und als verflüssigte sich die Landschaft um sie herum. Kastanien, Nussbäume und Birken waren Flecken und Rinnsale aus Farbe, der Himmel strömte über die Umrisse der Hügel, der Boden schwankte unter ihren Füßen wie eine schwimmende Anlegebrücke.

Auf der Hochebene wurde der Aufprall ihrer Schritte zu einer Trommel, die sie hetzte. Sie spürte die Stöße, doch als wären sie unterirdisch; unter dem Erdreich klopfte jemand, um sie zum Weitergehen zu zwingen, um sie zu verscheuchen.

Nach vielen Stunden war sie so erschöpft, dass sie langsamer gehen musste. Sie stolperte, Spucke verklebte ihr die Lippen, sie schluckte fortwährend, um etwas herunterzuwürgen, einen Bissen, der ihr in der Kehle stecken geblieben war, es war ihr vom Laufen entkräftetes Herz. Ihr Rock und ihre Strümpfe, in die dornige Brombeersträucher Löcher gerissen hatten, waren voller Schlammspuren.

Das Tageslicht schwand, färbte sich jetzt dunkelblau. Über den Wipfeln tauchte ein Halbmond auf. Die Lehrerin spürte die kalte Abendluft auf ihrer Haut, und der Hauch Klarheit, den sie durch diese vertraute Empfindung zurückgewann, ermöglichte ihr, wirklich zu leiden.

Sie hatte einen Hügel bestiegen, der Rovella hieß, und von dort oben konnte sie das Dorf Bioglio sehen, wo sie geboren worden war: das Dach der Kirche und den Glockenturm, die Lichter, die in der Dämmerung eines nach dem anderen aufleuchteten. Sie sah die Schimmer, konnte sie aber nicht deuten, sie erschienen ihr wie die Überreste einer vergessenen Zivilisation. Sie war unabsichtlich hier hergekommen, vorwärts gestoßen wie eine Gefangene mit verbundenen Augen. Krämpfe drehten ihr den Magen um, der Rand ihrer Schuhe hatte die Haut an ihren Fersen aufgeschürft, und auch ihr Gesicht schmerzte, denn sie hatte Kiefer und Zähne die ganze Zeit fest zusammengepresst. In die Ortschaft hinuntergehen konnte sie nicht, auch nicht umkehren, die undeutliche Erinnerung an das Haus und die Menschen, die sie kannte, erschreckte sie.

Den Wald aber fürchtete sie nicht, sie war in einer Welt aufgewachsen, in der man ihn nutzte, wie man Weiden und Felder nutzte. Schon als kleines Mädchen war sie zusammen mit ihrem Cousin in den Wald gegangen, um Pilze zu suchen, auch nachts. Die beiden verließen allein das Haus, wenn es noch stockfinster war, und gingen das kürzeste, steilste Sträßchen hinter einer am Hügel klebenden Häusergruppe hinauf. Sie hatten eine Lampe und zwei Stöcke dabei, um die Sträucher beiseitezubiegen und in den Blätterhaufen zu stochern, außerdem einen Weidenkorb mit Henkel für die Beute. Der Schimmelgeruch war stark, sie wussten, dass sie den Schlangenlinien der Fäulnis zwischen den Grasbüscheln folgen mussten, um den Pilz zu finden. Riesige Steinpilze ließen sie vor Freude laut fluchen. Ansonsten verständigten sie sich durch Handzeichen und Püffe mit dem Ellenbogen und fassten sich nur in Ausnahmesituationen an den Händen (ein Dachs, der ihnen zu nahe kam, eine schlimme Rutschpartie auf dem Hintern, ein verstauchter Knöchel). Sie kannten jede Windung des Pfades, die aus der Erde ragenden Wurzeln, die Bodensenkungen, die Wege der Rehe und die Lichtungen, wo sie sich zum Schlafen niederließen, die verlassenen Fuchsbauten und die von Siebenschläfern angenagten Baumstämme. Der Sonnenaufgang kam mit einem schüchternen, aschgrauen Lichtschimmer, der die Baumwipfel noch schwärzer erscheinen ließ. Auch Kastanien gingen sie im Wald sammeln, die stachelige Hülle zertraten sie unter der Sohle ihrer Wanderschuhe.

Jetzt war Oktober, Pilze und Kastanien versteckten sich auf dem Boden, aber es war das Jahr 1970, und sie war zweiundvierzig.

Die Lehrerin drehte dem Dorf den Rücken zu. Sie zitterte von Kopf bis Fuß, das Flügelschwirren zwischen den Zweigen spürte sie in der Brust wie Herzflattern.

Plötzlich fiel ihr die verlassene Hütte ein, ein alter Unterschlupf für die Tiere, ein Abstellraum für Werkzeuge, mit marodem Dach. Um sie zu erreichen, musste sie sich bis auf den Gipfel des Hügels schleppen, wo der Wald die Pfade verschluckt hatte und Dornbüsche und Akazien die anderen Bäume erstickten. Beim Hinaufklettern stützte sie die Knie auf die Steine und zog sich an Heidekrautbüscheln hoch.

Vor einigen Jahren war die Abdeckung der Hütte mit Eternitplatten geflickt worden, doch dann hatte niemand die Zeit und die Kraft gehabt, die Vegetation im Zaum zu halten. Es fehlte eine Leiter, um zum hölzernen Hängeboden hinaufzusteigen, und die Äste einer Akazie hatten das kleine Fenster durchbohrt. Auf dem Boden lag noch Heu, das nicht ganz verfault war, und in einer Ecke lehnten alte Hippen, Rechen und Sicheln.

Die Lehrerin ging schwankend, sie war benommen, und in den Augen geschahen ihr Dinge, die nichts mit diesem Ort zu tun hatten. Kaum war sie über die Schwelle getreten, ließ sie sich auf den Boden fallen und rührte sich nicht mehr.

2

Am Morgen war ihr das Aufstehen schwergefallen, wie gewöhnlich. Den Wecker platzierte sie auf einen Teller, in den sie Münzen legte, damit sein unerträgliches Läuten und Vibrieren sie aufspringen ließen. Mit einem blindlings ausgeführten Schlag stellte sie ihn ab, dabei fiel er oft auf den gefliesten Fußboden und war so zu einem buckligen Metallklumpen geworden.

Die Lehrerin stand auf und stellte die Herdplatte unter der schon vorbereiteten Espressokanne an. Erst nach dem Kaffee fange ich an zu denken, sagte sie. Sie ließ die leere Tasse auf dem Tisch stehen, zwischen den runden Spuren anderer Tassen, anderer in den vergangenen Morgen getrunkener Kaffees.

Im Bad zog sie ihr Nachthemd aus und wusch Arme und Oberkörper. Sie versuchte, kein Stück Haut auszulassen, denn sie wusste, dass sie achtlos war. Schon mehrmals hatte die Frau ihres Cousins sie ermahnt: »Silvia, morgen solltest du einen anderen Pullover für die Schule anziehen, man schwitzt leicht, wenn die Heizungen angestellt sind.« Offenbar hatte sie nach Schweiß gerochen. Sie selbst merkte es nicht, aber sie wollte keinen Anstoß erregen, vor allem nicht bei den Kindern. Vor den Kindern musste man immer ordentlich und sauber auftreten, denn sie wurden gezwungen, wie aus dem Ei gepellt zu erscheinen, und wenn man sie mit schmutzigem Hals und schwarzen Fingernägeln erwischte, wurden sie ausgeschimpft. Darum hatte sie die Gewohnheit angenommen, sich mit zu viel Seife zu waschen, jede Woche verbrauchte sie ein ganzes Stück, und ihre Achseln, die Unterhose und das Innere ihrer Schuhe bestäubte sie mit Talkumpuder. Trotzdem blieb sie eine vom Land, eine, die nach Heurechen und Vieh roch, und sie wusste, dass sie eines Tages zurückkehren würde, ins Dorf, nach der Pensionierung, und eine Handvoll Salz auf die roten Schnecken werfen würde, damit sie sich auflösten, bevor sie sich über den Salat hermachen konnten. Sie würde den Hühnerkot wegfegen, die Kaninchenkäfige reparieren und sich bemühen, nicht zu vergessen, dass man sich vor dem Essen die Hände wäscht.

Draußen war der Himmel wolkenlos, im Licht zeichneten sich die Flanke des Hügels, die Bäume und Häuser scharf ab. Mindestens zwei Menschen sahen sie die Straße entlanggehen, die sich um den Hang schlängelte: Signora Berti von einem Fenster ihres zwischen zwei Mispelbäumen liegenden Hauses aus und Giulio Motta, der auf seinem kleinen Balkon Kaffee trank, im Schoß die Katze.

Alle im Viertel kannten die Lehrerin. Als junges Mädchen war sie zum Studieren nach Biella gegangen, und von dort hatte sie sich nicht mehr wegbewegt, abgesehen von ein paar Ausflügen mit dem Bus ins Aosta-Tal, in die Schweiz und nach Ligurien, um die Füße ins Wasser zu tauchen. Ihren einzigen Flug hatte sie genommen, um Verwandte in Melbourne in Australien zu besuchen, doch von dieser Reise erzählte sie fast nichts, sagte nur: »Es war schön« oder »Die Kängurus überfahren sie manchmal mit dem Auto, und dann machen sie daraus ihr Barbecue«, und wenn man sie bedrängte – »Was sagst du da, Silvia, was soll das heißen, sie überfahren sie?« und »Die Ärmsten!«, »Geht das Auto dabei nicht kaputt?« –, zuckte sie nur mit den Schultern. Sie zuckte oft mit den Schultern, sie verlor sich oft in ihren Gedanken, und sie ging mit gesenktem Kopf, die Unterlippe vorgeschoben, das Kinn in Falten gelegt. Sie sah auf ihre Füße oder auf die Straße vor ihr, und die eng beieinanderstehenden blauen Augen blieben unter den Lidern verborgen.

Sie wohnte am Stadtrand, wo sich mehrstöckige Mietshäuser mit Fahrstuhl und kleine, von Gärten umgebene Gebäude, Brachflächen, Gemüsegärten und Hühnerställe abwechselten. Die Hecken mit Vogelbeerbäumen ließen ihre orangefarbenen Trauben bis über den Bürgersteig hängen, und zu dieser frühen Morgenstunde brannten in den Höfen schon aufgestapeltes Reisig, abgemähtes Gras und beschnittene Zweige. Der Rauch dieser Feuer erfasste sie von der Seite, in Böen, während aus den Abwassergräben ein Gestank nach durchweichten Blättern aufstieg. Sie atmete tief ein und dachte, dass manche stechenden Gerüche eigentlich angenehm waren. Zum Beispiel mochte sie das Aroma von Kellern und von Salamihaut. Den Geruch überkochender Milch dagegen hasste sie, doch das lag an den Jahren im Internat, wo man ihr angesäuerte Milch zum Frühstück, Mittagessen und Abendessen verabreicht hatte.

Im Kiosk am Fuße des Abhangs kaufte sie eilig die Zeitung, denn sie wollte früh genug im Klassenzimmer ankommen, um die Aufgabe abzuschreiben, die sie ihren Schülern geben würde. Für jedes Kind fertigte sie ein Exemplar in ihrer klaren, regelmäßigen Handschrift.

Signor Minero vom Zeitungsstand wagte nicht, etwas zu sagen, und hielt sie nicht auf. Er wusste ohnehin nicht, ob das Mädchen eine ihrer Schülerinnen war. Vielleicht kannte Silvia sie kaum. Vor allem war er in Verlegenheit, er wollte nicht der Erste sein, der mit ihr darüber sprach. Denn er wäre sicher der Erste – fast niemand wusste, was geschehen war, es war noch früh am Morgen, und auch sie schien völlig ahnungslos zu sein. Wenn sie nun in Tränen ausbrechen würde? Wenn sie der Länge nach umfallen würde?

Während er noch im Geist einen Satz ausprobierte (Silvia, haben Sie gesehen? Silvia, wissen Sie schon? Warten Sie doch, Silvia), sich räusperte und den Mund öffnete, war sie schon hinausgegangen. Sie hatte das passende Kleingeld auf das Plastiktablett gelegt und war im Nu wieder aus der Tür.

»Hat sie nicht einmal die Überschrift gelesen?«, fragte man ihn später.

»Nein, sie hat die Zeitung zusammengefaltet, in ihre Tasche gesteckt und ist wieder gegangen.«

Vielleicht wäre es ja tatsächlich entscheidend für sie gewesen, wenn sie in Gegenwart eines anderen Menschen erfahren hätte, was dem Mädchen zugestoßen war. Vielleicht wäre sie zusammengebrochen und nicht einfach hinausgegangen, als wenn nichts wäre. Minero hätte sie nach Hause gebracht oder ihre Verwandten angerufen: »Es ist etwas passiert, bitte kommt die Silvia abholen.« Vielleicht hätte sie aber auch nur gezittert, hätte eine Weile gewartet, sich dann wieder gefasst, sich an ihrer Tasche festgehalten und gesagt: »Es geht mir gut, ich gehe trotzdem in die Schule.« Und wäre stattdessen in den Wald gegangen.

»Ich hätte sie aufhalten sollen«, sagte Minero in den folgenden Tagen immer wieder.

»Minero, dieser Trottel, warum hat er sie bloß nicht aufgehalten!«, donnerte Silvias Cousin, der nächste Verwandte, den sie hatte. Er war über einen Meter neunzig groß, seine Stimme ließ die Gläser erzittern.

»Schrei nicht, Anselmo.« Seine Frau versuchte ihn zu beruhigen, sie ertrug den Lärm ihres Mannes nicht, die theatralische Art, sich abzureagieren.

»Das ist ein Idiot! Ich hab's ja immer gesagt!«, machte er weiter, aus vollem Halse brüllend, und hieb mit den Händen, breit wie Schaufeln, auf den Tisch.

»Schluss jetzt, dich trifft noch der Schlag.«

»Idiot!«

»Meine Güte! Was kümmert dich Minero? Wir müssen an Silvia denken. Wohin sie gegangen sein mag. Wo sie ausgerutscht, gefallen sein könnte.«

»Halt den Mund, du verstehst gar nichts«, schrie Anselmo und ballte die Fäuste, um die Angst aus sich herauszupressen.

3

Die Schule war ein zweistöckiges Gebäude in der Farbe von Milchkaffee, umgeben von einem engmaschigen Zaun, Hortensienbüschen und Lorbeerkirschen. Im Schulhof wechselten sich Kies und Zement mit grasbewachsenen Flächen ab, auf denen niedrige Bäumchen wuchsen. Sie wurden von den kleineren Kindern malträtiert, die darauf herumkletterten und die Blätter abrissen, um im Spiel damit Suppen zuzubereiten. Die Schule lag eine Viertelstunde Fußweg vom Kiosk entfernt.

»Irgendwann muss sie die Zeitung aufgeschlagen haben«, überlegten sie dann.

Tatsächlich holte die Lehrerin, ohne stehen zu bleiben, die Zeitung aus ihrer Tasche. Bevor sie die Schule betrat, überflog sie gern wenigstens die Schlagzeilen, um sich fester in der Welt verankert zu fühlen. »Du bist in Gedanken immer woanders, du bist verträumt, Silvia.« Seit jeher wurde ihr das gesagt. Mit heftigen Bewegungen blätterte sie die Zeitungsseiten auf, dann, am Straßenrand, las sie die Nachricht. Schlagartig blieb sie stehen. Äußerlich wirkte sie ungerührt, doch von Nahem gesehen wäre ihre Erstarrung unnatürlich erschienen. Innerlich war sie eine Lawine. Sehr bald konnte sie die Buchstaben nicht mehr unterscheiden, und doch pulsierten, mitten zwischen dem schwarzen Splitt der Lettern, einige wenige isolierte Wörter vor ihren Augen: »Sturz«, »Körper«, »Tragödie«.

Nach etwa einer Minute schlug sie die nächste Seite auf, wo der Artikel fortgesetzt wurde und ein Foto den großen Häuserblock mit dem Cervo zeigte, dem Wildbach, der am Fuß des Gebäudes vorbeiströmte.

Sie merkte, dass sie weitergegangen war, wunderbarerweise trugen sie die Beine wie von selbst. Sie ging schnell voran, wie jemand, der zu spät zu einer Verabredung kommt, und nur gelegentlich schwankte sie oder ihr Fußgelenk gab nach, aber sie hätte nicht sagen können, ob sie hinkte oder die Schulter schmerzte, mit der sie eine Hausmauer gestreift hatte (der Staub vom Verputz hatte eine helle Spur auf ihrem Mantel hinterlassen, vielleicht war es aber auch Tafelkreide vom Vortag). Sie ging am Krankenhaus vorbei und ließ sich die abschüssige Straße hinunterführen. Der Bürgersteig an der Zementmauer war eng, über die Pflastersteine holpernd, überholten sie ratternd die Autos.

An der letzten Spitzkehre tauchten der Wildbach Cervo und die Brücke auf, und sie spürte, dass ihre Beine sie mit aller Gewalt ins Wasser werfen wollten. Sie hatte nichts dagegen, es war ihr gleichgültig, im Gegenteil, es erschien ihr sinnvoll, sogar logisch. Über die Brüstung zu steigen, wäre einfach, niemand achtete auf sie, niemand hätte sie rechtzeitig daran hindern können. Zu ihrer Überraschung aber ging sie so schnell über die Brücke bis ans andere Ufer, als würde sie Fahrrad fahren, dabei spürte sie einen Krampf im Bauch, weil sie sich nicht weit von dem in der Zeitung abgebildeten Haus befand, und einen Augenblick lang ging ihr das Märchen vom Rattenfänger durch den Kopf, der die Ratten und dann auch die Kinder im Fluss ertränkt, um sich zu rächen. Sie war die Ratte, aber die

Reihenfolge war falsch: Die Ratte kommt vor dem Kind, nicht danach.

Nun hatte sie die Gelegenheit verpasst und musste weitergehen; sie überlegte, dass sie wahrscheinlich gehen würde, bis sie zusammenbrach, und auch das war ihr recht, es hätte nur sehr viel länger gedauert.

Alles verschwamm vor ihren Augen, sie erkannte die Formen nicht mehr. Ihr war, als käme der Wald auf sie zu und umhüllte sie mit einer Mischung aus Baumstämmen, Dornen und Laub.

4

Sie kam nie zu spät, und ihre Abwesenheit versetzte alle in Aufregung. Inzwischen war die Nachricht auch in die Schule gelangt. Der Kommissar hatte um ein Gespräch mit dem Direktor und den Lehrern gleich nach dem Unterricht gebeten. Ein paar Reporter hatten das Schulgebäude gerade in dem Moment fotografiert, als die Kinder durch das Tor hineinströmten. Ein Schüler aus der Zweiten hatte gerufen: »Hallo, Onkel!«

Es war eine kleine Stadt.

Jetzt blieb in der Klasse eine Bank leer, und Silvia war nicht zu sehen. Man vermutete, dass sie es erfahren hatte – jemand musste sie angerufen haben, vielleicht ein Reporter oder ein Verwandter, der früh aufstand – und sich nicht imstande gefühlt hatte, aus dem Haus zu gehen. Eine andere Lehrerin, eine ihrer besten Freundinnen, Schwester Annangela, rief erst in ihrer Wohnung an, dann, weil niemand abnahm, bei ihrem Cousin Anselmo, der nur zwei Häuser weiter wohnte. Seine Schwiegermutter war am Telefon.

»Guten Tag, Gemma, hier ist Schwester Annangela.«

»Wie geht es Ihnen? Alles in Ordnung?«

»Nun ja, Gemma, wie man's nimmt. Ich suche Silvia, ist sie bei euch? Ich verstehe, dass sie heute nicht kommen wollte …«

»Sie ist nicht bei uns.«

»Oh«, sagte Schwester Annangela. Dann wiederholte sie: »Sie ist nicht bei euch.« Vor ihr stand der Direktor, der wie aufgezogen fortwährend den Kopf schüttelte, und die Lehrerin Fogli schniefte.

»Was ist denn passiert, Schwester Annangela?«

»Vielleicht ist sie ja zuhause, geht aber nicht ans Telefon. Würden Sie bitte mal nachsehen?«

»Natürlich. Ich habe einen Schlüssel. Aber Sie machen mir Angst.«

»Es ist wegen einer Schülerin, Gemma, ein Mädchen aus der Fünften. Silvias Klasse.« Obwohl sie versuchte, sich zusammenzunehmen, brach Schwester Annangela die Stimme. »Sie lebt nicht mehr, sie ist gestern Abend von uns gegangen.«

»Heilige Madonna. Oh Gott.« Gemma nahm den Hörer vom Ohr und betrachtete ihn, als wäre er schuldig. Dann hob sie ihn wieder ans Ohr. »Wie kann sie das erfahren haben?«

»Vielleicht hat jemand sie heute Morgen sehr früh angerufen, oder sie hat die Zeitung gekauft, die Nachricht gelesen und ist nach Hause zurück.«

»Ein Unfall?«, fragte Gemma.

»Im Cervo, im Wildbach. Wir wissen es nicht genau.«

»Armes Wesen, Gott hab sie selig«, sagte Gemma. Sie war sehr fromm, und wenn sie sich an Gott wandte, fiel sie wieder in ihr Friaulisch zurück.

»Ich weiß, es ist schrecklich. Ein kleines Mädchen. Elf Jahre. Wir sind alle tief betroffen. Sicher ist auch die Silvia erschüttert, wenn sie es erfahren hat. Das Mädchen war ihre Schülerin. Sie hat sich sehr um sie gekümmert. Gehen Sie nachschauen, Gemma.«

»Ich rufe Sie wieder an, Schwester Annangela.«

Gemma legte den Hörer auf und verließ das Haus. Sie trug noch ihre Schürze und war mit den Fersen nicht in die Schuhe geschlüpft.

»Sie werden zurückrufen«, sagte Annangela zum Direktor. »Ich sehe mal nach der Klasse.«

Ihr Herz war schwer, wegen des Mädchens und jetzt auch wegen Silvia. Sie kannte Silvia, sie wusste, dass sie den Schmerz nicht ertragen würde. Sie konnte hart und undurchsichtig erscheinen wie eine Eisscholle, über die man spazieren kann, ohne zu befürchten, sie könnte brechen, doch in Wirklichkeit war das Eis dünn, eine Membran, die sich noch kaum verfestigt hatte.

Sie betrat den Klassenraum der Fünften, die von einem finster dreinblickenden Hausmeister bewacht wurde. Die Schüler wussten noch nichts.

Schwester Annangela war sehr klein und beleibt, ihre Füße waren so winzig, dass sie kreisrund wirkten, und ihre in die dicken braunen Strümpfe der Schwestertracht gezwängten Waden sahen aus wie Würste.

»Habt Geduld, Kinder, eure Lehrerin Signora Canepa ist vielleicht krank, wir versuchen das gerade herauszufinden.« Sie zeigte auf ein Mädchen in der ersten Reihe. »Entschuldige bitte, ich weiß deinen Nachnamen nicht.«

»Cairoli.«

»Nun, Cairoli, bitte gib mir dein Schulbuch.«

Sie setzte ihre Brille auf, überflog mit ihrem dicken Finger das Inhaltsverzeichnis und gab ihnen ein Stück zum Lesen auf: *Der kleine Elefant vom Fluss Limpopo*.

»Lest euch den Text still durch und unterstreicht die Nomen rot, die Verben blau und die Adjektive gelb.«

Sie wechselte einen aufmunternden Blick mit dem Hausmeister und ging hinüber in ihre Klasse, eine Zweite, wo die Kinder sich an den Minuten unverhoffter Freiheit erfreuten. Auch dort wachte ein Hausmeister über das laute Geschnatter. Ein Schüler stand vor der blankgewischten Tafel, er machte ein Gesicht, als hätte man ihm eine stachelige Kastanienschale in die Unterhose gesteckt.

»Was machst du da, Martinelli?«

»Ich habe ihn an die Tafel geschickt, Schwester Annangela. Er hat über Ihre Abwesenheit etwas Schmutziges gesagt.«

Schwester Annangela spürte, dass sie lächeln musste, und kniff die Lippen zusammen, um das Lächeln ein wenig zurückzudrängen.

»Verflixt, etwas Schmutziges. Was muss ich da hören.«

Sie wollte den Hausmeister nicht demütigen, indem sie seine Strafe zurücknahm, aber sie wollte den Jungen auch nicht dort stehen lassen. Nicht an diesem Tag.

»Es war nicht gar so schmutzig, Schwester Annangela«, versuchte Martinelli einzuwenden.

»Er hat gesagt …« Der Hausmeister suchte nach einer passenden Umschreibung. »Er hat gesagt, Sie seien auf der Toilette, Schwester Annangela.«

»Interessant.«

»Um Ihre Notdurft zu verrichten.«

»Ich verstehe, danke.«

»Bitte entschuldigen Sie!«, platzte der Junge heraus, den Tränen nahe.

Sie nehmen alles so entsetzlich ernst, dachte Schwester Annangela, von jäher Bitterkeit gepackt. Marina Poggio kratzte sich mit dem Radiergummiende ihres Bleistifts im

Ohr. Ludovico Bindi hielt den Apfel, den er in der Pause essen würde, auf den Knien. Schwester Annangela spürte das Salz der Tränen auch in ihrer Kehle.

»Du bist entschuldigt, Martinelli, geh an deinen Platz zurück. Und zu deiner Information: Ich war nicht auf der Toilette.«

Sie setzte sich, und einen Augenblick lang hatte sie Angst, dass sie diesen Morgen und die kommenden Tage nicht durchstehen würde. Die Beerdigung. Sie senkte den Kopf. Die Kinder beobachteten sie. »Verflixt«, sagte sie wieder, und die Kinder machten Augen wie eine Schar kleiner Eulen. Sie musste die Schüler in die andere Zweite bringen und in die Klasse des Mädchens zurückkehren, wo sie noch *Der kleine Elefant vom Fluss Limpopo* lasen und nichts wussten, ahnungslos waren.

5

Gemma klingelte und klopfte viele Male vergeblich. Sie legte das Ohr an den Türflügel, da sie aber kein Geräusch hörte, öffnete sie entschlossen die Tür zu Silvias Wohnung.

Sie war mit Notfällen vertraut, sie kannte die Anspannung, die den Körper peitscht wie mit einem Stahlkabel. Gemma kam aus dem Friaul, dort war sie 1903 geboren worden. Wenn jemand vom Zweiten Weltkrieg sprach, sagte sie: »Stell dir vor, ich habe zwei Kriege erlebt.« Es verschaffte ihr Befriedigung, so etwas zu sagen. Es verschaffte ihr Befriedigung, dass sie trotz Caporetto, der Spanischen Grippe, dem Witwenstand, den Bomben, den Razzien der Deutschen am Leben geblieben war, während viele Menschen, die sie kannte, sich eher schuldig fühlten. Angefangen bei ihrer Tochter Luisa. Doch für Gemma war die Vergangenheit vor allem vergangen, sie lag hinter ihr, war vorbei. *Ich werde nicht mehr nachts fliehen müssen, ich werde nicht in letzter Minute über die Brücke laufen, bevor sie gesprengt wird, meine Tochter wird nicht nach Deutschland geschickt werden, um Sklavenarbeit zu verrichten.* Das war für sie Grund genug, dem Leben mit einem gewissen Optimismus zu begegnen.

Trotzdem überfiel Gemma an diesem Morgen, als sie die Wohnung leer vorfand, eine Ahnung von Gefahr, die sie sich nicht erklären konnte. Es war zu früh, um in Panik zu geraten, Silvia musste vor etwa einer Stunde aus dem Haus gegangen sein: der Kaffeesatz in der Tasse war noch nicht getrocknet, das Bett war zerwühlt, die Seife war auf die grünlichen Fliesen im Badezimmer gefallen. Die Lehrerin war keine klassische Hausfrau, also gab es daran nichts Besonderes. Doch sie war nicht da. Gemma rief sofort in der Schule an.

6

Im Traum zerfetzt ihr etwas den Bauch. Sie selbst tut das. Mit einem Messer, wie man eine Mispel schält, das Fruchtfleisch abschabt, bis nur ein spiegelnd blanker Kern übrig bleibt, unnatürlich, er passt nicht zur Frucht. Sie sieht ihn glänzen wie eine kleine schwarze Sonne, ein zurückgewiesenes schwarzes Ei. Ein hohles Osterei.

Die Lehrerin öffnet die Augen. Wenn sie sie wieder schließt, erscheinen sofort die Bilder. Kalbsrippen, ein Maulwurf, ersäuft, weil er mit seinen Stollen den Garten beschädigt, an einer Kellerwand aufgehängte Hippen, eine pulsierende Froschkehle, die man mit einer Nadel stechen oder mit einem Messer durchtrennen kann: Mit dem Messer zieht man eine Linie, als würde man ein Wort unterstreichen oder markieren, um es zu korrigieren. Sie sieht Berge aus beschrifteten Heften, sämtliche Wörter durchgestrichen, eine staubige Aula, doch vielleicht sind die kleinen Partikel in der Luft auch Asche, und sie befindet sich in einem riesigen, erloschenen Kamin, wie jener in der Burg von Verrès, die sie mit ihren Klassen oft besichtigt hat. Doch nein, das kann nicht sein, denn ihre Großmutter schlurft dort durchs Zimmer, Silvia hört das Scharren der Pantoffeln und das Rascheln der Unterröcke. Ein Mann trägt einen Fasan mit baumelndem Kopf und trüben Augen auf der Schulter. Eine übergewichtige Frau geht zum Klosett am Ende des Flurs, blickt sich um, zieht ihren Rock hoch, kommt wegen ihres Leibesumfangs nicht ganz in den Verschlag hinein und muss mit dem halben Körper draußen bleiben, sie zittert, es kostet sie Mühe, nicht umzufallen, sie klammert sich an den Rahmen der weit offen stehenden Tür. Sie weiß nicht, dass die Jungen auf die Laube geklettert sind, um ihre Weintrauben zu stehlen, und sie jetzt von dort oben grinsend beobachten, sie weiß es nicht, aber Silvia hört das unterdrückte Kichern.

Je grausamer die Visionen sind, desto mehr beruhigen sie die Lehrerin, statt sie zu erschrecken. In der Nähe rumoren die Wildschweine. Eine Mönchsgrasmücke pfeift, es muss fast Morgen sein. Sie fasst diesen Gedanken nicht in Worte, die Ohren registrieren das Geräusch, und etwas in ihr antwortet: Mönchsgrasmücke. Es ist eher ein Reflex als eine Information und wird sofort vergessen. Die Sinne gehorchen, das Gehirn versucht zu funktionieren, aber es ist ein schwarzer Teer aus Teilnahmslosigkeit.

Durch die Tür der Hütte sieht Silvia eine Birke mit ihren Blütenständen. Der Anblick trifft sie wie ein Schlag, fast möchte sie sich mit den Armen schützen. Die Kätzchen der Birke sehen aus wie hängende braune Würstchen, bei der leisesten Berührung geben sie ihren Pollenstaub ab. Alles, was hängt, baumelt oder an seinem Halter aufgeknüpft ist, entspricht ihr. Sie selbst fühlt sich so, ein Bündel, das mit einem verdorrten Stiel, vielleicht auch einem Strang, am Leben aufgehängt ist. Über ihrem Kopf zerteilt das windschiefe Dach den Himmel in Abschnitte, die immer heller werden.

Dort draußen steht eine Buche, deren Rinde vom Zunderschwamm besiedelt wurde: Dutzende aschgrauer Hüte ragen wie Sockel aus dem Stamm. Die Rinde bröckelt schon ab, große Placken fehlen. Silvia weiß, dass es für den Baum keine Rettung gibt, früher oder später wird er umstürzen. Sie weiß es, aber nichts fügt sich zu einem folgerichtigen Ganzen zusammen, zu einem Vorher und einem Nachher, außerdem sieht sie ohnehin keinen großen Unterschied zwischen sich und den Pflanzen mit ihren Parasiten, dem Schimmel auf den Dachsparren, den lebenden Tieren und den Kadavern, dem leichten Wind, der durch die Tür und die Risse im Mauerwerk hereinweht. Sie muss Wasser lassen, aber sie sieht nicht ein, warum sie aufstehen und hinausgehen sollte wie die fette, verspottete Frau unter den begeisterten Blicken der Jungen. Sie leert ihre Blase dort, wo sie ist, ohne sich um einen Zentimeter zu bewegen.

7

Giovanna, so hieß das Mädchen. Am Ende des vergangenen Jahres hatte sie angefangen, den Unterricht zu schwänzen. Sie war schon immer schlecht in der Schule, sie lernte langsam.

»Was soll das? Du kannst dir nicht erlauben, zuhause zu bleiben«, hatte Silvia gesagt. Sie behielt sie in der Klasse, machte die Hausaufgaben mit ihr. Setzte sich neben sie, ein bisschen unbeholfen, aber entschlossen, und erst einmal packte sie die Brötchen aus, die sie für sie beide zubereitet hatte. Brötchen waren das Einzige, was Silvia außer Kaffee in der Küche zubereitete, denn abends aß sie immer bei Anselmo und Luisa. Auf diese Brötchen legte sie meistens Käsescheiben, denn sie hatte bemerkt, dass Giovanna gern Käse aß, oder Butter und Marmelade.

»Durchs Üben werden alle besser. Nimm mich. Ich bin nicht besonders intelligent, aber ich habe mich angestrengt.« Das sagte sie ohne falsche Bescheidenheit. Es war die Wahrheit, und man musste sich ihr stellen, Komplimente wurden verbannt. Immerhin fand Silvia sich intelligent genug, um zu erkennen, dass sie keine Geistesgröße war. Ein ganz normaler Kopf, dazu Beharrlichkeit und Fleiß. Im Internat, wo sie während des Krieges zur Schule gegangen war, bekamen andere die guten Noten, die Mädchen, die mühelos lernten, eine intuitive Auffassungs- und Erfindungsgabe hatten. Sie nicht, sie tat, was sie konnte. Sie besaß Pflichtgefühl, Durchhaltevermögen, und ihr war bewusst, dass sie zu gehemmt und unsicher war, um zu ertragen, als Dummerchen zu gelten. Sie war eine Waise, bei den Großeltern aufgewachsen, und schließlich ins Internat gekommen. Da konnte sie sich nicht auch noch Vorwürfe und Demütigungen wegen schlechter Schulleistungen aufbürden.

»Komm, Giovanna, wir machen die Aufgaben zusammen. Dann bist du morgen gut vorbereitet.«

»Danke, Maestra«, sagte das Mädchen. Und dann blieb sie stumm, weil sie den Mund voll hatte.

Giovannas Eltern waren Almhirten und vor ein paar Jahren nach Biella gezogen. Die Mutter pendelte zwischen der Alm im Elvo-Tal und der Kleinstadt. Dort wohnten noch ihre Schwester und der Schwager, deren Kinder in Bagneri zur Schule gingen, wo es nur eine einzige Klasse gab und die Pulte und Bänke zu einem Block aus dunklem Holz verbunden waren, wie in der Kirche. Auch Giovanna hatte dort ihre Grundschulzeit begonnen, aber im Dezember hatte sie sich eine Lungenentzündung geholt, war im Krankenhaus gewesen und hatte fast drei Monate Schulzeit verloren. Als sie wieder in die Klasse gekommen war, noch erschöpft und abgemagert, hatte sie das bisschen Italienisch, das der Lehrer ihr einbläuen konnte, völlig vergessen.

Im selben Jahr hatte ihr Vater Arbeit in der Fabrik gefunden, in der Textilindustrie, die in der Nachkriegszeit Aufschwung genommen hatte und weiterhin wuchs. Die Arbeit gefiel ihm nicht, aber der Lohn war anständig, die Kinder konnten in der Stadt zur Schule gehen, und in der Wohnung gab es ein Badezimmer, sogar mit Badewanne und Waschmaschine. Eine Candy Superautomatic 5 aus zweiter Hand, nur ein bisschen verbeult vom Hagel, der gefallen war, als sie die Maschine transportiert hatten.

Überall verließen die Menschen ihre Dörfer und Täler, auch Giovannas Vater war weggegangen, nur war er darüber unglücklich, verbittert geworden. Er trank, wie alle, und vertrug das sehr gut, eine große Flasche am Tag machte ihm gar nichts aus. Manchmal aber übertrieb er, trank auch Grappa dazu und Weinbrand. Er vermisste den Heuschober, das nächtliche Rasseln des Hundes an der Kette, die Kühe mit ihren langen Wimpern, sogar den Mist, der auf der gefrorenen, zertrampelten Weide dampfte. Einen Teil seiner Unzufriedenheit zwang er den anderen auf. Im Bett behandelte er seine Frau grob und hörte auch dann nicht auf, wenn sie weinte und die Kinder im Nebenzimmer im Schlaf wimmerten. Giovanna war nicht versetzt worden und hatte die Grundschule wieder in der ersten Klasse begonnen, doch sie bekam weiter schlechte Noten. Der Vater schlug sie, um sie zu erziehen, nie planvoll und nie lange, doch die harten Schwielen seiner Hände hinterließen blaue Flecken, die erst nach Wochen verblassten.

Giovanna war die Schläge leid, sie wollte bei der neuen Lehrerin in der Stadt einen guten Eindruck machen. Beide kostete es große Anstrengung, Giovanna auf ein Befriedigend zu bringen, doch kaum überließ man sie sich selbst, sackte sie wieder ab. In der Dritten drohte sie sitzenzubleiben, dann hatte Silvia es nicht über sich gebracht, Giovanna einer anderen Lehrerin anzuvertrauen, und sie mit Hilfe nach oben korrigierter Noten im Zeichnen, Turnen und in Handarbeit bei sich behalten.

Am Ende der Vierten hatte sich etwas verändert. Das

Mädchen war frech geworden, aber auch verletzbarer. Ihre Augen glühten vor Unruhe, ihr waren Haare am Körper und Brüste gewachsen. Den Flaum unter der Nase versuchte sie mit den Fingern zu verbergen, im Licht des Badezimmerspiegels erinnerte er sie an den Schimmelbelag, der die Ecken der Zimmerdecke grau färbte.

Silvia hatte ihr eine Reihe schlechter Noten nicht ersparen können, obwohl sie die Reaktion des Vaters fürchtete. »Zwei Ohrfeigen mehr, Maestra«, hatte Giovanna lakonisch bemerkt.

Die Familie wohnte in einem großen Wohnblock direkt über dem Wildbach Cervo, zwischen den Fabriken, die seit anderthalb Jahrhunderten Wasserkraft für die Wollverarbeitung nutzten. Betonpfeiler und steile Zementwände erhoben sich neben Bögen aus rotem Ziegelstein und den Fabrikschornsteinen der Werkstätten aus dem neunzehnten Jahrhundert.

Das Gebäude wimmelte von kinderreichen Familien, einige Jungen hatten begonnen, Giovanna anzustarren, dann fühlte sie sich zugleich schmutzig und geschätzt. Sie wusste nicht, ob sie sich vor ihnen aufplustern oder fliehen sollte. Zwei Jungen, Michele und Domenico, begnügten sich nicht damit, sie pfeifend zu mustern, sie sprachen auch mit ihr. Sie sprachen im Dialekt, waren flegelhaft und spielten sich als erwachsene Männer auf. Wie Giovanna hatten sie den disparaten Körper der Pubertät: sie zwei spitze kleine Hügel auf der Brust, die das Unterhemd zu durchbohren schienen, und Stoppeln in den Achselhöhlen, aber ihr Po war noch flach und die Hüften unter dem kugeligen Kleinmädchenbauch kaum gerundet; die beiden Jungen riesige Hände an den rastlosen Armen, Adamsäpfel wie zwei Nüsse, die ihnen im Hals stecken geblieben waren, spärliche Bartstoppeln am Kinn, aber Hals und Wangen noch völlig unbehaart.

Anfangs hatte Giovanna nicht reagiert. Die Verlegenheit machte sie stumpfsinnig, ihr Gesichtsfeld schrumpfte auf ein schwankendes Quadrat zu ihren Füßen, während sie versuchte, sich davonzumachen, um die nächstgelegene Ecke zu biegen, auf der Treppe zwei Stufen auf einmal hinabzuspringen, um zu verschwinden. Kaum war sie außer Reichweite, wurde ihr bewusst, dass das Herzklopfen und die Aufregung sie betäubten, ihre Nachmittage aber auch spannender machten, und am nächsten Tag bot sie sich an, die Nachbarin um das Waschmittel zu bitten, oder sie verweilte ohne Grund auf dem Treppenabsatz oder wagte sich bis in den Hof und lief dort mit gesenktem Kopf auf und ab, als hätte sie etwas verloren, weil sie herausfinden wollte, ob die beiden mit ihr sprechen würden.

Silvia ahnte die Tragweite der Veränderung, aber sie konnte dem Mädchen nicht folgen. Als alternde Jungfer wurde sie von allen behandelt wie eine Nonne. Sich selbst sah sie eher als einen pflanzlichen Organismus, einen Körper, den man nicht unbedingt keusch, eher nichtssagend hätte nennen können. Sie hatte versucht, das Mädchen zu tadeln: »Du bist unkonzentriert, ich kann nicht immer alles für dich tun.« »Komm, dann sind wir bald fertig.« »Pass auf, sonst muss ich dir ein Ungenügend geben.« »Giovanna, du hörst mir nicht zu.«

Nicht dass Giovanna aufgehört hätte, die Schläge zu fürchten, und obendrein stellte nun auch ihre Mutter sich gegen sie. Wenn es nach der Mutter ging, schien die Tochter andauernd in Gefahr zu sein. Jetzt, wo sie erwachsen wurde, stand viel auf dem Spiel. Nach Ansicht der Mutter war diese frühreife Entwicklung ein Schicksalsschlag. Mit elf Jahren echte Brüste zu haben, brachte Unglück, es setzte das Mädchen Gefahren aus, mit denen sie sich nicht befassen wollte, weil sie zermürbt war vom gewalttätigen Mann, dem Hinauf und Hinunter von der Alm und von den kleineren Kindern, die mit Schirmstöcken Fechten spielten und die Möbel durchlöcherten. Sie hatte Giovanna eingeredet, diese Brüste seien zwei Bomben, die jederzeit explodieren konnten.

Giovanna ertrug es nicht, wenn man über ihren Körper sprach, das machte sie rasend vor Wut. Sie selbst erkannte sich nicht mehr, und weil es ihr schwerfiel, sich zurechtzufinden, fühlte sie sich ertappt, wie preisgegeben, wenn die anderen diese Veränderungen kommentierten. Sie wünschte sich Dunkelheit, Stille. Das Wort »Brust« im Mund ihrer Mutter löste einen Brechreiz bei ihr aus, dann erschien ihr die Mutter unanständig und aufdringlich. Sie schäumte vor Wut, reagierte ungehobelt, und wenn die Mutter drohte, Giovanna vom Vater bestrafen zu lassen, lief sie türenschlagend aus der Wohnung.

Sie hatte das Gefühl, ihren eigenen Körper zu verseuchen. Die kleine Giovanna war zu einer Fremden geworden, einem Mädchen, das auf die schiefe Bahn geraten war.

Im Elvo-Tal, wo sie geboren worden war, gab es eine Frau, die als Medium arbeitete. Hinter ihrem Rücken nannte man sie »la masca«, die Hexe. Geister drangen in sie ein, bewegten ihre Hände und Arme, aus der Kehle der Frau kamen ihre kratzenden Stimmen. Man ging zu ihr, um sich sagen zu lassen, wo der Tote das Geld versteckt hatte, ob er treu gewesen war, ob er nachtragend war. Der Hexe schien es nicht besonders zu gefallen, die Marionette der Toten abzugeben, doch das Geld, die fetten Kaninchen und die gut gefüllten Korbflaschen waren ihr sehr recht. Giovanna hatte sich an die Frau erinnert, weil auch sie in einem fremden Fleisch stecken musste wie die in den lebendigen Körper der Hexe geschleuderten Gespenster. Und das für immer, nicht nur ein paar Minuten lang.

Andererseits wurde sie auf unbestimmbare Weise stärker. Wohin sie auch ging, immer schien ein Pfeil auf sie zu zeigen, und allmählich mischte sich Neugier unter den Widerwillen gegen die Blicke, die sie streiften. Es war ja nichts dabei, sie war schließlich noch ein Mädchen, und niemand kam auf die Idee, einen Schritt weiter zu gehen. Sie ahnte jedoch, dass dies nur der Anfang war, der Auslöser für etwas, was ihr erlauben würde, sich vom gewalttätigen Vater und der zerstreuten Mutter zu entfernen. Sie hatte begonnen, Fotoromane zu lesen, wo es von armen, romantischen Heldinnen nur so wimmelte: Letizia, Marina, Charme. Sie träumte von einer Handtasche aus gehäkelter Baumwolle und langen Strümpfen statt der Kniestrümpfe. Und obwohl sie ihr Gesicht und ihren Schnurrbart hasste, malte sie sich aus, einen Liebesbrief zu bekommen.

Mit den beiden Jungen aus dem Haus hatte sie schließlich Freundschaft geschlossen. Es war eine Beziehung, in der physische Nähe nicht zu Vertrautheit werden konnte. Sie verbrachten Zeit miteinander, meist im Hof oder auf den Steinen am Ufer des Wildbachs, darum waren sie Freunde und sandten dieses Zeichen an die Welt, besonders an die anderen Kinder im Wohnblock. Aber sie berührten sich nie, auch nicht unabsichtlich oder um einander bei den Sprüngen und den rutschigen Stellen zwischen den großen Steinen zu helfen. Sie bespritzten sich höchstens mit dem eiskalten Wasser, das mal ganz klar war, mal vom gelben und braunen Schaum der Wollwebereien ein Leopardenmuster trug.

Giovanna hatte das Gefühl, dass sie nichts von ihnen wusste und die beiden nichts von ihr, sie kehrte nach Hause zurück, und es war, als wechselte sie abermals die Haut. Dabei sprachen sie durchaus miteinander, zum Beispiel über die reichen Bürgersöhnchen in der Klasse von Michele und Domenico und wie sie die Fußballspiele im Schulhof nutzten, um denen wehzutun. Über die Mondlandung. Über Lele, den spastischen Jungen aus dem ersten Stock, der immer im Schlafanzug herumlief und ein Cowboytuch um den Hals trug, das sein Gesabber auffing, über den Alten, der sich im Park postierte und den Kindern, die im Gebüsch Pipi machten, sein Ding zeigte, über die Eltern, die versuchten, sie im Zaum zu halten. Giovanna wollte hinter ihnen nicht zurückstehen, also erzählte sie, dass ihre Lehrerin besser daran täte, sich einen Mann zu suchen, statt sie zu schikanieren, aber wenn die beiden entgegneten: »Wer nimmt denn diese Schreckschraube?«, verteidigte sie die Lehrerin sofort: »Ihr kennt sie ja gar nicht, sie ist nicht so übel, ja, na gut, sie ist fast alt, aber so übel ist sie nicht. Eine Nervensäge ist sie trotzdem«, fügte sie noch hinzu, ohne den Jungen in die Augen zu sehen.

Irgendwann hatten sie angefangen, die Schule zu schwänzen. Herumzulungern, statt in ihren Bänken zu sitzen, das berauschte sie. Domenico und Michele rauchten stinkende Zigaretten, Giovanna wollte lieber Klingelstreiche machen und Kaulquappen fangen gehen, stattdessen sah sie sich um die Jungen scharwenzeln und das Lächeln besonders lässiger Frauen nachahmen – so lächelten natürlich die Heldinnen der Fotoromane, aber auch Romy Schneider und, was näher lag, Vanda aus der Kurzwarenhandlung, die vor den Kunden ihren roten Lippenstift nachzog, und dann Marilisa, die ältere Schwester einer Klassenkameradin. Um sich einzureden, das Erwachsenwerden sei aufregend, übertrieb Giovanna, sie benahm sich wie eine Karikatur. Natürlich hatte man die drei zusammen gesehen, natürlich hatte ihr Vater es erfahren und sie geschlagen. Die Lehrerin versuchte, ihr keine schlechten Noten zu geben, um die Situation nicht noch schlimmer zu machen.

Giovanna fühlte sich, als hätte jemand sie reingelegt. Sie hatte nicht absichtlich angefangen zu wachsen; getrieben, versuchte sie, sich im Gleichgewicht zu halten, es war nicht ihre Schuld, wenn sie stolperte. An einem Tag steckte sie sich eine Kippe in den Mund, am nächsten folgte sie fügsam dem Nachhilfeunterricht der Lehrerin. Sie schloss sich im Badezimmer ein, biss die Zähne zusammen und riss sich mit Klebeband die Haare von den Waden, oder sie benutzte den Handspiegel ihrer Mutter, um endlich zu erforschen, was sie zwischen den Beinen hatte. Danach konnte sie draußen hingebungsvoll mit den kleinen Geschwistern spielen, ohne einen einzigen Gedanken an ihre älteren Freunde zu verschwenden, ihre Ausbruchsversuche, die anatomischen Probleme. Sie begann den Tag hochmütig und trotzig und beendete ihn unterwürfig, vom Unbehagen gebeugt.

Nur eines blieb unvcrändert: Die Ohrfeigen des Vaters waren ihr auch auf ihrem neuen Körper unerträglich, mehr noch als der Blick ihrer Mutter, der sie prüfte. Sie duldete keine einzige Berührung, außer die der kleinen Brüder, die auf ihren Rücken sprangen und an ihr zerrten. Viele Väter schlugen, sie empfand sich nicht als etwas Besonderes und war auch nicht traurig. Ihr größtes Problem war, dass sie nicht mehr wusste, wen ihr Vater eigentlich schlug, und darum wirkten ihre gewohnten Abwehrmechanismen, die sie an guten Tagen gleichgültig gemacht hatten, jetzt nicht mehr.

8

Giovanna hatte den Sommer auf der Gebirgsalm von Onkel und Tante verbracht. Der Vater war in der Stadt geblieben, weil er Schichtdienst hatte – eine Befreiung. Der Geruch des Heus und der Tiere war überall, die Sonne brannte, auch das Heulen des Windes hörte sich an wie ein Muhen. Die Tante rief die Kühe morgens und abends zum Melken, jede mit ihrem Namen, und eine nach der anderen kamen sie herbei wie gehorsame Hunde. Die Namen waren nicht besonders fantasievoll: Castagna, Rossa, Bianca, Stella, Macchiona … Castagna war die Königin, sie führte die anderen über Felsvorsprünge und Hänge. Als die Sommersaison begann, war sie trächtig, darum hatte man sie zusammen mit der Leitkuh einer benachbarten Alm in ein Gehege gebracht, und die beiden hatten einander gegenübergestanden, ihre Hörner gekreuzt und sich eine ganze Zeit lang gestoßen, um klarzustellen, wer im Gehege herrschen würde, doch das taten sie in aller Ruhe, ohne zu übertreiben und ohne sich gegenseitig zu verletzen, sorgsam bedacht, den ungeborenen Nachwuchs nicht in Gefahr zu bringen. Colossa, die andere Kuh, war schwarz und hatte eine braune Mähne. »Fünfhundertsechzig Kilo Kuh!«, brüstete sich ihr Besitzer. Aber zuletzt hatte Castagna sie vertrieben.

Die zweimal am Tag gemolkene Milch wurde sofort zu Butter gemacht, und man begann mit den Käselaiben. Aus der im Butterfass verarbeiteten Sahne entstand eine gelbe Butter, der die Tante einen hölzernen, mit Spiralen, Zickzacklinien und stilisierten Blumen verzierten Stempel aufdrückte. Giovanna besorgte das Umrühren, Schweißflecken sprenkelten ihr Kleid. Sie saß auf einem Schemel zwischen Fässern und Trögen in der kühlen Luft, die an den nach Norden gelegenen Steinmauern erhalten blieb. Ihr Cousin Pietro warf ihr einen Blick zu, wenn er mit der Sichel am Gürtel vorbeiging. Doch hier oben fühlte sie sich ihrer selbst wieder sicher und gönnte sich den Luxus, nicht darauf zu achten. Sie band ihre Haare mit dem Kopftuch zusammen und drückte den Pony erbarmungslos darunter, obwohl er ihr, sobald er sich befreit hatte, wie ein Federbusch in die Stirn fallen und sie lächerlich machen würde. »Die Haubenmeise« nannte sie ihre Cousine Flora. Das kümmerte Giovanna nicht, sie hatte keine Zeit. Wenn die Butter fertig war, musste man die entrahmte Milch in den kupfernen Kesseln erhitzen, um den Käsebruch zu gewinnen. Giovanna half, ihn in die Formen zu gießen und mit den Prägen festzupressen. Ihre Tante stellte auch den Primosale und die frischen Tomini her, die sie mit Kräutern würzte und zusammen mit der Butter im Geschäft der Kooperative verkaufte. Auf die harten Toma-Käse aber würden sie monatelang warten müssen.

Giovannas Brüder piksten das Schwein mit Nussbaumzweigen, gaben ihm Obstschalen, Reste der Polenta und Pasta zu fressen, fuhren mit ihren Händen über die weichen Borsten in seinen Ohren. Der Onkel trug immer einen Hut und die Weste aus Samt, auch an den heißesten Tagen, dann krempelte er sich nur die Hemdsärmel auf und schickte Verwünschungen zum Himmel. Seinen

Hund, Turbo, traktierte er mit Fußtritten, und gleich darauf befahl er ihm, näher zu kommen, um eine Hand beruhigend auf seinen schwarzweißen Kopf zu legen. So verhielt er sich mit allen, Menschen und Tieren. »Hau ab«, »Komm her«, eine Ohrfeige, ein liebevoller Nasenstüber. Man musste sich nur daran gewöhnen, das war seine Art, die familiäre Vertrautheit zu leben. Er und der älteste Sohn redeten nur laut schimpfend miteinander, aber das bedeutete nicht, dass sie wütend waren. Sie kommunizierten bloß auf diese Weise, inmitten der allgemeinen Gleichgültigkeit gegenüber den Schreien, den Flüchen und den Schlägen mit der flachen Hand auf den Tisch. Ihre schlechte Laune war eine Privatsprache, darin lag keine wirkliche Bosheit.

Wenigstens schien es Giovanna so, wenn sie den Kaffee mit Schuss in Gläsern servierte. Den tranken Onkel und Cousin mit einem Schluck, dann gingen sie sich hinlegen, zufrieden. Sie schliefen eine Stunde, waren beim Aufstehen wieder missmutig, kippten einen zweiten Kaffee hinunter. Sie verfluchten die Hühner, die vor der Schwelle scharrten und den Kopf zehn, hundert Mal ruckartig zur Seite bewegten, so dass ihre Kämme hin- und herschleuderten. Die Männer machten sich wieder an die Arbeit. Sie mussten das Gras mähen und wenden, damit es trocknete und zu Heu wurde, Holz hacken, den Stall ausmisten, sich um die Bienenkörbe kümmern. Der Honig schmeckte nach Rhododendron und Alpenblumen. In der Stadt aßen sie ihn das ganze Jahr über, und Giovannas Vater ließ ihn in die Milch tropfen. Dabei erfasste ihn ein Heimweh, das in Wut ausartete.

Wenn er zu Besuch heraufkam, mied Giovanna ihn, so

gut es ging. Er schien den Teufel im Leib zu haben, mäkelte an allem herum. Abends saß er da und musterte mit finsterer Miene den weit geöffneten Fächer der Alpen. Die Berge wurden violett, dann hellblau und dunkelblau. Die Sterne kamen hervor, und er spürte sie wie Stiche in der Brust. Wenn seine Frau versuchte, sich ihm zu nähern, jagte er sie zornig fort: »Sakrament, keinen Moment lässt man mich in Ruhe!« Wenn er schlagen musste, gab er keine nachlässigen Ohrfeigen, denen man leicht ausweichen konnte, wie der Onkel, sondern achtete darauf, genau zu treffen. Dennoch beklagte sich niemand. Wenn er gegangen war, sagten die Mutter und die Tante: »Was für ein Charakter, der Mario, was für eine elende Bestie«, aber sie sagten es ohne Groll. In Giovanna hingegen wuchs ein starker Hass, sie fühlte ihn im Bauch aufsteigen wie die Sahne, die sie jeden Tag von der Milch trennte.

Der Cousin mit der Sichel gefiel ihr ganz gut, aber Giovanna hatte in diesen Sommermonaten entdeckt, dass die Männer sie im Grunde weniger interessierten als der Käse. Bei der Arbeit fühlte sie sich wohl, und ihr war, als ließen die anerkennenden Blicke der Tante sich auf ihrem Nacken nieder wie die Schmetterlinge auf dem Wiesenenzian. Ihre Beine waren wieder vor allem zum Laufen da, ihre Hände zum Arbeiten, und deren Aussehen und Form bedeuteten absolut nichts. Die Tante hatte einen breiten, quabbeligen Hintern und einen Ballast aus schlaffer Haut um die Armmuskeln, aber sie war nicht zu bremsen, »eine Dampfwalze«, bemerkte der Onkel stolz, und wenn sie ihren dicken Hintern die Wendeltreppe hinaufwuchtete, versetzte er ihm zwei, drei mächtige Hiebe.

Flora war neidisch, weil sie im Unterschied zu Giovanna noch keine Menstruation hatte und Giovanna sie deshalb wie eine Idiotin behandelte. Abends schlossen sie wieder Frieden im gemeinsamen Bett. Unter einer Kuppel aus Laken kämmten sie sich gegenseitig mit den Fingern die blonden Haare und schworen sich ewige Liebe, sagten, wenn sie Kinder hätten und es dann an ihnen läge, sie zur Ordnung zu rufen, würden sie ihnen immer wieder befehlen: »Genug jetzt, haltet den Mund, es ist Schlafenszeit.«

Doch der August ging zu Ende, seit Tagen hatte es genieselt. Der Moment war gekommen, nach Biella zurückzukehren. Die Cousins beneideten Giovanna und ihre Brüder. Vor ihnen lag der lange, triste Winter im Dorf. Giovanna beneidete die Cousins, der Winter in der Stadt strömte wie ein schmutziger Fluss durch ihre Gedanken. Der Vater kam sie abholen, übellaunig wie immer.

Vielleicht ähnelten sich Vater und Tochter. Beide wären lieber im Gebirge geblieben, hätten höchstens öfter von der Alm hinunter zur Meierei im Tal gehen wollen. Von dieser Ähnlichkeit ahnten sie nichts.

Als Giovanna in die Schule zurückkehrte, erschien sie Silvia zunächst nur ein wenig raubeinig, im Streit mit der Welt, aber selbstbewusst. Silvia redete sich ein, dass sie das neue Schuljahr mit der Versetzung abschließen würde, doch innerhalb einer Woche verfiel das Mädchen in eine seltsame Apathie. Unter dem Pultdeckel blätterte sie in Fotoromanen, obwohl nicht einmal die ihr Interesse zu wecken schienen. Es begeisterte sie auch nicht mehr, den Unterricht mit den beiden Jungen aus dem Häuserblock zu schwänzen, stattdessen verbrachte sie die gestohlenen Stunden in einem grimmigen Schweigen oder übte passiven Widerstand gegen jeden ihrer Vorschläge, als wollte sie den beiden Jungen den Spaß verderben. Alles erschien ihr hässlich. Hässlich Michele und Domenico, diese beiden zu rasch gewachsenen Hündchen, die ihre Rückkehr schwanzwedelnd begrüßt hatten, hässlich der Häuserblock mit dem grauen Innenhof und dem verrosteten Gitterzaun, hässlich die Schule, hässlich die Bürgersteige und Beete, hässlich sie selbst, abscheulich hässlich ihr Vater.

Sie starrte auf die schwarzen Härchen, die ihm aus der Nase wuchsen, bis er sie anschrie, sie solle sich zum Teufel scheren. Nachts hörte sie ihn schnarchen, und ihr Magen krampfte sich vor Ekel zusammen. Manchmal hoffte sie, er würde sterben, dann hätte sie bei seiner Beerdigung geweint, die anderen hätten sie getröstet, und sie hätte sich einreden lassen, dass sie ihn liebgehabt hatte. Sie wäre gern gut in der Schule gewesen, nur um ihn zu erstaunen, doch mehr noch wünschte sie sich, sie könnte ihn leiden lassen, ihn seine ganze Schuld spüren lassen, einmal wenigstens.

9

Die erste Klassenarbeit des Jahres verpatzte Giovanna komplett. Silvia korrigierte die Arbeit, überall waren rote Anmerkungen. Sie wusste nicht, ob sie ihr ein Mangelhaft oder eine ermutigende Note geben sollte. Sie wollte die Schläge des Vaters nicht als Druckmittel benutzen, um Giovanna zum Lernen zu zwingen, das erschien ihr dem Mädchen gegenüber unredlich, aber sie konnte sie auch nicht immer anders behandeln als ihre Mitschüler. Sie spürte, dass sie an Autorität verlor, und schlechte Noten zu vermeiden, hätte alles nur verschlimmert. Giovanna durfte nicht glauben, ihr Benehmen hätte keine Konsequenzen, dann würde sie sich niemals aus ihrer Abstumpfung schütteln. Vielleicht war diese katastrophale Klassenarbeit ja ein Hilferuf, und so zu tun, als wäre sie gar nicht so übel ausgefallen, würde bedeuten, ihn zu ignorieren.

Schließlich überlegte Silvia, dass es die erste Arbeit im Jahr war und Giovanna noch aufholen konnte, lieber jetzt eine schlechte Note als später. Sie gab ein leicht abgeschwächtes Mangelhaft. Aber in der Nacht schlief sie nicht gut. Giovanna hatte das Klassenarbeitsheft entgegengenommen, ohne mit der Wimper zu zucken. Beim Schellen der Glocke hielt Silvia sie zurück.

»Das kannst du besser, mach dir keine Sorgen.«

»Ja, Maestra.«

»Stimmt etwas nicht?«

»Es ist nichts.«

»Ich habe dich draußen mit den beiden gesehen. Willst du wieder durchfallen?«

»Nein, Maestra.«

»Das Schuljahr dauert erst einen Monat, und du hast schon vier Tage geschwänzt.«

»Einmal war ich krank.«

»Wenn du wieder schwänzt, muss ich deine Eltern benachrichtigen, verstehst du? Es gibt die Schulpflicht. Lass uns dieses Jahr schaffen, Giovanna.«

Das Mädchen nickte und verschwand.

Auf dem Heimweg zog Silvia die Füße nach, sie fühlten sich mit jedem Schritt schwerer an. Ihre Beine waren wie gelähmt. Sie stellte sich vor, wie Giovanna mit dem Heft nach Hause kam, auf die Rückkehr des Vaters wartete. Was hätte ich tun sollen? Die Arbeit war nicht zu retten, sagte sie sich. Sie hatte überlegt, ob sie die Eltern anrufen sollte, aber dann war es ihr übertrieben erschienen. Was war denn passiert? Eine schlechte Note, eine Ration Ohrfeigen mehr. Fast alle ihre Schüler bekamen welche verpasst, die einen mehr, die anderen weniger. Ein paar Jungen prahlten sogar damit. Es war Giovannas Blick gewesen, der sie beunruhigte. Wie zwei nach innen gerichtete Augen.

Am nächsten Tag saß Giovanna in der Klasse und wirkte nicht besonders mitgenommen. In der Pause spielte sie mit den anderen und unterhielt sich angeregt mit ihrer Banknachbarin, der Tochter des Apothekers, einer tüchtigen Schülerin. Silvia fasste wieder Mut. Ich bin diejenige, die dramatisiert, sagte sie sich. Doch eine Woche später fehlte Giovanna wieder.

Die Lehrerin betrachtete den leeren Platz und dachte nach. Wenn ich jetzt anrufe, spreche ich mit der Mutter, die mir bestätigen kann, dass es Fieber ist, irgendein Zwischenfall. Ich rufe an und überzeuge sie, guten Willen bei Giovanna zu zeigen. Allenfalls verbieten, nachmittags aus dem Haus zu gehen, so etwas, aber keine Schläge. Sie ist doch kein Hund.

Sie rief an. Giovanna war um halb acht mit der Schultasche aus dem Haus gegangen, wie immer, und sie schien kerngesund. Als die Mutter hörte, dass ihre Tochter in der Schule gefehlt hatte, fuhr sie sofort aus der Haut. »Dieses Unglücksmädchen! Wenn sie kommt, werd ich's ihr schon zeigen!« Keinesfalls wollte sie den Eindruck erwecken, dass sie die Schule unwichtig fand, sie, die in der Dritten abgegangen war.

»Nicht doch, Signora, darum habe ich nicht angerufen. Ich mache mir Sorgen um Giovanna, in letzter Zeit ist sie so abwesend.«

»Weil sie mit diesen zwei Nichtsnutzen herumlungert.«

»Ich denke, das Beste wird sein, mit ihr zu sprechen, aber ohne sie anzugreifen. Das ist ein schwieriges Alter. Ich bin seit über vier Jahren ihre Lehrerin und habe sie noch nie so unglücklich gesehen.«

»Ich sage Ihnen, sie ist einfach nur ein schrecklicher Dickkopf.«

»Da wäre ich mir nicht so sicher. Versprechen Sie mir, dass Sie versuchen, Giovanna mit gutem Willen zu begegnen? Lassen Sie uns den Versuch machen. Versuchen kostet nichts.«

»Na gut, Maestra. Danke, dass Sie angerufen haben.«

Giovanna klopfte um zehn nach eins an der Tür und tat,

als wäre nichts passiert. Die Mutter musterte sie, unterdrückte den Impuls, ihr sofort die Ohrfeige zu geben, die sie in der rechten Hand kribbeln fühlte. Nach dem Mittagessen befahl sie ihr, die Teller abzuwaschen, und das Mädchen wehrte sich nicht. Gewissenhaft tauchte sie die Hände in das Spülwasser, während ihre Brüder Mikado spielten. Um zu überprüfen, ob noch Fettreste geblieben waren, strich sie mit den Fingern über die heißen Teller.

Nachmittags nahm die Mutter sie beiseite, da sie keine Anstalten machte, zu beichten.

»Die Lehrerin hat angerufen, ich weiß, dass du nicht in die Schule gegangen bist. Warum lügst du immer?«

Giovanna antwortete nicht, sie erstarrte. Wenige Sekunden lang herrschte Schweigen, das Brummen der Waschmaschine erfüllte den Raum.

»Ich möchte es deinem Vater nicht verheimlichen. Ich will keine Lügnerin sein wie du. Aber ich werde versuchen, ihn zu besänftigen. Darum hat mich die Lehrerin gebeten. Keine Ahnung, ob ich das schaffe, wir wissen beide, wie er ist. Aber auch du musst deinen Teil tun. Du musst doch nur zur Schule gehen und ein Genügend bekommen. Warum reizt du ihn so?«

»Wenn du es ihm sagst, bringe ich mich um«, antwortete Giovanna und schloss sich im Kinderzimmer ein. Die Mutter schüttelte den Kopf. Sie glaubte ihr keinen Augenblick.

Aber Giovanna hatte das Fenster geöffnet. Vier Stockwerke tiefer rauschte der Wildbach. Das Fundament des Häuserblocks war eine Mauer aus Zement und Stein direkt am Ufer, einen Schritt vom graugrünen Wasser entfernt. Giovanna sah die Steine, die der Cervo in seinem

Bett hin und her gewälzt hatte, so dass sie glatt und rund wurden wie Bonbons, dann das schlammige Unkraut, eine Dose Lackfarbe, einen Nylonstrumpf. Nicht die für die Heuernte bereiten Wiesen, nicht die Gießformen für den Käse, nicht der Wind, der vom Gletscher her wehte und auch mitten im Sommer den Geruch nach Schnee mit sich führte, nicht der hellblaue Speichel des Viehs – das alles war ihr in diesem Moment nicht in den Sinn gekommen.

Sie hatte ihre Hausschuhe ausgezogen. Es war, als stünde sie auf dem Mond und beobachtete alles aus sehr großer Entfernung: das Haus, ihre Familie, ihren Vater, der seine Schicht beendete und sich anschickte, heimzukehren, sich selbst am Fenster. Sie fühlte sich verletzt und unendlich weit weg, irgendwie wollte sie zurück, aber auch nie mehr wiederkehren. Nur einen Gedanken hatte sie sehr deutlich im Kopf: Sie wollte nicht bestraft werden. Sie selbst wollte bestrafen.

Drei Kilometer weiter flussabwärts wurde sie gefunden.

10

Giovanna taucht gegen Abend auf. Sie war ein hochgewachsenes Mädchen mit einem großen Repertoire feindseliger Gesichtsausdrücke. Jetzt erscheint sie Silvia wie ein winziger Vogel, ein Zaunkönig, mit Schulterblättern wie Flügel, spitzen Ellenbogen und einem blonden, über den nicht menschlichen Augen hüpfenden Pony. Giovanna sitzt vor ihr in der verfallenen Hütte. Ihre schmalen Handgelenke kommen aus den zu kurzen Ärmeln hervor wie die Knochen von Hühnerbeinen.

Währenddessen wiederholt sich das Telefonat mit der Mutter unzählige Male in den Ohren der Lehrerin. Verzweifelt versucht sie, Einzelheiten dessen, was sie gesagt hat, zu ändern, sie ist sicher, dass ihre Worte dem Vater hinterbracht wurden und einen Streit, eine Bestrafung auslösten.

Darum ist das Mädchen gestorben, und sie, Silvia, ist ihre Denunziantin. Sie sieht die Schläge vor sich: Ohrfeigen oder, schlimmer, Hiebe mit dem Gürtel, die in die Haut schneiden. Sie sieht wütende, blind machende Tränen und Giovanna, die zum Fenster läuft, auf das Fensterbrett steigt, sich fallen lässt. Sie hört den Aufprall des noch lebenden Körpers, das Zusammenstoßen mit den Steinen, dann werden die Strudel des Wildbachs gewaltig, sie sind nasse, stumme Galaxien. Dort unten schwimmen getüpfelte Forellen zwischen Kleiderfetzen, Abfällen, Münzen, vielen verlorenen Dingen, die nicht fürs Wasser gemacht sind und verderben, bis sie sich zersetzen.

Silvia wird in den gestrigen Vormittag zurückgerissen. Sie sieht sich ans Telefon gehen, im Klassenbuch nach der Nummer suchen, den Zeigefinger in die Löcher der Wählscheibe aus Plastik stecken, sie vier, fünf, sechs Mal drehen. Sie erfindet verschiedene Versionen und ebenso viele Arten der Rettung, sie ändert ihre Meinung, die Leitung ist besetzt, die Nummer ist falsch, Giovannas Mutter antwortet nicht. Es kostet sie Mühe, die Zeit zurückzudrehen, sie schwitzt, ihr Gehirn zermürbt sich beim Versuch, ungeschehen zu machen, was schon geschehen ist.

Da sitzt Giovanna ordnungsgemäß in der Klasse und kaut an den Fingernägeln. Alles an ihr erscheint liebenswert. Silvia hat es nicht sofort bemerkt, aber neben Giovanna sitzt die Giovanna der ersten Grundschulklasse. Diese Giovanna stochert mit zwei Fingern in ihrem Mund, holt einen Milchzahn heraus, legt ihn auf ihren Handteller und betrachtet ihn verwundert, dann steckt sie ihn in die Tasche. Silvia erträgt es nicht, in der Welt zu sein und zu wissen, dass es Giovanna nicht mehr gibt.

II

Martino war neu hier, das Schuljahr hatte vor wenigen Wochen begonnen, und er hatte keine Freunde. Er klopfte mit den Fingern auf das Pult, als spielte er Klavier, obwohl er nicht spielen konnte, aber das wusste ja keiner, und er glaubte, dass er auf diese Weise Eindruck machen und sein Desinteresse an den Klassenkameraden unterstreichen würde, die ihn lautstark ignorierten, sich von einer Ecke der Klasse zur anderen mit Spitznamen riefen, Murmeln und Sammelbildchen tauschten, Schiffe versenken spielten oder sich, die Stirn an der Schläfe des anderen, Geheimnisse ins Ohr spuckten. Er blieb konzentriert, sah auf seine Hände und benutzte auch den kleinen Finger – täuschte vor, ihn zu benutzen –, weil er sich vorstellte, dass erfahrene Pianisten es taten. In Wirklichkeit aber lauschte er auf das Summen der Stimmen, und manchmal warf er einen verstohlenen Blick auf die Bankreihe an den großen Fenstern, um zu sehen, ob Giulia seine Vorführung bemerkt hatte, aber nein, es schien ganz und gar nicht so, ihr Profil einer griesgrämigen Madonna war hinter den Haaren halb versteckt, nur die Nasenspitze ragte heraus.

Martino gefiel seine Klasse nicht und Biella gefiel ihm auch nicht: Die fremdartigen Berge waren zu nah, die Straßen waren bloß Straßen, ohne irgendeine Erinnerung, die sie verwandeln konnte. Sogar das Wasser aus dem Hahn hatte einen merkwürdigen Geschmack, und immer wenn er trinken musste, bekam er schlechte Laune. Seine Heimat war Turin, sein Viertel Vanchiglia hatte er so sorgsam gehegt wie eine Henne, dort gab es keine Kreuzung, kein Haus, das nicht zu ihm sprach, er kannte alle Gesichter, er kannte sogar die Hunde, er wusste, an welcher Ecke sie ein Bein heben würden.

Martino und seine Mutter waren im Sommer umgezogen, Schuld war das Asthma. In letzter Zeit war das, was er als kleiner Junge die Trillerpfeife genannt hatte, ein gelegentliches Zischen beim Ausatmen, zu seinem ständigen Begleiter geworden. Die Anfälle begannen mit Husten, einem metallischen Husten, der in der Kehle kratzte und ihn daran hinderte, genug Luft auszustoßen und zu schlucken. Er wusste, dass seine Bronchien sich nun zusammenziehen und entzünden würden, er stellte sie sich dick und widerwärtig vor wie die Haut des Flusspferdes. Dann konnte er nicht einmal mehr sprechen. Bei den schlimmsten Anfällen musste er die Maske mit befeuchtetem Sauerstoff aufsetzen.

Wenn der Regen wochenlang auf sich warten ließ, war die Luft gesättigt vom Staub aus den Fabriken, Heizkesseln und Auspuffrohren. Just in jenen Jahren entstand die Protestbewegung der Umweltschützer, doch in Turin wusste man noch wenig davon, nur die Arbeiterbewegung begann sich mit der Konzentration giftiger Stoffe in den Fabriken zu beschäftigen. Und überall wurde geraucht. Man bestieg den Bus und die Straßenbahn, ohne die Zigarette auszumachen, die Lehrer rauchten im Klassenzimmer, im Kino verschleierte ein Nebel aus Rauch die Leinwand. Sogar im Krankenhaus durfte man seelenruhig rauchen.

Martino, der von Geburt an asthmatisch war, hatte die Zeitschriften und Bücher gelesen, die seine Mutter nach Hause brachte. Er wusste, dass er Kohlenmonoxid einatmete, Chlorwasserstoff, Fluorkomponenten, Schwefeldioxid und Stickstoffdioxid, Nikotin und Teer.

»Er sollte wenigstens auf dem Land leben«, hatte sein Arzt angeordnet, »an einem Ort mit viel Grün, wo die Luft gut ist.« Also waren sie nach Bioglio ins Haus eines Verwandten gezogen. Ein Jahr zur Probe, hatten die Eltern ihm gesagt, damit man feststellen konnte, ob es mit dem Asthma besser wurde. Sein Vater kam Freitagabend und fuhr am Sonntag wieder ab. Statt ihn in der kleinen Dorfschule anzumelden, gegen die seine Eltern das Vorurteil der Städter hegten, hatten sie entschieden, dass er in der Stadt lernen sollte.

Martino hatte die ganze Geschichte wie einen Übergriff erlebt. Viel lieber wäre er in Turin an Husten krepiert, unter den rauchgeschwärzten Torbögen und den Bäumen mit ihren vom Staub sommersprossigen Blättern. Umgeben von seinen Freunden Agostino und Piero und Roberto, mit ihren gesunden Bronchien, denen die Umweltverschmutzung schnurzegal war.

12

Als die Lehrerin Fogli hereinkam, verstummten die Kinder eilig, und Martino hob den Kopf von seinem eingebildeten Klavier. Etwas war ungewöhnlich am Aussehen der Lehrerin, ein Erschlaffen der Gesichtszüge und der Frisur, ein Zögern in den Gesten. Sie war eine junge, athletische Frau, und um beide Eigenschaften abzumildern, hatte sie sich einen übertrieben langsamen Gang und turmhoch aufgeplusterte Haare zugelegt, außerdem die Gewohnheit, Pfefferminzbonbons zu lutschen – zu unterrichten, während sie sich ein Bonbon in die Mundhöhle schob, und mehr noch, mitten in ihrem Vortrag eine Pause zu machen, um das Bonbon mit den Zähnen zu zerkleinern, erschien ihr als angemessene Sprezzatura einer Lehrerin, die respektiert wurde.

An diesem Tag hätte sie Mathematik unterrichten müssen, stattdessen sah sie sich genötigt, von dem »Unglück« zu sprechen, wie sie das Schicksal der armen Giovanna in Gedanken nannte. Sie schlug mit der Handfläche auf das Lehrerpult, obwohl alle still waren, dann berührte sie ihren goldenen Ehering und sah darin ihr Gesicht gespiegelt. Sie wusste nicht, wo sie anfangen sollte. Als die alten Menschen ihrer Familie einer nach dem anderen gestorben waren, war sie diejenige gewesen, die das Bett abzog und die letzten Bettlaken mit Bikarbonat desinfizierte, die Teppiche zusammenrollte, Mottenkugeln in die Schubladen und Pakete streute und große Müllsäcke füllte. All das tat sie energisch und wortlos, ja, gerade weil die Aufgaben ihr erlaubten, stumm zu bleiben.

Für Schwester Annangela muss es leichter sein, dachte sie, für sie ist es sicher etwas ganz anderes. Gott sei Dank geht sie in Giovannas Klasse.

Sie wickelte ein Pfefferminzbonbon aus, gleich darauf aber bedeckte sie ihren Mund mit der Hand und spuckte es ins Papier, wickelte es wieder ein und legte es in die Schublade des Lehrerpults. Die Finger wischte sie sich am Rock ab – zum Glück waren die Pulte vorne und an den Seiten getäfelt, diese billige Holzkiste beschützte sie wie eine Festung. Sie beschloss, nur das Nötigste zu sagen und schnell. Sie bat für ihre Verspätung um Entschuldigung, erklärte, dass es einen Zwischenfall gegeben hatte, ein sehr trauriges Ereignis. Tragisch. Sie sagte: »Leider ist ein Mädchen aus der anderen Fünften nicht mehr unter uns, wir haben es heute Morgen erfahren.«

Mehr sagte sie nicht, außer dem Namen des Mädchens, denn eine Hand hatte sich erhoben, sie hatten gefragt, natürlich. Den Namen vor der Klasse auszusprechen, war das Schwierigste, was sie getan hatte, seit sie an diesem Morgen in die Schule gekommen war, nein, seit sie unterrichtete und vielleicht auch überhaupt. Dieser Gedanke erleichterte sie in gewisser Weise, obwohl sie in Bedrängnis war – wie hätte es anders sein können? Auch Schwester Annangela war in Bedrängnis, sie war tief betrübt, ja, das war sie. Sie schien nur etwas besser reagieren zu können als die anderen, doch als Nonne musste sie ihre Gewissheiten haben, auch jenseits des starken Charakters, den alle ihr zugestanden. Überdies hatte Annangela keine

Familie, um die sie sich kümmern und um die sie Angst haben musste wie um niemanden sonst auf der Welt. Was konnte ihr schon passieren? Sie konnte keinen Mann, keinen Sohn verlieren. Auch Silvia konnte das nicht, trotzdem war es geschehen, etwas hatte sie zerschmettert. Sie kommt morgen nicht zurück, wir werden sie nicht finden, sagte sie sich, fühlte, dass es stimmte, und wunderte sich über diese plötzliche Eingebung. Es war, wie wenn man mit der Hand eine fliegende Mücke erwischt, aber geistesabwesend und fast zufällig, ohne es darauf anzulegen.

Beten erschien ihr als eine würdige Art, die Minuten zu füllen. Sie beteten das Ave-Maria und das Requiem, die Kinder bewegten unisono die Münder und beobachteten einander heimlich, um das rechte Maß zu finden und ihre Reaktion auf die anderen abzustimmen. Für viele von ihnen war dies der bewegendste Moment eines Vormittags, der sich vom üblichen Ablauf unterschied. Sie waren aufgefordert, Kummer zu zeigen, und kamen der Verpflichtung eifrig nach, indem sie den trauernden Ausdruck nachahmten, den sie bei Beerdigungen in den Gesichtern der Erwachsenen gesehen hatten.

Die Lehrerin Fogli überlegte unterdessen, was sie mit Giulia machen sollte, denn Giulia war die Tochter von Anselmo, Silvias Cousin, und die Fogli wusste genau, wie eng die beiden verbunden waren. Schon jetzt wirkte Giulia verstörter als alle anderen Kinder, ihr Blick war starr und die Mundwinkel waren heruntergezogen.

Giulia ähnelte ihrer Mutter Luisa. Gemma, die Großmutter, war ein harter Knochen, die beiden nicht. »Du und deine Mutter, ihr habt den Schalter für Tränen«, sagte Anselmo, »ihr seid zwei Heulsusen.« In diesem Moment konnte Giulia nicht aufhören, sich den Tod dieses Mädchens vorzustellen. Sie kannte Giovanna nicht, erinnerte sich kaum an ihr Aussehen – sie war blond, fiel ihr vage ein, und wirkte älter als die anderen. Wenn die Kinder in die Schule oder nach Hause gingen, überragte Giovanna die Menge in der überfüllten Vorhalle.

Die Lehrerin hatte keine Einzelheiten erzählt, also hielt Giulia die Augen auf den wassergrünen Anstrich des Pultes gesenkt und sah darauf die Unglücke vorüberziehen, vor denen ihr Vater sie fast jeden Tag eindringlich warnte: bei Rot über die Straße gehen oder ohne mehrmals nach rechts und links geschaut zu haben und darum angefahren werden, vom Fahrrad fallen, sich auf dem Balkon zu weit vorbeugen, auf einen Baum klettern und mit dem eigenen Körpergewicht einen Ast abbrechen, sich den Magen verderben, Beeren oder giftige Pilze essen, in den Wildbächen schwimmen (Strudel oder Blutandrang), beim Verlassen der Badewanne ausrutschen und sich den Kopf aufschlagen, den Föhn ins Wasser fallen lassen, beim Berühren der Steckdose oder nackter Drähte einen Stromschlag bekommen.

Sie hätte sehr gut an Giovannas Stelle sein können, dachte Giulia. Dennoch konnte sie nicht richtig daran glauben. Sie war immerhin ein kleines Mädchen, vertraute darauf, dass sie etwas Besonderes war und berechtigte Ansprüche an die Welt hatte: Glück, Rettung. Um sie herum genossen auch ihre Klassenkameraden heimlich das Morgenlicht, die Haare, die sie berühren und mit den Händen ordnen konnten, die Seufzer der über den Boden geschobenen Stühle, das mit Fingerabdrücken verschmierte Papier der Schreibhefte, von dem ein säuerlicher Geruch nach Tinte und Pausenbroten aufstieg. Und sie wechselten verstohlene Blicke mit der etwas schuldbewussten Erleichterung von Überlebenden.

13

In Giovannas Klasse zog der leere Platz die Blicke an und wehrte sie zugleich ab, er war eine offene Falltür im Raum. Schwester Annangela legte ihre kleine runde Hand auf die Schulter des Mädchens, das neben Giovanna gesessen hatte und nun allein in der Bank saß; sie schnaubte und begann zu schluchzen, dabei riss sie die Augen auf vor Staunen, denn sie hatte nicht erwartet, dass sie sofort weinen würde, so plötzlich und so laut. Die Kinder wetteiferten darum, sie zu trösten, doch je mehr sie sich bemühten, desto stärker weinte das Mädchen, Streifen aus glitzerndem Rotz bedeckten die Ärmel ihres Schulkittels. Als sie sich beruhigt hatte, ging die Klasse dazu über, mit Herzen und Blümchen verzierte Briefe an die Familie zu schreiben. Die Besten im Zeichnen versuchten sich an Engeln mit kummervollem Ausdruck: »Wir vergessen dich nicht«, »Ruhe in Frieden«, »Jetzt bist du im Himmel«, »Jungfrau Maria, bitte für Giovanna«.

Der Kittelkragen der Mädchen wurde feucht, in der freien Hand drückten sie ein Taschentuch. Die Jungen wirkten verwirrt, ratlos vor Verlegenheit. Sie waren auf der Hut, als hätte jemand ihnen arglistig die Leine eines großen, fremden Hundes übergeben.

Sie erhielten die Erlaubnis, zu zweit auf die Toilette zu gehen, um sich frischzumachen, und eine Prozession begann. Zwei Mädchen spornten sich gegenseitig an, so stark zu jammern, dass sie sich trotz der braunen Abdrücke von Schuhsohlen und der Fetzen nassen Klopapiers am Boden zur Beruhigung auf die Fliesen setzen mussten. In ihrem Eifer baten sie einander für vergangenes Unrecht um Entschuldigung und umarmten sich. »Du musst mir verzeihen«, »Nein, du musst mir verzeihen, du bist meine beste Freundin.«

Am Ausgang warteten ein paar Journalisten, sie wollten mit dem Direktor sprechen, vielleicht ein paar Zitate für ihren Artikel aufschnappen. »Dreckskerle!«, schimpfte ein Vater.

Schwester Annangela blieb in ihrem Cinquecento sitzen, bis der Platz vor der Schule und die Straße sich geleert hatten. Der Anblick ihrer Kinder, die lebend aus dem Schultor kamen, die Schulmappen hin und her schleudernd, traf die Eltern ins Herz – es war keine Selbstverständlichkeit, eine Zeitlang würde es das nicht sein. Schwester Annangela wollte diese Wogen aus Panik, Fassungslosigkeit und Liebe um sich herum spüren, bis zum letzten Tropfen. Sie würden ihr helfen, wenn sie die Eltern von Giovanna besuchen ging.

14

Müde und hungrig ging Martino auf die Bushaltestelle zu. Die Sitze unter dem Wetterdach waren von zwei älteren Mädchen besetzt, vielleicht aus dem Gymnasium, die dabei waren, ihre Armvenen miteinander zu vergleichen. Bei der einen waren sie grün, bei der anderen violett. Sie besprachen das eine ganze Weile lang, dann gingen sie zu den Haaren über: Wer hatte mehr Spliss? Offenbar fanden sie sogar dreifach gespaltene Haare. Martino wusste nicht, ob das gut oder schlecht war. Er meinte, bei ihnen dasselbe angeekelte Vergnügen zu erkennen, das er beim Anblick einer über die Mauer krabbelnden, behaarten Spinne verspürte. Er trat ein paar Schritte beiseite und studierte, beeindruckt von dem Gespräch, die Kratzer auf seinen Handrücken (Brombeerbusch) und die kleinen weißen Flecken auf seinen Fingernägeln.

In der Pause hatten sie erfahren, dass auch Giovannas Lehrerin fehlte, das genügte, um die beiden fünften Klassen auf dem Schulhof miteinander ins Gespräch zu bringen. Schwester Annangela war über den Zementplatz gekommen, den Kleinen aus der Zweiten und Dritten ausweichend, die Fußball spielten und über ihre eigenen Füße stolperten. Winzig, rund und unerbittlich, hatte sie Giulia beiseitegenommen. Da hatte Martino begriffen, dass die Lehrerin Canepa eine Verwandte von Giulia sein musste, möglicherweise eine Tante.

Er hatte eine unklare Vorstellung von ihr. Es ging nicht darum, wer sie war, sondern, was sie war: eine Lehrerin, deren Rolle darin bestand, vor der Klasse zu stehen, zu erklären, Noten zu geben und die Noten ins Klassenbuch zu schreiben. Er versuchte, sich einige ihrer besonderen Merkmale ins Gedächtnis zu rufen. Schwester Annangela war freundlich, die Lehrerin Canepa nicht. Sie schien zerstreut – nicht geschäftig, nur zerstreut. Sie war weder hässlich noch schön, nicht groß, aber auch nicht klein, hatte braune Haare, trug schlichte Kleidung, die immer dieselbe zu sein schien, wie eine Uniform. Auf ihn hatte sie keinen großen Eindruck gemacht.

Im Bus setzte Martino sich weit weg von den anderen. Er hatte nicht die Absicht, nachzugeben – das hier war nicht sein Zuhause, würde es nicht werden. Kampflustig kaute er sein Wurstbrot und betrachtete das berühmte Grün, dessentwegen er hierhergezogen war, es hatte gelbe, braune und rote Flecken. Die Bäume und die Büsche wuchsen zu schnell, unaufhörlich drangen sie bis auf die Wege und die Straße vor, lasteten auf den Hausdächern, ihre Wurzeln brachen die Bürgersteige auf und trieben Buckel in den Asphalt der Fahrbahn. Der Bus schleppte sich über die ganz aus Kurven bestehende Strecke, er fuhr um den Hügel Rovella herum, auf dessen Gipfel Hänge zusammenliefen, die mit noch dichteren Wäldern bewachsen waren. Martino ahnte nicht, dass die Lehrerin in dem Dorf, in dem er jetzt wohnte, geboren worden war und gelebt hatte.

An der Haltestelle vor der Kirche stieg er aus, ließ die Bar und den Brunnen hinter sich. Das Haus, in dem er mit seiner Mutter Lea wohnte, hatte die typische Fassade der

Häuser im Piemont, mit hölzernen Fensterläden, Balkonen mit Konsolen aus grauem Granit und schmiedeeisernen Geländern. Hinter dem Haus lag ein Garten mit hohem Gras, einem großen Kaki-Baum voll kugelrunder Früchte und einer Pergola, an der sich eine Glyzinie rankte. Als sie zum ersten Mal in den Garten gegangen waren, hatte Lea, die Hände auf die Hüften gestemmt, die wuchernden Pflanzen betrachtet – »Was für eine Wildnis!« – und über die Glyzinie gesagt: »Na, die wird uns im Frühjahr zu einer violetten Wolke.« Dann hatte sie mit dem Kinn auf den Kaki gezeigt: »Aber dort drüben sehen wir in einem Monat viele kleine Sonnen aufgehen. Das wird doch schön, oder, Brummbär?«

Er traf Lea unten im Garten an, wo sie die Wäsche aufhängte. Sie ließ die nassen Sachen wie Peitschen knallen und befestigte sie mit der entschlossenen Miene eines Soldaten an der Leine. Als sie ein Tischtuch aus dem Korb fischte und ihn sah, lächelte sie ihm zu: »Hilf mir.«

Martino warf seine Mappe auf den Boden und machte sich daran, die nassen Kopfkissenbezüge heftig zu schütteln. Damit reagierte er seinen Zorn ab, dass er hier sein musste, und seine Verstörung über den Tod des Mädchens, die er jetzt im Magen gären fühlte. Für ihn war das ein weiterer Beweis, dass die Entscheidung, aus Turin wegzugehen, eine Katastrophe war, ein Unglück, an das man sich unmöglich gewöhnen konnte. Er wünschte, die Kaki würden alle zusammen vom Baum fallen und auf der Wäsche platzen wie Wasserbomben. Die Härchen auf seinen Armen hatten sich aufgerichtet. Seine Mutter bemerkte es. »Moment mal, was ist los?« »Nichts.« »Nun komm schon, sag's mir.« So machten sie eine Zeitlang weiter, bis Martino schrie: »Ich will nicht hier sein, hier sterben die Kinder!«

Bestürzt rief sie aus: »Was sagst du denn da?«

»Eine aus der Parallelklasse ist gestorben«, konnte er noch hinzufügen, bevor er ins Haus lief.

Während sie ihm die Treppe hinauf folgte, überlegte Lea, ob bei der Arbeit jemand davon erfahren und es ihr absichtlich nicht gesagt hatte. Sie hatte sich als Sekretärin in der Strickerei Bellia in Pettinengo anstellen lassen, wo sie Anrufe entgegennahm und die Karteikästen und die Korrespondenz in Ordnung hielt. Der Ort hatte seinen rauen Charme, er war ein großes industrielles Bollwerk, vor über einem Jahrhundert erbaut, von wo aus man die gesamte Ebene von Biella überblickte, und Lea trauerte dem Hutgeschäft am Corso Francia in Turin nicht nach, wo sie über zehn Jahre als Verkäuferin angestellt gewesen war, obwohl sie sofort begriffen hatte, dass ihre neuen Kollegen in Pettinengo sie unsympathisch und abweisend fanden wegen ihrer Eigenart, jede Aufgabe zügig und gut zu erledigen wie ein Roboter, um sich so schnell wie möglich davon zu befreien. Dass sie flammend rote Haare hatte, die wie gefärbt aussahen, half nicht, im Gegenteil, und erst recht half es nicht, dass sie mit ihrem einzigen Kind umgezogen war, ohne ihren Mann mitzunehmen.

Martino saß an seinem Schreibtisch, vor sich den Comic *Südseeballade.* Er hätte gerne Koteletten wie der Held Corto Maltese gehabt. Den Ohrring nicht, der erschien ihm übertrieben – man hätte ihn nicht als Matrosen oder Seeräuber angesehen, sondern als eine Tunte, die man quälen konnte. Es kribbelte ihn in den Augenwinkeln wegen der Tränen, die herauswollten. Seine Mutter kam, um ihn von hinten, über die Stuhllehne hinweg zu umarmen. Sie legte ihre Kehle und das Kinn auf seinen Kopf, atmete in seinen Haaren, und er fühlte sich wieder in Sicherheit, wie in einem Tresor.

15

Giovanna legt Silvia einen großen Kiefernzweig in die Arme. Die Nadeln stechen die Lehrerin, es scheint weniger eine Kiefer als eine harte Bürste zu sein, eine von denen, die man benutzt, um getrockneten Schlamm von den Schuhen zu kratzen.

»Für den Biologieunterricht, Maestra.« Es ist eine eigenartige Giovanna, sie hat nasse Haare, viel länger, als sie je bei ihr waren. »Ich habe geduscht«, erklärt sie, obwohl die Lehrerin nicht zu fragen gewagt hat.

Silvia beobachtet sie, sie hat das Mädchen gern und fürchtet sie.

»Kiefern haben lange Nadeln, sie bilden Büschel oder … oder Zweiergruppen. Richtig?«

Silvia nickt, wendet die Augen nicht von ihr ab.

»Tannen haben kurze Nadeln, über den ganzen Zweig verteilt.«

Von Giovannas nassem Pony fallen Tropfen auf ihr Gesicht.

»Die Zapfen der Tanne sind länger und weicher, die der Kiefer rund und holzig«, fährt sie fort. Sie verlagert ihr Gewicht von einem Fuß auf den anderen.

Silvia sieht eine Gestalt im Türrahmen stehen. Eine Frau, die sie nur erkennen kann, weil sie Fotos von ihr aufbewahrt hat. Es ist ihre Mutter. Silvias Blickrichtung folgend, dreht Giovanna sich um und sagt zu der Frau:

»Weg, weg!«, dann platziert sie sich so, dass sie Silvia die Sicht auf die Tür nimmt. In der Hand hält sie das Lehrbuch, doch auch das ist tropfnass, alle Seiten sind aufgeweicht und wellig, eine Gelatine aus Papier.

»Nichts zu machen, das kriege ich jetzt nicht mehr in Ordnung«, sagt Giovanna, »ich kann es ebenso gut wegwerfen.«

Sie lässt es fallen. Jetzt ist es bunter Aspik, ein gläserner Kasten aus Fett, gefüllt mit Huhn, gekochten Eiern und Gemüse, der in drei oder vier klebrige Stücke zerfällt und sich mit Erde und kleinen Zweigen paniert.

Silvia hat Hunger.

16

Als sie von der Schule zurückkam, waren Giulias Eltern zuhause. Anselmo tobte vor Wut, doch noch schlimmer waren die kurzen Momente, in denen er nicht schrie. Er durchquerte mit großen Schritten das Zimmer und strahlte Angst aus wie ein Funkmast aus Fleisch und Blut. Giulia war, als spürte sie die Wellen, die sich ausbreiteten, in ihrer Brust vibrierten und sich dort anhäuften, eine schädliche Ladung aus Schmerz unter den Rippen. Doch kurz darauf brach ihr Vater in neue Hasstiraden gegen Minero vom Kiosk, den Schuldirektor und Schwester Annangela aus, weil sie nicht sofort ihn, die Polizei und vielleicht sogar noch andere Personen angerufen hatten, die mit dieser Sache überhaupt nichts zu tun hatten.

Ein paar Journalisten klingelten an der Tür, und er empfing sie auf seine Weise – brüllend und fluchend. Die Carabinieri wollte er außen vor lassen, weil sie für ihn stumpfsinniges Bauernpack aus dem Süden und Faulenzer waren, er bat die Journalisten, diskret vorzugehen, und teilte ihnen mit, dass er selbst an der Suche teilnehmen werde, weil er die Gegend und die verschwundene Person am besten kannte. Der Pfarrer wurde nur hereingebeten, weil Gemma und Luisa nunmehr bereit waren, in die Schlacht zu ziehen, und sich wie Märtyrerinnen auf dem glühenden Rost inszenierten. Er war alt, hatte über achtzig Jahre auf dem Buckel und Warzen auf den Lidern und am Augenrand. Wäre er ein junger Priester gewesen, hätten sie vielleicht nichts gegen ihn ausrichten können. Don Luigi forderte sie auf, Gottvertrauen zu haben und zu beten, vor allem zum heiligen Johannes Baptist de La Salle, dem Schutzpatron der Lehrer. Anselmo schnaubte wie ein Stier und bückte sich, um ihm ein Gläschen Genepì einzuschenken.

Luisa hängte sich ans Telefon und rief die Krankenhäuser der Stadt an, außerdem Orte, wo Silvia mit dem Bus oder dem Zug hätte hinfahren können, aber niemand hatte eine Frau wie sie aufgenommen, eine verletzte, verstörte, stumme Frau. Opfer eines Gedächtnisverlusts oder vom Kummer verwirrt. Das war eine gute und eine schlechte Nachricht zugleich. Sie klappte das Telefonbuch zu und unterdrückte ein andrängendes Weinen in der Kehle, sie bemühte sich wirklich sehr, wollte Giulia nicht noch mehr erschrecken.

Gemma wendete Fleischklößchen in Butter, die schlecht geraten waren, körnig und unförmig. Der Tisch war gedeckt, aber niemand hatte Lust, sich zu setzen, außer Corrado, der gefragt hatte, wo Silvia war, und sich als Fünfjähriger mit einer ausweichenden Antwort begnügt hatte. Jetzt hüpfte er um seine Großmutter herum und versuchte, sie zu bewegen, ihm ein Stück Fleisch direkt vom hölzernen Servierlöffel zu geben.

Giulia verbarg ihre Besorgnis viel besser als Luisa. Sie half Corrado, seine Fleischklößchen mit der Gabel in Stücke zu drücken, und zwischendurch warf sie ihrer Mutter ein angespanntes Lächeln zu. Silvia, dachte sie, hätte die angebrannte Butter in der Pfanne mit einem Stück Brot aufgetunkt – sie war verrückt nach Butter, Öl, geschmolzenem Käse, fettigen Krusten, die in den Töpfen kleben blieben.

Giulia hatte sie sehr gern und mochte besonders die Charaktereigenschaften, die Silvia in der Familie zum Vorwurf gemacht wurden. Silvia konnte sich wie kein anderer gegen das streitsüchtige Geschrei von Anselmo abschotten, sie antwortete nicht einmal auf Fragen, wenn sie in Gedanken woanders war. Einmal war sie nachmittags mit Anselmo verabredet gewesen, sie wollten gemeinsam zum Grundbuchamt gehen, er hatte keine Lust gehabt, sie in ihrer Wohnung abzuholen, und sich heiser geschrien, als er auf der Straße wieder und wieder nach ihr gerufen hatte: »Silvia, Silvia! Bist du taub? Das Grundbuchamt! Silvia!«, immer lauter, immer zorniger. Giulia wollte sich die Ohren zuhalten, aber Silvia war völlig ungerührt geblieben, sie schnitt gerade einen Artikel über Grace, die Fürstin von Monaco, aus der *Famiglia Cristiana* aus und machte weiter, bis sie bemerkte, dass jemand von unten schrie. Ohne die Augen zu heben, hatte sie gesagt: »Hör mal, dein Vater ruft dich.«

»Silvia bist aber du«, hatte Giulia festgestellt.

»Ach ja.«

Sie hatte die Schere hingelegt, Mantel und Slipper angezogen und war seelenruhig hinuntergegangen.

Sie war imstande, ganze Gespräche zu überhören, als hätte sie sich Wachs in die Ohren gesteckt. Doch wenn es ihr passte und man sich zu zweit gegenübersaß, interessierte sie sich vorbehaltlos für andere. Es war ihr völlig egal, ob sie mit einem Kind oder mit Erwachsenen sprach, alle hatten ihre ganze Aufmerksamkeit, man fühlte sich bei ihr wie Scheherazade (Giulia besaß eine Prachtausgabe von *Tausendundeiner Nacht*, es war ihr Lieblingsbuch). An solche Gespräche erinnerte Silvia sich, und danach wollte sie mehr erfahren, erkundigte sich nach dem neuesten Stand. Ratschläge gab sie nie. Das Einzige, was sie jungen Menschen, die ihr vor die Flinte kamen, mit piemontesischem Akzent hartnäckig immer wieder sagte, war: »Lerne!«

Giulia ahnte auch, dass Silvia ein Problem hatte: Sie fühlte sich überflüssig. Jeden Abend aß sie bei ihnen, aber eben bei ihnen, bei Giulias Familie, in der sie zu Gast und damit eine Randfigur war. Und das, obwohl Silvia und Anselmo wie Geschwister waren, weit mehr als Cousine und Cousin. Sie waren zusammen von ihren Großeltern aufgezogen worden, weil Silvia eine Waise war und Anselmo der vernachlässigte Sohn seiner Eltern, zur Welt gekommen zwischen einem kränklichen Erstgeborenen und einem niedlichen Mädchen, das die ganze Familie tyrannisierte.

Silvias Verschwinden hatte bei Anselmo nackte Angst ausgelöst, besser gesagt, blinde Wut. Es war eine Angst, die er in keiner Form abreagieren konnte, auch nicht, indem er alle beschimpfte, die Türen zuknallte und mit den Fäusten gegen die Wand schlug. Für den nächsten Tag hatte er eine große Suchaktion in den Wäldern bei Bioglio organisiert, wo Silvia und er geboren worden waren. Neben dem Teller voller Fleischklößchen breitete er eine Landkarte auf dem Tischtuch aus, um die besten Wege zu erkunden. Sie würden etwa ein Dutzend sein, mit fünf oder sechs gehorsamen Jagdhunden. Von Zeit zu Zeit tunkte er einen Selleriestängel in die Salatsoße und verfluchte die Öltropfen, die er selbst auf die Karte fallen ließ.

Giulia war nicht so geschickt darin, sich abzuschotten, wie Silvia, und für diesen Abend hatte sie genug. Sie bat um Erlaubnis, ins Bett gehen zu dürfen, und flüchtete sich mit *Tausendundeiner Nacht* unter die Decke.

Luisa kam gegen neun, um das Licht auszumachen.

»Es wird alles gut ausgehen«, flüsterte sie. Sie glaubte es ganz und gar nicht.

Giulia hätte ihr gerne entgegnet, sie solle damit aufhören, stattdessen sagte sie: »Natürlich, Mama.« Eine unehrliche Replik, die Bemerkung einer Erwachsenen, und Luisa entging nicht, dass sie zu ihrem Satz passte. Ihre Tochter behielt Gefühle für sich, verschwieg sie bewusst, und das bedeutete, sie wurde erwachsen. Luisa hätte gern Anteil an diesem inneren Aufruhr gehabt, doch sie wusste, dass sie langsam, vielleicht sehr langsam, ausgeschlossen werden würde und das wohl oder übel hinnehmen musste.

Sie streichelte Giulias Arm. »Wir können nichts anderes tun, als sie zu suchen und zu hoffen, Schatz.«

Entsetzt wurde Luisa bewusst, dass sie fast gar nicht über Giovanna gesprochen hatten. Mit Silvias Verschwinden beschäftigt, hatten sie das Mädchen vergessen. Sie musterte ihre Tochter, sah die kleinen Hügel unter der Decke und ein seltsam verständiges Gesicht, rätselhaft wie eine Hieroglyphe. Luisa musste einräumen, dass keine Mutter, kein Vater sich hätte vorstellen können, was Giovanna getan hatte. Nicht in ihrem Alter. Sie war zu jung, um die Konsequenzen zu erkennen, um zu verstehen, dass sie nach dem Sprung in den Wildbach nicht mehr existieren würde, sich nicht am Ufer würde hochziehen können, nicht nach Hause gehen und klingeln, während sie Wassertropfen auf die Fußmatte fallen ließ. Vielleicht war sie darum gesprungen, weil ihr nicht bewusst war, dass sie starb.

17

Das Internat. Außergewöhnlich deutlich steht es ihr vor Augen und ist viel wirklicher als der Regen, der durch das halb eingestürzte Dach auf sie niederprasselt. Dennoch öffnet Silvia den Mund, um zu trinken, ihre Zunge ist dick und trocken, ein Stück Pappe. Das bringt sie wieder zurück ins Internat, zu ihren braunen Decken.

Sie schliefen in Schlafsälen und machten jeden Morgen das Bett, gemäß den Vorschriften, nach denen Decken und Laken auf eine Weise festzustecken waren, die es schwierig machte, hineinzukommen, so straff gespannt waren sie. Es gab nichts Weiches in diesen Betten. Auf dem Rechteck der Matratze lag das Rechteck des Kissens, das Rechteck des umgeschlagenen Lakens, das braune Rechteck der Decke. Sie keuchten vor Anstrengung, wenn sie hineinschlüpften. Das Bett musste ein Futteral sein, wo die Körper der kleinen und großen Mädchen für die Nacht abgelegt wurden. Sie durften keinen Bewegungsspielraum haben, um sich zu kratzen, die Knie anzuwinkeln, sich ungehindert zu berühren. Das Nachthemd war weit und steif, das Bett winzig und hart, und diese Kombination war dazu gedacht, zu behindern und zu verhindern.

Nachdem sie das Bett wieder vor sich gesehen hat, tauchen auch ihre Kameradinnen auf, die Internatsschülerinnen. Einige sind ihre guten Freundinnen geblieben, doch jetzt drängen sie sich um sie herum, wie sie damals waren: Mädchen in Uniform mit Knien wie blasse Knollen zwischen den Kniestrümpfen und dem Rock, die unreifen Gesichter schauen hinter Gardinen aus Haaren hervor. Unter ihnen, den Mädchen von einst, Giovanna, ein ewiges Kind, und alle zusammen betrachten sie Silvia wie ein exotisches Exemplar im Käfig.

Mit dem Hintern am Boden kriecht sie so weit zurück wie nötig, um sich in einer unverschrten Ecke der Hütte vor dem Regen zu schützen. Giovanna hat noch immer feuchte, am Kopf klebende Haare, darum schießt Silvia ein Gedanke durch den Kopf, begleitet von einem schwachen Zeitgefühl. Tatsache ist, dass sie vorher (wie lange vorher? unmöglich zu sagen), nicht an die Geschichte von der Dusche geglaubt hat. Sie erkennt, wann ein Kind lügt, und ist sicher (war sicher), dass das Wasser des Wildbachs, in dem sie ertrunken ist, Giovanna durchnässt hat. Jetzt aber fragt sie sich, ob es nicht dasselbe Regenwasser war, das auch auf sie herabgefallen ist. Und wenn derselbe Regen auf sie fällt, dann ist auch Silvia tot, und ihre Visionen sind das, was *nachher* geschieht. Dieses ganze Durcheinander von Ereignissen muss noch einmal durchlebt werden. Alles, also auch Giovannas Tod. Silvia spannt ihren Körper an, weil sie wieder das Klingeln des Telefons hört und auf das Geräusch wartet, wenn der Hörer abgenommen wird.

Doch dann sieht sie, dass die Schülerinnen alle trocken sind. Nur Giovanna ist nass, aber Silvia hat nicht den Eindruck (sie schärft den Blick), als würden neue Tropfen auf Giovanna fallen. Zum ersten Mal überlegt sie, ob nicht das Gegenteil wahr ist – sie könnte schließlich doch lebendig sein, und die Mädchen nicht wirklich dort stehen. Dort, das ist der Fleck, auf den es regnet, und was sich in diesem Moment vollsaugt, ist wirklich, ist wahr. Mühevoll zählt sie auf: Da ist sie selbst, das Stroh, die Zweige, die drinnen und draußen vor der Hütte die Arme ausbreiten, die von der Feuchtigkeit dunklen Wände. Aber diese Dinge interessieren sie nicht, und darum weichen sie zurück und verblassen.

Stattdessen kehrt das Internat zurück, überdeutlich. Die Betten, die Kameradinnen, der Speisesaal, der Geruch nach Suppe und Insektizid, das Besuchszimmer, wo sie sonntags ihre Familien trafen und die Waisenkinder dem Großen Geheimnis zuschauten – wie es ist, eine Mutter zu haben. Wie eine Mutter dich küsst, wie sie dich übergeht. Es gab Mütter, die auch an diesem einzigen Tag in der Woche zerstreut waren. Einmal hatte Silvia gehört, wie eine Mutter ihr Kind anzischte: »Wag ja nicht, zu plärren, wehe, wenn du plärrst«, und das hatte sie verletzt, als hätte dieser ungerechte Tadel ihr gegolten.

Sonntags, das Besuchszimmer. Großmutter mit fleischfarbenen Strümpfen, die um ihre Fußgelenke Falten schlagen, wie die Haut mancher Hunde. Großvater sehr elegant, mit Hut und gut sitzendem Jackett, der Weste und dem Tuch in der Westentasche. Großmutter fielen die Haare aus, und sie hatte Silvia nicht zur Welt gebracht. Das war wichtig, ihre Freundin Marilena, der nur die Schwestern des Vaters geblieben waren, sagte es immer wieder. Marilena ist hier, neben Silvia, und sie berührt ihren Bauch unter dem Nabel, wie schwangere Frauen es tun. »Hab dich nicht so«, sagt sie, »deine Großmutter ist immerhin die Mutter deiner Mutter.« Aber Silvia ekelt die

Vorstellung, dass ihre Mutter aus dem Bauch der Großmutter herausgekommen ist, in dem großen Schlittenbett mit dem Kopfende, in das Blätter und Spiralen geschnitzt sind und in der Mitte die Initialen vom Großvater: CC, Costantino Canepa. Sie selbst hat oft darin geschlafen, auf Großmutters Seite, die die Decken gut feststeckte, damit Silvia nicht herausfiel. Zuhause wie im Internat erwartete sie ein verpuppter Schlaf.

Jetzt glänzen Marilenas runde, graue Augen, und das bedeutet, dass sie angekommen ist: die Mutter von Antonia, die Königin der sonntäglichen Besuche. Silvia erinnert sich nicht mehr an den Namen dieser wunderschönen, blonden Frau mit hohen Wangenknochen, großer Nase und unsichtbaren Augenbrauen, eine majestätische Puma-Frau, aber sie erkennt die zwei kleinen Gläser, die sie immer mitbrachte, sorgfältig in Zeitungspapier eingewickelt (achteckige Kelche mit Goldrand), und die Dose mit Kakaopulver, das in Milch aufgelöst wird. Sie und ihre Tochter Antonia stoßen mit den Gläsern an und trinken. Die Mutter wimmert: »Du fehlst mir, du fehlst mir so sehr«, und Silvia versteht Antonias Unbehagen wegen dieser Ausbrüche, die ihr das lieblose Leben im Internat noch schwerer machen.

»Das glaube ich nicht, wenn du mich hierlässt, dann heißt das, ich fehle dir nicht«, entgegnet Antonia, und die Mutter müht sich mit Leugnen und Erklären ab, bis ihr ein feiger Satz entwischt: »Dein Vater bleibt eisern.« Doch Antonia beruhigt sich nicht, sie will, dass die Mutter betrübt weggeht, so wie sie betrübt dableiben muss, allerdings bereut sie es, kaum dass die Mutter verschwindet. Mit der Zunge sucht sie nach Resten des Kakaogeschmacks in den Mundwinkeln, mit den Augen sucht sie die Blicke von Silvia und Marilena, denn sie haben die Szene miterlebt, und sie sind Waisen, schlechter dran als sie.

18

Es regnete seit Stunden und war noch immer dunkel. Durch das Autofenster sah Luisa die vom Wasser vergrößerten weißen und roten Lichter der Scheinwerfer und die gelben, unbeweglichen der Straßenlaternen vorüberziehen. Auf dem Parkplatz der Fabrik nutzte sie den Regen, um eilig die Wagentür zuzuschlagen und sich ins Trockene zu flüchten. Anselmo war noch galliger als sonst, denn die Suchaktion würde im Regen stattfinden müssen, mit nervösen Hunden und eingeschränkter Sicht. Beide hatten sie an den durchweichten Boden gedacht, an die anschwellenden Wildwasser, die nassen Kleider, die einen Körper schnell auskühlen. Doch vielleicht war Silvia ja an einem überdachten Ort oder hatte wenigstens trinken können.

Die Fabrik, wo Luisa arbeitete, stellte Unterwäsche her: Unterhemden, Unterhosen, Pyjamas, Strümpfe und Strumpfhosen. Die Angestellten und Arbeiterinnen waren ausschließlich Frauen, sie hatten Spinde, wo sie ihren Mantel und die Handtasche verstauen konnten. Als Luisa in die Garderobe kam, hoben sich wie auf Kommando die Köpfe all derer, die gerade mit dem Schloss, ihrem Schal oder der Thermoskanne Tee hantierten, und sie bereitete sich darauf vor, eingekreist zu werden. »Keine Neuigkeiten?«, »Du lieber Himmel, und heute regnet es auch noch«, »Hoffentlich ist sie irgendwo unter einem Dach«,

»Sie hat's nicht ausgehalten, die Ärmste«, »Dabei trifft sie doch gar keine Schuld«, »Silvia war eine außergewöhnliche Lehrerin«.

Luisa nickte höflich. Sie verstand, dass die Frauen aufrichtig besorgt waren, und es half ihnen, sich zu beruhigen, wenn sie dieselben Bemerkungen andauernd wiederholten. Außerdem hielt es sie bei Laune, das ließ sich nicht leugnen, es vertrieb die Langeweile. Silvia war das Thema des Tages. Eine etwas verschrobene, aber bescheidene Frau, die ihr ganzes Leben lang die Aufmerksamkeit anderer Menschen meidet, zieht sie ausgerechnet durch ihr Verschwinden auf sich. Jetzt wurde über manche Episoden ihres Lebens gesprochen, über ihr Aussehen, die Hingabe an ihren Beruf und ihre Einsamkeit. Luisa erkannte das Paradox und fühlte sich verpflichtet, Silvia vor dem Geschwätz zu schützen, obwohl sie zu wohlerzogen war, um damit Wirkung zu erzielen. Doch dann brachte sie etwas in Rage.

»Ist ja auch verständlich. Ein einsamer Mensch, ohne Liebesbeziehungen«, sagte eine Frau mit toupierten Haaren. Mariachiara. »Sie bindet sich stärker als nötig an ihre Schüler, wie soll ich sagen … Irgendwie krankhaft ist das. Ich meine, sie sind alles, was sie hat. Und so eine Lehrerin ist eine gute Sache, oder? Das wissen wir alle. Aber dann passiert ein Unglück, und sie dreht durch. Meine Schwiegermutter kennt sie gut, sie sagt, auch als Mädchen war sie schon nicht ganz normal.«

»Mariachiara!«, kreischte Luisa und wunderte sich sofort über sich selbst. Sie hätte es dabei belassen sollen, aber sie spürte, dass ihr Gesicht bis zu den Ohren glühte, und sie war auf die kleine Gruppe zugegangen. Noch nie hatte sie die Beherrschung verloren, jetzt bewegte sie sich auf unbekanntem Terrain. Den Zorn hatte sie in all den Jahren ganz und gar Anselmo überlassen. Verdammte Närrin, dachte sie. Damit meinte sie sowohl Mariachiara als auch sich selbst. Sie wusste nicht mehr, wie sie aus der Situation herauskommen sollte.

»Oh, Luisa. Ich weiß, es muss schrecklich für euch sein«, bemerkte Mariachiara eilfertig in bekümmertem Tonfall.

Luisa war bereit, den Rückwärtsgang einzulegen, ein versöhnliches Lächeln aufzusetzen und ihre Schicht zu beginnen.

»Wir mögen die Silvia alle. Ich sage ja nur …«

»Was?«

»Na ja, wenn die Fernanda oder die Bruna im Nichts verschwinden würden, wenn du verschwinden würdest, um ein Beispiel zu nennen, dann ja, da würde ich mich wundern. Die Silvia ist doch immer ein bisschen besonders gewesen, oder nicht? Im guten Sinne.«

Luisa roch den giftigen Geruch von Mariachiaras Haarspray, und auch ihr Blick erschien ihr giftig. Sie bemerkte die weißen und grauen Härchen auf dem schwarzen Mantel.

»Wenn du das sagst.« Zum Glück hörten nicht viele Frauen zu. Jedenfalls konnte sie an diesem Punkt nicht mehr haltmachen.

»Hör mal, Mariachiara, du solltest etwas gegen diesen Katzengestank unternehmen. Also, der ist wirklich ekelhaft. Ich glaube, dein Kater hat dir den Mantel bespritzt. Du weißt schon, wenn sie markieren.«

Luisa ließ Mariachiara stehen, die mit einem beleidigten Ausdruck, der sie hässlich machte, an ihren Kleidern roch.

Manchmal, auch in diesem Moment, fragte sich Luisa, was sie hier machte, und mit dem *hier* meinte sie ihr Leben. Es war nicht schön, so etwas zu sagen, sie sagte es auch nicht, sie wagte nicht einmal, den Gedanken auszuformulieren. Die Kinder empfand sie ganz und gar als die ihren. Giulia war ein liebes Mädchen, sie erschien Luisa nicht als eine von denen, die während der Pubertät übel entgleisen, vorausgesetzt Anselmo wurde nicht so unerträglich, dass sie versucht war, mit dem erstbesten Idioten abzuhauen. Corrado, der Kleine, war eine Nervensäge. Gemma, ihre Mutter, behandelte ihn wie einen Prinzen, weil er ein Junge war, sie unterließ es, ihm das beizubringen, was Giulia im selben Alter damals schon sehr gut konnte.

Luisa ahnte, woher ihr Fremdheitsgefühl kam, wie sie auch die tieferen Gründe ahnte, die sie bewogen hatten, Anselmo zu heiraten. Es war wegen dieser Sache, die vor sechsundzwanzig Jahren im Krieg passiert war. Sie hatte von Menschen gehört, die mit Granatsplittern im Körper überlebt hatten, sogar mit Kugeln im Schädelknochen, die man nicht mehr entfernen konnte. So sah sie sich selbst: Mit etwas Hartem und Kaltem irgendwo im Körper, nein, mittendrin, um das herum gegen ihren Willen etwas vernarbt war und ihr dann eine unempfindliche Seite verschafft hatte.

Luisa hatte Heimweh nach dem Friaul ihrer Jugend, wenngleich sie es schwierig, wenn nicht unmöglich gefunden hätte, dort zu leben. Die Landschaft war ohne die

Begrenzung durch Gebirge dem Himmel ausgesetzt, eine einzige weite Fläche aus Grün und Gelb: Tabak, Mais, Weizen. Berge hatten für sie immer eine bedrohliche Dimension gehabt, wie ein Gürtel, der die Taille zu sehr einschnürt. Sie stand lieber unter so viel Himmel wie möglich, wo nichts den Blick begrenzte. Im Friaul war die Polenta weiß, ein Vollmond, den man mit einem Baumwollfaden zerteilte und, wenn er abgekühlt war, auch zum Frühstück und als Zwischenmahlzeit aß. In der Morgendämmerung gerieten die Konturen durch den Dunst, der vom Tagliamento aufstieg, ins Schwimmen, er ließ die ganze Landschaft wie ein Traumbild erscheinen. Luisa hatte viele schöne Erinnerungen. Doch während des Krieges, ausgerechnet in den schlimmsten Monaten des Jahres 1944, hatte sie sich verliebt. Damals hatte sie begonnen, das Häutchen um die Fingernägel abzuknabbern, das Fleisch blieb nackt, rot und schmerzte. So fühlte sie sich überall, ohne Schutzschicht, ohne Schale. Darum riss sie die Häutchen ab, um sich selbst ähnlicher zu werden.

Luisas Familie stand auf Seiten der Partisanen, und darauf war sie stolz. Der Junge jedoch, in den sie verliebt war, hatte einen Bruder bei den »repubblichini«, den Anhängern der Sozialrepublik. Er war kein Faschist, aber trotzdem liebte er seinen Bruder, der das Schwarzhemd trug. Die Partisanen sperrten ihn in einen Heuschober, um ihn zu verhören, sie wollten, dass er seinen Bruder, den Faschisten, verriet, dass er ihnen half, ihn zu schnappen, vielleicht um ihn hinzurichten, vielleicht um ihn bei einem Gefangenenaustausch einzusetzen. Luisa erfuhr nie, ob sie den Jungen aus Enttäuschung oder irrtümlich oder aus Wut bei einem möglichen Fluchtversuch erschossen hatten.

Es waren die Partisanen gewesen, und für sie blieb die ganze Welt stehen. Sie kannte die Partisanen gut, Namen, Gesichter und Familien. Oft waren es ihre eigenen Verwandten, ältere Cousins oder Freunde von Cousins, Schulkameraden, Angelkameraden, Regimentskameraden. Für sie hatte Luisa Beutel mit Kartoffeln, Schnürsenkeln und Wollmützen in den Gräben hinterlassen, sie hatte drei oder vier Pullover übereinander angezogen und sie dann an Zweigen, am Rand des Dickichts festgeknotet. Sie hatte gebetet, damit sie die Nazis verjagten, das tat sie auch weiterhin. Wenn es die Deutschen gewesen wären, hätte sie sich wenigstens im Hass auf die Feinde aufreiben können.

Gemma bemerkte nichts. Sie sagte: »So sind diese Jahre halt. Wir leiden alle wie die Hunde.« Luisa hatte nicht die Kraft, zu erklären, wie sie sich fühlte, und wahrscheinlich auch keine Worte dafür. Es war nicht üblich, von eigenen Schmerzen zu sprechen, und auf die Gefühle von Heranwachsenden wurde erst recht keine Rücksicht genommen, waren sie doch zu wechselhaft und konfus. Luisa hatte Panikanfälle, die »Hunger nach Luft« genannt wurden. »Luisa hat Hunger nach Luft«, sagten sie, »macht ihr Platz, lasst sie sitzen.«

Die Anfälle setzten immer dann ein, wenn sie an das letzte Mal dachte, als sie den Jungen, in den sie verliebt war, gesehen hatte (durfte sie ihn »ihren Geliebten« nennen? Er hatte ihr seine Liebe erklärt, aber es gab nichts Offizielles, und sie hatten sich bloß geküsst). Luisa ging auf der Straße am Graben entlang, er war im Garten seines Elternhauses, stand zwischen den Pflanzen auf einem Schemel und erntete die Bohnen. Die warf er von oben in den Eimer am Boden: *klack*, *klack*, *klack*. Sie rief ihn nicht, sie wollte ihn heimlich beobachten, durch den Gitterzaun und die Blätter. Im Tiefflug durchschnitten die Schwalben das Blau des Himmels, die Bohnen waren meliert, violett und weiß.

Bevor sie heimkehrte, nahm Luisa sich einen Augenblick Zeit, um die Zeitung zu lesen. Es hatte aufgehört zu regnen, die kompakte, niedrige Wolkenschicht war zerrissen, und das Licht wechselte noch immer von Grau zu Rosa, von Rosa zu Grau. Es gab mehrere Artikel über Giovanna und Silvia.

»Nach der Tragödie des Mädchens:
das Geheimnis um die Lehrerin.«

»Elfjährige ertränkt sich, die Lehrerin verschwindet.«

»Viele Vermutungen und keine Klärung
im dramatischen Fall.«

»Man befürchtet eine weitere unbesonnene Tat.«

Auf der zweiten Seite wurde das Foto von Silvia veröffentlicht, das Luisa ausgesucht hatte, in der Hoffnung, irgendjemand könnte sie wiedererkennen. Auch die Turiner *Stampa* brachte es. Sie hatten das Foto im Frühling aufgenommen, auf einer Wiese in Bioglio, es roch nach frischem Gras und in der Sonne geröstetem Staub. Silvia blickte direkt ins Objektiv, doch auch hier machte sie den Eindruck, eher Zuschauerin bei etwas als Gegenstand des Fotos zu sein. Luisa hatte sich selbst neben Silvia aus dem Foto herausschneiden müssen, doch ein Stück Schulter, die Spitze eines Ellenbogens waren geblieben.

Darunter berichtete ein langer Artikel, dass Giovanna viele unentschuldigte Fehlzeiten angesammelt hatte und ihre Lehrerin Canepa sich am Tag der Tragödie entschlossen hatte, die Familie zu benachrichtigen. »Dies könnte einer der Gründe für den Freitod und das darauffolgende Verschwinden der Lehrerin sein. Dennoch versinken das eine und das andere Ereignis zu tief in den dunklen Windungen der menschlichen Psyche, als dass man, und sei es in oberflächlicher und konstruierter Form, irgendeine akzeptable Erklärung im Lichte der Logik wagen könnte.«

Im Gegensatz dazu glaubte Luisa, Silvia zu verstehen. Als sie selbst hatte leiden müssen, war sie nur deshalb nicht davongelaufen, um sich zu verstecken, weil sie, anders als Silvia, kein Schuldgefühl gehabt hatte. Wenn sie nicht tot war und nicht zurückkehrte, dann wollte Silvia nicht gefunden werden.

19

Rufe, Hundegebell in der Ferne. Es scheinen viele Menschen zu sein, und vielleicht rufen sie *Silvia*, aber das betrifft sie nicht. Sie weiß nicht mehr genau, ob sie auf diesen Namen hört, sie erkennt ihn kaum, er ist wie ein Fremdwort, dessen Bedeutung sie nur ungefähr begreift. Aber sie ahnt, dass die Schreie und das Gebell die Vorhut einer Reihe von Ereignissen sind: den Blicken von Anderen ausgesetzt sein, aufgegriffen werden, in ein Auto verfrachtet, in eine Badewanne gesteckt. Diese Ereignisse begreift sie nicht getrennt voneinander und in linearer Abfolge, sondern als ein unbestimmtes Wühlen von Händen und Stimmen in einem Sack, und der Sack ist sie.

Also schleppt sie sich mit ungeheurem Kraftaufwand nach draußen unter den strömenden Regen, und mit einem Mal wird alles dunkel und verschwommen.

Sie öffnet die Augen wieder. Ihre Nasenlöcher sind voll Schlamm, sie spuckt etwas davon aus. Sie kriecht weiter, schlüpft unter einen dornigen Brombeerbusch, der die Haselnusssträucher überwuchert hat. Sie liegt im Dickicht, wo niemand sie retten kann.

Als die Stille zunimmt und sich allmählich den Wald zurückholt, kehrt sie auf allen vieren in die Hütte zurück.

20

Der einzige Freund, den Lea und Martino in Bioglio hatten, war Gianni. Er war ein entfernter Cousin dritten oder vierten Grades, dem sie vor ihrem Umzug nur ein paar Mal auf Hochzeiten begegnet waren, und Lea hatte höchstens zehn Worte mit ihm gewechselt. Jetzt bereuten beide, dass sie sich früher nie gegenseitig besucht hatten, denn sie waren augenblicklich Freunde geworden.

Auch Gianni arbeitete in der Strickerei, wo er für den Export zuständig war, denn er konnte gut Englisch. Er war hochgewachsen und dünn, mit einer Nase wie ein umgedrehter Pilz, schmalen Lippen, durch Grübchen und Narbenlöcher entstellten Wangen und Haaren, die ihm wie eine Bürste vom Kopf abstanden. Er sei hässlich, sagte er immer wieder, aber Martino dachte, dass das nicht stimmte, Gianni war ganz und gar nicht hässlich. In einem Western wäre er ein vom Pech verfolgter Revolverheld gewesen, oder der Totengräber, der im richtigen Moment dem Helden das Leben rettet, indem er ihn in einem Sarg versteckt.

Wenn er auf eine Tasse Kaffee bei ihnen vorbeikam, suchte Gianni manchmal in seiner Hemdtasche nach einer Zigarette. Dann warf Lea ihm einen bösen Blick zu, wies mit den Augen auf Martino und mit dem Kinn auf die Tür, worauf er den Kopf schüttelte und mit dem Zeigefinger andeutete: Ich rauche später.

Sie sprachen vor allem über Bücher. Gianni schrieb Erzählungen, die Lea in einer Nacht verschlungen hatte und wunderschön fand. Zum ersten Mal in ihrem Leben war sie die Freundin eines Schriftstellers, und das hätte sie einschüchtern können, aber da Gianni eher von ihr eingeschüchtert schien, hoben sich die beiden Befangenheiten gegenseitig auf.

Manchmal zitierte Gianni auswendig Milton und Gerard Manley Hopkins, und dann übersetzte er sie aus dem Stegreif. Er sagte: »Wenn du ein Gedicht übersetzen willst, Martino, musst du darauf achten, wie es vorwärts hüpft, also ein Enjambement macht. En-jam-be-ment.« Um ihm einen Gefallen zu tun, skandierte Martino »En-jam-be-ment«, obwohl er nicht im Traum daran dachte, selbst Gedichte zu übersetzen. In der Schule hatten sie Carducci auswendig lernen müssen, und den hatte er stinklangweilig gefunden.

Doch Gianni ließ ihn die Wörter in einem neuen Licht sehen, und es war, als würde Martino zum ersten Mal in seinem Leben klarwerden, dass er sie benutzte. Als er sich vor zwei Sommern das Handgelenk gebrochen hatte, musste er in der Physiotherapie wieder lernen, es zu gebrauchen; dann betrachtete er es eine ganze Weile, schmal und weich wie ein Tintenfisch, während er es drehte und bog, und dabei dachte er: Ha, sieh mal einer an, wozu ein Handgelenk so alles nütze ist, ein Haufen Sachen. Bei Gianni und seinen Gedichten hatte er ein ähnliches Gefühl, bloß dass die Wörter ihm sogar noch nützlicher waren als das Handgelenk, denn sie dienten dazu, etwas zu sagen, zu fragen. Er dachte durch die Wörter.

Wenn Gianni gut drauf war, sagte er: »*Glory be to God for dappled things / For skies of couple-colour as a brinded cow … Gelobt sei Gott für gesprenkelte Schöpfung / Für Himmel, vielfarbig, wie Vieh gefleckt*; Für Himmel, vielfarbig, wie Vieh gefleckt! Nun, lass mal hören, wie kommt dir dieser Himmel vor? Wie ein Straßenpflaster aus Wolken?«, und Martino stellte sich vor, wie er selbst kopfüber hing wie eine Fledermaus, und der Himmel über seinem Kopf war eine graue Piazza.

»Du willst Eindruck schinden, na, Gianni? Was für eine Szene!« Lea machte sich über ihn lustig.

»Das war noch gar nichts«, erwiderte er und fing mit John Donne an: *»Fade Liebe der Sublunaren / (Deren Seele Sinn ist) kann Abwesenheit / nicht dulden, da sie das tilgt / was sie belebt.*«

»Wer sollen denn diese Sublunaren sein?«, fragte Martino, der sich kahlköpfige Aliens in einer fliegenden Untertasse vorstellte.

»Wir, mein Lieber. Du bist ein sublunarer Junge.«

Lea ergänzte: »Wir, mit unserer faden Liebe«, und Gianni drehte sich grinsend zur Wand um.

An diesem Nachmittag merkte Martino, dass Gianni wegen der verschwundenen Lehrerin besorgt war und nicht in den Himmel schaute, um Ähnlichkeiten zu entdecken, sondern, um zu sehen, ob die Aufheiterung anhalten oder ob es wieder zu regnen beginnen würde wie am Tag zuvor, die ganze Nacht hindurch und am Vormittag. Ihr Garten war vom Regen durchnässt, in der Traufe gurgelte noch immer das Wasser, und zuletzt waren ein paar Kakis vom Baum gefallen.

»Wie geht's in der Schule ohne Silvia? Ohne die Lehrerin Canepa, meine ich.«

»Sie ist nicht meine Lehrerin. Es gibt einen Stellvertreter, ich weiß nicht genau. Alle sind traurig.«

»Und die Suchaktion, Gianni?«, fragte Lea.

»Hier in der Umgebung kein Erfolg. Wir hatten große Hoffnungen, aber nichts. Falls sie in der Nähe ist, antwortet sie nicht auf Rufe. Bleibt zu hoffen, dass sie einen Zug genommen hat und weggefahren ist.«

»Kennst du sie denn gut?«.

»Sehr gut, seit wir Kinder waren. Sie ist allerdings jünger als ich, mindestens vier Jahre jünger.«

Plötzlich kam Martino die Idee, den Wald zu durchforschen. Das erschien ihm als eine Mission, ein Abenteuer. Er selbst konnte die Lehrerin finden und die Achtung und Dankbarkeit von Gianni, seiner Mutter, der ganzen Schule und auch dieser Streberin Giulia einheimsen. Wenn er mit einer solchen Unternehmung Erfolg hatte, würde er seine Eltern davon überzeugen können, nach Turin zurückzukehren. Einem Helden verwehrt man die Rückkehr in seine Heimat nicht. Er würde in das verhängnisvolle Grün von Bioglio eindringen wie in das Dickicht einer von Kannibalen bewohnten Insel oder ins Herz des schwarzen Dschungels. Etwas zwischen Sandokan und Corto Maltese. Keine Südseeballade, sondern die Ballade des nassen Waldes würde Gianni dann schreiben. Martino ging seinen Regenmantel und einen Wanderstock holen.

»Ich geh kurz raus.«

»Na, das ist ja mal eine Neuigkeit.«

In den vorangegangenen Wochen hatte Martino sich

mit all seinen Kräften bemüht, die Außenwelt zu ignorieren, damit die Blase aus Erinnerungen an Turin, in der er hauste, nur ja kein Loch bekam.

»Geh aber nicht zu weit weg. Und vergiss das Spray nicht«, sagte Lea. Sie meinte das Asthmamittel.

»Ich drehe eine kleine Runde, es regnet ja gerade mal nicht.«

»Einverstanden. Willst du dir einen Imbiss mitnehmen?«

Lebensmittel waren keine schlechte Idee. Während er sich ein Butterbrot mit Zucker schmierte, hörte Martino, wie Gianni zu seiner Mutter sagte: »Weißt du was? Ich hoffe nur, dass sie nicht vor Kummer verrückt geworden ist. Ich hoffe, dass man sie nicht halbtot vor Hunger und nicht mehr ganz richtig im Kopf findet. Das fehlte uns gerade noch. Die Silvia im Irrenhaus.«

»Hast du nicht gesagt, ihre Verwandten sind anständige Leute? Die würden sie sicher nicht einliefern.«

»Ja, das stimmt. Aber die psychiatrischen Gutachten machen nicht sie.«

Eine Verrückte mit einem Vulkan aus Haaren auf dem Kopf und einem langen Kittel, das war etwas, was Martino wirklich Angst machte. Wie die Frau dieses englischen Herrn, der sie zu Recht auf dem Dachboden eingesperrt hatte … Bertha, Bertha Mason. Seine Mutter hatte ihm die Geschichte erzählt. Obendrein war Bertha eine pyromanische Verrückte. War er bereit, so eine Mission zu übernehmen? Corto hätte sich das nicht zweimal überlegt. Von Sandokan ganz zu schweigen. Vor allem aber war die Lehrerin Canepa, so wie er sich an sie erinnerte, eine Frau, die keiner Fliege etwas zuleide tun konnte. Es war dieser Gedanke, der ihn nach draußen trieb, auf die feucht glänzende Wiese und weiter, hinein in den Wald, der ihm munter auf den Kopf tropfte.

21

Der Geruch nach Harz und frischem Holz war sehr stark, er spürte, wie die Luft in seine Lungen drang und die Flusspferdhaut mit Sauerstoff füllte, sie weich machte. Anfangs war ihm, als würde er Turin mit jedem Atemzug verraten, dann sagte er sich, dass diese Expedition so etwas war wie ein Sonntagsausflug ins Gebirge.

Wo der Regen den Boden morastig gemacht hatte, wurden die Würmer an die Oberfläche gedrängt. Martino kannte den Grund, weil er mit dem Atmen zu tun hatte. Würmer nehmen Sauerstoff über die Haut auf, und wenn die Erdtunnel, in denen sie leben, mit Regenwasser volllaufen, müssen sie auftauchen, damit sie nicht ersticken. Er bückte sich, um den Boden mit der Stockspitze aufzuwühlen, dabei unterdrückte er den Impuls, die Würmer zu zerstückeln. Denn ihre Farbe widerte ihn an, rötlich und violett wie Eingeweide, und dann die winzigen Ringe, die Schwellungen am fadenförmigen Körper.

Auf dem Boden hockend, sah er zwei haarige Raupen an einem Grashalm emporklettern. Aus den Löchern in der Baumrinde waren Käfer herausgekommen, wie kleine Modellautos liefen sie über die Rinde, dabei wichen sie den Baumknoten und diesen grauweißen Pilzen aus, die mit dem Baum eine Einheit bildeten. Martino schlug mit dem Stock nach Herzenslust auf sie ein, denn abbrechen konnten sie nicht. Er sah einen Specht, der auf der Suche nach Larven eine Buche durchlöcherte. Der Specht fraß die Larven und die Larven das Holz. Mehrmals geriet Martino mit dem Gesicht in ein Spinnennetz. Er riss ein Farnkraut heraus, und als er es umdrehte, sah er die braunen Flecken der Sporen.

Er hatte sich ablenken lassen, seine Suche völlig vergessen. Nun sammelte er Tannenzapfen und warf sie von sich, als wären es Handgranaten, dabei ahmte er das Geräusch von Explosionen nach. Er schlug auf die weißgrauen Kugeln der Boviste, um zu sehen, wie die pulvrige kleine Wolke aus ihnen aufstäubte, und sang vor sich hin: »Wolfsfurz! Wolfsfurz!« Auch auf die Fliegenpilze und ihre mit weißen Bläschen übersäten Schirme schlug er ein. Dann benutzte er den Stock wie ein Schwert gegen die Truppen der Thugs. Das hohe Gras wickelte sich um den Stock und behinderte ihn, die Stängel trafen aufeinander wie richtige Duellanten. Er wütete gegen die Robinien, die ihn mit ihren grünen Dornen bedrohten.

Er rang nach Luft und musste innehalten. In der Tasche seiner Regenjacke tastete er nach dem Spray, es war an seinem Platz. In Wirklichkeit war es das zauberkräftige Stärkungsmittel, das ein Schamane ihm nach heroischen Taten als Zeichen seiner Dankbarkeit geschenkt hatte. Um genau zu sein: die Rettung seiner einzigen Tochter, die die Feinde gefangen genommen hatten. Da fiel Martino seine Mission wieder ein, und er stieg weiter hinauf bis zu einer halb verlassenen, kleinen Kapelle. Vor dem eisernen Gitter stand ein Blumentopf, doch die Blumen waren verwelkt und vom Regen durchweicht. Die Schwarze Madonna in der Nische verblasste, und ihr war ein lächerlicher Bart aus Moos gewachsen; das Jesuskind, ebenfalls schwarz, wirkte wie die Miniaturausgabe eines Erwachsenen, mit Augen wie eine Seebarbe, übertrieben groß. Wer die gemalt hatte, konnte einem leidtun, dachte Martino.

Ab hier wurde die Vegetation wilder, Brombeerbüsche hatten das Unterholz besiedelt, und niemand kam, um das Holz zu schlagen oder Walnüsse, Haselnüsse und Kastanien zu sammeln. Das Gehen bereitete Martino viel Mühe, aber das ermutigte ihn, statt ihn zu bremsen, denn er stellte sich wieder vor, er wäre im Dschungel. Da gab es eine kleine Lichtung, wo das Gras und die Blätter hier und da zerdrückt waren. Er wusste es nicht, aber diese Spuren hatten die Rehe hinterlassen, die hierher zum Schlafen kamen. In der Nähe erkannte er die Umrisse einer Hütte, einer Art Stall, von Bäumen umzingelt. Ein Lager der Thugs. Mit gezücktem Stock schlich er sich an.

Er würde nach allen Regeln der Kunst vorgehen. Zuerst musste er einen Blick ins Innere werfen, um die Stärke der feindlichen Kräfte abzuschätzen, obwohl er auf jeden Fall in ihre Mitte springen und ein Blutbad anrichten würde: je zahlreicher die mörderischen Würger, desto größer der Ruhm. Er nahm seinen Schal ab und wickelte ihn sich wie einen Turban um den Kopf. Er war bereit.

Verstohlen spähte er durch den Eingang und schreckte augenblicklich zurück, herausgeschleudert aus seiner Fantasie. Die Überraschung nahm ihm den Atem, seine Brust verhärtete sich in einem einzigen Krampf. Seine erste Regung war, zu fliehen, aber vorher musste er seinen Atem wieder in den Griff kriegen. Hier, im Dickicht des Waldes, durfte er keinen Anfall bekommen. Er zog sich vom Eingang zurück und wühlte, mit dem Rücken an die Bretter der Hütte gelehnt, in seiner Tasche nach dem

Spray. Mehrmals atmete er den Strahl ein, in seinen Ohren rauschte das Blut.

Es war nicht so gewesen wie beim Spielen, wenn er die Thugs oder die Apachen zu sehen glaubte und vor Angst erschauerte, obwohl sie nicht real waren. Da war wirklich jemand. Doch als er sich erneut (so wenig wie möglich) zum Eingang vorbeugte, hoffte er trotzdem, dass er sich geirrt und einen Sack oder einen Haufen Heu für einen Menschen gehalten hatte.

Er sah Haare, ein Gesicht, einen Pullover, einen Rock. Die verschwundene Lehrerin lag zwei Schritte von ihm entfernt, sie lebte. Wieder versteckte er sich und zählte bis zehn, wie seine Mutter ihm aufgab, wenn sie wollte, dass er sich beruhigte, auch wenn es nie klappte. Dann dachte er: verdammte Scheiße, verdammte Scheiße, verdammte Scheiße, biss die Zähne zusammen und ballte die Fäuste. Jetzt schien es ihm etwas besser zu gehen, doch noch immer traute er seinen Augen nicht. Er schloss sie und drückte mit den Daumen auf die Lider, als wollte er sich vergewissern, dass seine Augen funktionierten. Als er die Finger wegnahm, flackerte ein rotes Licht hinter seinen Lidern. Nach und nach erkannte er den Wald, seine mit Erde verschmutzten und von der Feuchtigkeit dunkel gefärbten Schuhe. Es war kein Traum, er befand sich wirklich an diesem Ort.

Er beschloss, noch einmal in die Hütte zu spähen, und bemerkte, dass die Lehrerin in genau derselben Haltung geblieben war, reglos und wie betäubt. Sie lag in einer Ecke, ihre trüben Augen erinnerten ihn an den Hund eines Wohnungsnachbarn in Turin, der vom grünen Star erblindet war. Doch da war noch etwas: Die Lehrerin stank.

Fast brachten ihn die Anspannung, der Schrecken und der Ekel zum Lachen. Silvia Canepa roch nach Pipi, Schweiß und modrigen Kleidern, es war ein ranziger Geruch, klar von den anderen Gerüchen des Waldes zu unterscheiden. Martino wollte sich die Nase zuhalten, traute sich aber nicht, außerdem war es in seinem Zustand nicht ratsam, die Atemwege zu verstopfen.

Er überlegte, ob er etwas sagen sollte, versuchen sollte, mit ihr zu sprechen. *Wie spricht man mit einer Lehrerin, die sich versteckt hat und nach Pipi stinkt?*

Nein, entschied er, ich muss Hilfe holen, und sofort stellte er sich vor, wie er Hals über Kopf ins Tal rannte, um Alarm zu schlagen, Ich hab sie gefunden!, dann gegen den Zweifel seiner Mutter und der anderen Erwachsenen ankämpfte, von Giannis Hoffnung beflügelt erklärte, an welchem Ort sie lag, aus der Entfernung die ersten Helfer beobachtete, wie sie die Hütte betreten und kurz danach herauskommen, die Lehrerin stützend, der sie eine Decke umgelegt haben. Sein Rücken würde schmerzen, wegen der anerkennenden Schläge auf die Schultern, seine Gesichtsmuskeln wären müde vom Lächeln bei den Komplimenten. Ja, ich bin rausgegangen, um sie zu suchen, ich bin allein mitten in den Wald gegangen und habe die Hütte entdeckt.

Eine Welle aus Stolz breitete sich warm in seinem Magen aus. Am Tag darauf in der Schule, die Flure bis obenhin angefüllt mit Bewunderung, das vielstimmige Gemurmel, das während der Pause wie kleine Feuer knistert, und er in einer Ecke, funkelnd vor Bescheidenheit. Schwester Annangela, die Fogli, der Direktor, die ihn zu sich rufen, ihm danken. Giulia, die schüchtern näher kommt, ganz gerührt ist und flüsternd ihre Anerkennung ausdrückt: »Wenn du nicht gewesen wärst ...«

Er schaute ein letztes Mal in die Hütte, um herauszufinden, ob die Lehrerin verletzt war. Seit wann hatte sie nichts mehr gegessen? Warum war sie nicht schon tot? Sie hatte den Regen getrunken, ja, darum hatte sie durchgehalten. Aber sie hatte nicht einmal mehr die Kraft, aufrecht zu sitzen, manchmal hob sich schwankend ihr Kopf, wahrscheinlich immer dann, wenn sie Luft holte.

Er hörte wieder Giannis Stimme: »Ich hoffe nur, dass sie nicht vor Kummer verrückt geworden ist ...«, und dann etwas über Irrenhäuser und Ärzte. Martino stellte sich Krankenpfleger und Ärzte vor, die riesige Spritzen in der Hand hielten, wie auf einer Karikatur. Trotzdem musste er ganz bestimmt Hilfe holen. Lieber im Irrenhaus als auf dem Friedhof.

Von einer plötzlichen Eingebung gepackt, holte er das Butterbrot aus der Tasche. Er wagte nicht, sich ihr zu nähern, nein, auf keinen Fall. Es hatte ihn schon große Mühe gekostet, nicht wegzulaufen. Also warf er ihr das Butterbrot zu, so behutsam wie er konnte, um sie nicht zu erschrecken, um keine Regung aggressiven Irrsinns bei ihr hervorzurufen, man weiß ja nie.

Silvia blinzelte und runzelte ungläubig die Stirn, als wäre ein Meteorit neben ihr abgestürzt. Sehr langsam hob sie den Kopf und konzentrierte sich auf das, was sie sah. Ein Junge im Eingang der Hütte. Ein verängstigter Junge, der sie dem Wald und dem Hungertod entreißen würde. Wer weiß, wie lange sie schon nicht mehr sprach, der Mund gehorchte ihr nicht. Martino las ihr die Anstrengung vom Gesicht ab und reagierte, indem er sich anspannte, bereit, sofort wegzurennen. Die Lehrerin machte den Mund auf und zu wie eine Asthmatikerin, in ihren Mundwinkeln sammelten sich Speichelbläschen.

»Sag es keinem«, hauchte sie. Danach verschloss sie sich wieder in ihrem Gehäuse.

22

Wie eine Lawine raste er vom Gipfel des Hügels nach unten, Büsche mit sich reißend. Ihm war, als müssten seine Beine sich beim nächsten Sprung vom Becken lösen, seine Muskeln glühten, das Blut hämmerte ihm gegen die Schläfen. Er wollte schreien. Dann musste er stehen bleiben, vornübergebeugt vom Schmerz in der Milz, die Fingerspitzen gegen die Rippen gedrückt. Nach diesem Moment zwang er sich, aufmerksamer voranzugehen. Sonst riskierte er, sich zu verlaufen, und würde viel Zeit brauchen, um nach Hause zu kommen. Die Vögel riefen einander von einem Ast zum anderen, unter dem Laubdach der Bäume war das Licht schwächer und körniger geworden. Bald würde die Sonne untergehen.

Als die Vegetation spärlicher wurde und Martino die ersten Häuser des Ortes sah, verlangsamte er seine Schritte, und das zeigte ihm, dass er unsicher war, nicht wusste, was er tun sollte. Er wurde nervös. Er hatte die verschwundene Lehrerin gefunden, er hatte sie gefunden! Feigheit war jetzt nicht angebracht. Er schüttelte den Kopf, um ihre Worte zu verscheuchen, die ihn wie Fliegen umschwirrten: »Sag es keinem.«

Die Lehrerin starb, er konnte sie nicht dort lassen. Warum wollte sie nicht, dass man ihr half? Ihr *musste* geholfen werden. Wenn du eine siehst, die sich erschießen will, versuchst du, sie umzustimmen, und wenn du kannst, stürzt du dich auf sie und hinderst sie daran, den Abzug zu drücken. Hier war es dasselbe. Aber die Lehrerin starb nach und nach. Sie tat gar nichts, sie blieb sogar völlig reglos, sie verwandelte sich langsam in eine Pflanze, ein Stück Wald. Martino hatte irgendwo gelesen, dass sich die Eskimos, wenn sie alt sind und der Tod nah, allein auf die vereiste Ebene zurückziehen und zulassen, dass die Kälte sie mitnimmt. Aber die Lehrerin war ja nicht so alt, ihr Fall musste ein anderer sein.

Sie ist doch verrückt, sagte er sich, warum machst du dir einen Kopf, sie ist verrückt. Dass sie dich um etwas gebeten hat, zählt nicht, weil sie nicht mehr alle Tassen im Schrank hat.

Zum Beispiel musste sie sich, um so zu stinken, in die Hose gemacht haben. Nur die Penner, die in Turin unter den Bogengängen schliefen, dünsteten diesen starken, beißenden, pfeffrigen Geruch aus, eine Mauer aus Gestank, die saubere Menschen auf Abstand hielt. Das Ekelgefühl der anderen schützte sie, niemand hatte Lust, sie anzufassen, weder um ihnen zu helfen noch um sie anzugreifen.

Den Wunsch, sich zu verstecken, den konnte Martino allerdings verstehen. Es war schon vorgekommen, dass er aus Scham verschwunden war, wenn er etwas Böses oder sehr Ungeschicktes getan hatte oder von anderen Kindern gedemütigt worden war oder seinerseits andere heruntergemacht hatte. Dann hatte ihn seine eigene Grausamkeit gedrängt, auf der Stelle zu fliehen.

Am Ende des ersten Grundschuljahrs an seiner alten Schule hatte einer seiner Feinde, ein abscheulicher Junge, durch den Schulhofzaun gegriffen und mit einem Blatt in seiner Hand einen Brocken Hundekot aufgesammelt. Dann hatte er Martino damit beworfen. Der Brocken war auf Martinos Jacke zerplatzt und hatte sie beschmutzt, und sogar seine Freunde hatten ihn ausgelacht. Heute würde er als Antwort blindlings und heftig zuschlagen, doch damals war er klein, mit Hundekacke beschmiert, und die Schmach hatte ihn gepackt wie ein Fieberanfall, mit Schüttelfrost und Schwächegefühl. Er war in eine Hecke gekrochen und auch am Ende der Pause nicht herausgekommen, auch dann nicht, als man im Pausenhof nach ihm suchte, und nicht einmal, als ihm schon beide Füße eingeschlafen waren. Ein Hausmeister hatte ihn aufgestöbert und schweigend in seine Loge gebracht. Dort hatte er die schmutzige Jacke in eine Plastiktüte gepackt und Martino eine Mandarine zu essen gegeben.

Kinder verstecken sich. Kinder machen sich in die Hose. Aber sie war eine Lehrerin. Eine Lehrerin ist das Gegenteil von Kindern, sie sitzt ihnen gegenüber, auf dem Podest, und sagt, was sie tun sollen. Tatsächlich hatte diese Lehrerin ihn um etwas gebeten, und der Lehrerin gehorcht man normalerweise, egal, ob man damit nicht einverstanden ist oder es nicht tun möchte. Gilt eine verrückte und sterbende Lehrerin noch als eine Lehrerin? Wenn er sie nicht betrog, würde Martino alle anderen betrügen, all jene, die nach ihr suchten. Und wenn sie starb? Das würde für immer auf ihm lasten. Er spürte den Stachel der Angst, der ihm in die Seite stach, ganz so wie der Schmerz in der Milz vorhin, und er wollte sich davon befreien, das Bedürfnis, sich den Erwachsenen anzuvertrauen und sie entscheiden zu lassen, war sehr stark.

Alles, was passiert war, das tote Mädchen und die Lehrerin auf der Flucht, Ereignisse, die in dem Moment auf ihn eingestürzt waren, als er die Hütte entdeckt hatte, war zu viel für ihn allein. Aber warum zögerte er dann? Noch nie hatte er so ein Geheimnis für sich behalten. Er war der Einzige im Dorf und in der ganzen Stadt, der Einzige auf der ganzen Welt, der wusste, wo die Lehrerin war und dass sie lebte. Mit diesem in ihm verborgenen Geheimnis würde er sich unmöglich langweilen können, nicht mal in Bioglio, weit weg von seinen Freunden. Das Geheimnis war eine Bürde und eine Entschädigung. Es war etwas, über das nur er entscheiden konnte. Seine Mutter nicht, sein Vater nicht, nicht die Erwachsen.

»Du musst es sagen«, rief er aus.

Doch er ging noch immer langsam. Er spürte, wie innerlich etwas an ihm riss, mal von der einen, mal von der anderen Seite, sage ich es oder sage ich es nicht, und schließlich öffnete er die Haustür, ohne dass er entschieden hatte, was er tun würde. Als seine Mutter sah, dass er aufgeregt war, und fragte: »Ist dir was passiert?«, antwortete er unwillkürlich »Nichts«, denn ihm schien, dass er sich mit dieser Antwort noch nicht festgelegt, die Entscheidung nur aufgeschoben hatte.

Beim Abendessen hoffte er, dass die Lehrerin sein Butterbrot gegessen hatte und in dieser Nacht nicht sterben würde. *Wenn sie nicht stirbt, schreib ich nie mehr die Hausaufgaben bei Piero ab, wenn wir wieder in Turin sind. Ich trete nie mehr nach den Tauben, obwohl ich sie sowieso nie treffe. Ich schnäuze mich nie mehr in den Ärmel.*

Später, im Bett, genoss er das gebügelte Baumwolllaken und ließ die Federn der Matratze hüpfen, er rieb seine Wangen am Kopfkissen aus Daunen und strich über die wollene Decke. Der Kopfkissenbezug und das Laken waren weiß, mit blauen Vergissmeinnicht gesäumt, und jede Blume hatte zwischen den Blütenblättern einen aufgeprägten, gelben Ring.

Martino war geborgen, warm und trocken, er glaubte, den Geruch des Verputzes noch in der Nase zu haben, den sie vor einem Monat aufgetragen hatten, ein guter, handfester, zivilisierter Geruch nach Lösungsmittel und Ziegelstein. Er dachte an sie dort oben im Wald, ganz allein der Feuchtigkeit und Dunkelheit ausgesetzt, und während er einschlief, wurde der Wald wieder zum Wald der Märchen, zum Raum der Gefahren und Verbote, dem alten, fleischfressenden Ort, wo der Wolf lebt, wo die Kinder ausgesetzt werden und sich verlaufen, dem Riesen und der Hexe begegnen. Das erste Labyrinth.

23

Die Erscheinung des Jungen verfliegt schnell. Silvia ist nicht sicher, ob sie anders war als die Besuche von Giovanna, der Mädchen aus dem Internat, die Erscheinung ihres eigenen, vergangenen Selbst, der Auftritt all dieser fleischigen Seelen, die sich darauf versteift haben, mit ihr in Kontakt zu treten. Aber da liegt das faustgroße Päckchen zu ihren Füßen, vom Pergamentpapier geschützt.

Sie will es nicht öffnen. Sie will Festigkeit verlieren, langsam zerfallen wie die Hütte, ihre Person von sich abschälen. Der Pullover ist schon fast Moos, die weiße Haut ist eiskalt, natterngleich.

Das Eingewickelte aber hat nichts mit dem Wald zu tun, es fordert sie auf, die Finger zu benutzen, eine Handbewegung aus dem früheren Leben zu vollführen, etwas zu berühren, was nicht Holz, Blätter, Erde ist, sondern aus einer Küche kommt, vielleicht einem Feinkostgeschäft. Das Päckchen lässt sie stärker leiden.

Sie schließt die Augen und öffnet sie erst wieder, als die Nacht ihr Werk verrichtet hat. Jetzt ist das Päckchen schwer zu unterscheiden, ein Schatten zwischen den anderen, und könnte ein Stein sein. Aber es ist dort, und plötzlich, nach langem Zögern hebt Silvia es einfach auf und erkennt den Geruch der Butter.

Ein belegtes Brötchen. Sofort wird ihr schwindelig vor Hunger, sie ist kurz davor, ohnmächtig zu werden. Ein heftiger Schmerz bohrt sich mitten zwischen ihre Augen. Das Kind war kein Gespenst, und es hat ihr sein Pausenbrot hingeworfen.

Sie muss, um die Zähne zu benutzen und zu beißen, mühsam Unter- und Oberkiefer koordinieren, sie haben sich verschoben, können nicht in das Brot eindringen, und unterdessen spürt sie, wie sich ätzende Magensäfte ansammeln. Sie knabbert die Kruste ab, bis zum weichen, fettigen Brotinneren. Der Zucker knirscht in ihrem Mund.

Als sie aufgegessen hat, ist die Bewusstseinstrübung verschwunden und sie fühlt sich schuldig. Ihre Fingerspitzen glänzen von der Butter. Eine Blutsaugerin, das ist sie. Sie sollte sich übergeben, sie verdient es, dieses Brötchen auszukotzen. Sie stellt sich ihre Schleimhäute vor, die verzweifelt versuchen, die Nahrung eilig aufzunehmen, schnell, schnell, bevor der Wahnsinn die Oberhand gewinnt, bevor diese unvernünftige Person, die kommandiert, sich zwei Finger in den Hals steckt.

Zum ersten Mal weint sie, und hinter dem Schleier der Tränen begegnet ihr wieder Giovanna. Auch sie isst, ein Stück Melone, und spuckt die Kerne weit fort. Ihre Miene ist spöttisch, wenigstens kommt es Silvia so vor.

Warum hast du dieses Brot gegessen, Silvia? Du warst doch auf einem guten Weg, tadelt sich die Lehrerin.

Wie sie sich anstellt, sagt Giovanna, scheint sie zu sagen.

Später in der Nacht versucht Silvia, sich an das Gesicht des Kindes zu erinnern, und kann ihm einen Namen geben: Martino Acquadro aus Turin, der asthmatische Junge in ihrer Schule. Was wollte er hier, auf dem Gipfel des

Rovella? Wo nicht einmal die Hunde hingekommen sind. Martino.

Ein Gesicht, ein Stück Brot und wenige Gramm Fett haben die Lehrerin wieder mit der Welt verbunden. Und sie hat Durst, jetzt fordert der Körper sein Recht, will versorgt sein, und sie muss ihn im Zaum halten, als gute missratene Mutter.

Plötzlich wird ihr klar, dass das unwichtig ist, denn der Junge wird Alarm schlagen. Die Angst verschmort ihr den Magen. Sie möchte weglaufen, kann sich aber nicht bewegen, sie spitzt die Ohren und wartet, dass man sie holen kommt, dass man sie zwingt, zu den Lebenden zurückzukehren.

24

Bei der Beerdigung gab es ein Menschengedränge, um voranzukommen, musste man sich mit eng angelegten Armen durchdrücken und sich andauernd entschuldigen. Giovannas Schulkameraden waren im linken Seitenschiff versammelt, rechts saßen die Kollegen des Vaters und die Leute, die ins Tal heruntergekommen waren, die Haut gegerbt von Sonne und Wind, die Schnurrbärte der Männer gelb vom Rauch der Pfeife und der handgedrehten Zigaretten. In den ersten Reihen saßen die Verwandten, fern und unerreichbar, die vorderste Front in Schwarz vor dem weißen Sarg und den weißen Lilien mit ihren spitzen Blütenblättern.

Anselmo und Luisa waren früh gekommen, als die Schritte und das Flüstern noch unter dem Deckengewölbe widerhallten. Sie hatte sich in eine abgelegene Bank gesetzt, während Anselmo, neben dem Eingang stehend, seine Größe nutzte, um den hereindrängenden Menschenstrom zu beobachten. Er hoffte, dass Silvia sich in der Nähe versteckt hatte, in irgendeinem Keller oder Innenhof zwischen den Brennholzstapeln oder unter den wasserdichten Zeltbahnen, die die Werkzeuge und Maschinen schützten. Vielleicht hatte sie von der Beerdigung erfahren, überall hingen die Plakate mit der Todesanzeige, die Menschen sprachen darüber, und darum wäre sie gekommen, um Abschied zu nehmen. Luisa glaubte das nicht, und wahrscheinlich hatte sie recht. »Nie und nimmer kommt sie, um sich vor allen Leuten blicken zu lassen und zu stören«, hatte sie gesagt. Anselmo aber konnte nicht stillsitzen und hatte ihr nicht geglaubt. Es war auch so schwierig genug, sich zu beherrschen, er spürte ein Stechen in den Nieren, und statt hierhin und dorthin zu laufen, was er gerne getan hätte, bewegte er seine Zehen in den Schuhen, stellte sich auf die Zehenspitzen und fiel zurück auf die Fersen.

Von seinem Standort aus hatte er Giovannas Mutter und ihren Vater, ihre Onkel und Geschwister vorübergehen sehen, alle mit vor Kummer verzerrten Gesichtszügen. Der Vater schwankte zur Seite, als hätte er das Gehen verlernt, und Anselmo überlegte, ob er womöglich einen leichten Schlaganfall gehabt hatte. Als Schwester Annangela eintrat, zuckte er zusammen, er war seit so langer Zeit gewohnt, sie immer zusammen mit Silvia zu sehen, und er erschrak auch, als er Marilena sah, die sich sofort neben Luisa setzte und ihr einen Arm um die Schultern legte. Wenn Anselmo geschminkte Frauen mit Lippenstift und Wimperntusche sah, war er verärgert – man putzt sich nicht heraus, um zu einer Beerdigung zu gehen. Er missbilligte ebenfalls, dass einige Leute miteinander sprachen, wie leise auch immer, und als er merkte, dass Luisa und Marilena sich etwas zuflüsterten, warf er ihren Rücken böse Blicke zu, in der Hoffnung, sie würden sich umdrehen und sich vor seiner finsteren Miene schämen.

Mittlerweile war die Kirche so voll, dass niemand mehr hereinkonnte, die zuletzt Gekommenen drängten sich auf dem Kirchplatz zusammen. Der Geruch nach Blumen, Weihrauch und geschmolzenem Wachs schwebte über den

Köpfen und ließ Anselmo an den Wald denken, aber an einen mumifizierten oder vielleicht verkohlten Wald mit Baumstämmen, schwarz wie Autoreifen. Er erinnerte ihn auch an die Aufgüsse mit Lavendel- und Pinienöl zum Inhalieren, die seine Großmutter ihm und Silvia gegen Erkältung verordnet hatte, sie waren so heiß, dass sie einem fast die Augenlider verbrühten. »Bleib unten, Anselmo, schau, wie Silvia es macht, runter mit diesem Dickkopf! Wenn du nicht gesund wirst, bist du selbst schuld!«

Der Priester leierte etwas über Jugend und Verwirrung, aus den ersten Reihen kam das fiepende Geräusch von unterdrückten Schluchzern, ähnlich wie ein Gähnen oder das Quietschen einer Tür. Anselmo war, als wogte er im gleichen Rhythmus inmitten der anderen, als wären sie lauter kleine Flammen, die von Windstößen der Rührung bewegt wurden. Das war ihm schon seit geraumer Zeit nicht mehr passiert, vielleicht seit damals nicht, als er, ein kleiner Junge, auf die Straße gelaufen war, um über das Kriegsende zu jubeln, aber da war es die Begeisterung gewesen, die alle Herzen aufeinander abgestimmt hatte. Er erinnerte sich, dass niemand anderes als Silvia ihm davon erzählt hatte, von den Herzen, die im Einklang schlagen, und er hatte sie wegen dieses Ausdrucks verspottet: »Bist du jetzt zuständig für Gefühle?«

Er trocknete sich die Augen und die Nase mit dem Taschentuch und fing wieder an, die dunkleren Ecken abzusuchen. Auf der Seite gegenüber vom Portal gab es eine kleine Gruppe, die offenbar nicht auffallen wollte: zwei Jungen um die dreizehn oder vierzehn mit ihren Eltern, in den Gesichtern mischten sich Traurigkeit und Verlegenheit. Anselmo begriff, dass es die Freunde sein mussten, mit denen Giovanna die Schule geschwänzt hatte, diese Idioten. Sie behielten die Hände in den Hosentaschen und blickten manchmal hinter sich, was dumm war, denn hinter ihnen war nur die Kirchenwand. Einer der beiden trug einen Schal der Turiner Fußballmannschaft um den Hals, vielleicht der einzige Schal, den er hatte, oder er hing zu sehr daran, um ihn in einem solchen Moment zuhause zu lassen. Sie wirkten wie zwei geprügelte Hunde und taten ihm leid, also wartete er, bis er mit einem der beiden Blickkontakt hatte, und deutete ein betrübtes Lächeln an, wie man es bei Trauerfeiern austauschen darf. Doch der Junge senkte abrupt den Kopf und hob ihn nicht mehr.

Silvia kam nicht. Anselmo gab sich auch dann nicht geschlagen, als die Kirche sich geleert hatte. Er blieb noch lange dort, allein und abseits, in Deckung, in der Hoffnung, sie würde sich später hierherschleppen, im Schutz der anbrechenden Nacht.

25

Als der himmelblaue Cinquecento im Hof auftauchte, hörten die Jungen auf, Fußball zu spielen, um sich das Auto genauer anzusehen, die größeren Jungen schubsten die kleinen weg.

»Zerkratzt mir den Wagen nicht, verstanden?«, mahnte Schwester Annangela, während sie ihren Schleier zurechtrückte.

Kein Fahrstuhl im Wohnblock. Sie musste zu Fuß in den vierten Stock hinaufsteigen. Im Treppenhausschacht filterten Oberlichter aus Glasbeton das Licht, Geräusche dagegen erzeugten einen lauten Widerhall. Ein Mädchen überholte sie keuchend, nahm zwei Stufen auf einmal, mit der Hand das Geländer umklammernd, um Schwung zu holen, als wäre das Treppensteigen ein sportlicher Wettkampf. Schwester Annangela hörte, wie sie ein oder zwei Stockwerke höher den Schlüssel im Schloss umdrehte und eine Stimme fragte: »Wo bist du gewesen?« »Wo soll ich denn gewesen sein? Anschaffen gehen?«, erwiderte das Mädchen, bevor sie die Tür zuknallte.

Vor Giovannas Wohnung wartete Schwester Annangela, bis ihr Atem ruhiger ging, dann klopfte sie. Die Mutter kam öffnen, mit umgebundener Schürze und einem Putzlappen in der Hand. Sie war groß und blond wie ihre Tochter und hatte glatte, rosa Jochbeine, die sich wie Knospen zwischen den Falten um die Augen und den

Mund abhoben. Ihre Augen wirkten künstlich, als hätte man sie ihr ausgestochen und durch zwei bemalte Keramiken ersetzt.

»Ich bin gerade beim Saubermachen«, rechtfertigte sie sich.

»Oh, ich will gar nicht hereinkommen, keine Sorge. Ich wollte Ihnen nur mein Beileid überbringen, auch seitens der ganzen Schule. Gestern in der Kirche hatte ich keine Gelegenheit dazu.«

»Es waren viele Leute da.«

»Ja, viele wollten Abschied von ihr nehmen.«

»Kommen Sie doch rein, Schwester, bitte. Kommen Sie, ich setze einen Kaffee auf.«

»Wirklich, ich möchte nicht stören.«

Doch die Frau war schon in der Küche und schlug mit der Espressokanne hart gegen das Spülbecken, um sie zu leeren, also trat Schwester Annangela ein und setzte sich zu ihr. Neben dem Herd stand eine große Flasche mit Bleichmittel, dazu vom häufigen Gebrauch zerrupfte Schwämme und Stahlwolle. Giovannas Mutter stand auf, um alles in einem Küchenschrank zu verstauen.

»Ihre Kinder sind unten im Hof?«

»Ja, der Jüngste ist fünf.«

»Dann beginnt er im nächsten Jahr mit der Schule.«

»Wir schicken ihn mit seinen Geschwistern auf die De Amicis in der Via Orfanotrofio. Das ist näher.«

»Natürlich.«

»Er fragt nach seiner Schwester, hat's noch nicht verstanden.«

»Was habt ihr ihm gesagt?«

»Dass sie im Himmel ist. Sie ist aus dem Fenster gesprungen und nach oben geflogen wie ein Vögelchen. Er fragt: ›Aber warum kommt sie dann nicht runter.‹ Ich habe ihm geantwortet, das kann sie nicht mehr, und dort geht es ihr gut.« Sie sprach hastig, als fürchtete sie, steckenzubleiben und nicht mehr weitermachen zu können.

»Ich glaube, genauso ist es.«

»Wir müssen es glauben, oder? Sonst hätte ich schon längst dieses Bleichmittel getrunken.« Sie sagte es mit einem leisen, bösen Lächeln. »Das mit der Lehrerin Canepa tut mir sehr leid. Die Ärmste, sie hatte mich angerufen, um mir zu sagen, ich solle nicht mit Giovanna schimpfen. Die arme Frau. Sie hat es nicht ausgehalten, als wäre sie die Mutter.«

Schwester Annangela überging den Unterton von Groll in der Stimme, oder es war Neid, weil Silvia verschwunden war, vielleicht tot, also hatte sie ihren Frieden. Es konnte auch Eifersucht sein, weil Giovanna schließlich nicht Silvias Tochter war.

»Wie lange mag sie in diesem Zimmer gewesen sein?«, fuhr die Mutter fort. »Fünf Minuten vielleicht … oder auch weniger. Ich hab wirklich nicht dran gedacht, ich hab nicht dran gedacht, sofort wieder aufzumachen, ich hab mir gesagt: Lass sie sich abregen.«

»Niemand hätte sich das vorstellen können.«

»Was soll ich mit ihren Sachen machen? Ich kann sie nicht herumliegen sehen, kann sie aber auch nicht anrühren, um sie wegzupacken.«

»Vielleicht sollten Sie ein wenig Zeit vergehen lassen. Sie müssen sich jetzt nicht darum kümmern. Oder auch um Hilfe bitten.«

»Ich hab Angst, ihr Bett abzuziehen und eine Spur von

ihr zu finden, ein Haar. Wussten Sie, dass sie ihre Pantoffeln auf dem Fensterbrett gelassen hat? Was soll ich jetzt mit diesen Pantoffeln machen?«

Sie bog den Kopf zurück, hob die Augenbrauen und schluckte zwei, drei Mal.

Schwester Annangela überlegte, ob die Frau jetzt zusammenbrechen würde, und versuchte, sich vorzubereiten. Sie schien kurz davor, aber vielleicht war sie wie diese baufälligen Häuser, die viel länger stehenbleiben als erwartet.

»Wie geht es Ihrem Mann?«, fragte sie.

»Er spricht nicht, schläft nicht. Er hofft auf einen Arbeitsunfall, glaube ich, um mit der Geschichte abzuschließen.«

»Die anderen Kinder brauchen euch.«

»Ich weiß.«

Der Kaffee war schon lange fertig und roch verbrannt. Giovannas Mutter nahm ihn vom Herd, vergaß aber, ihn einzuschenken.

»Ich zeige Ihnen etwas«, sagte sie.

Schwester Annangela folgte ihr in das Zimmer, wo die Kinder in zwei an die Wände gestellten Stockbetten schliefen. Es gab nur ein Regal mit ein paar Gegenständen darin und am Boden eine Schachtel mit Spielsachen: eine Puppe, Schleudern, Spielzeugautos. Die Mutter zeigte auf das Regal.

»Diese Bücher hat Giovanna von der Lehrerin Canepa bekommen. Und auch diese Dose.« Sie nahm sie vom Bord. »Vor drei Jahren. Es ist Sand aus Australien.«

Der Sand war schneeweiß und fein, er leuchtete.

»Sieht aus wie Zucker«, bemerkte Schwester Annangela.

Sie musterte ihn durch ihre Brille. Zwischen den Sandkörnern erkannte sie spitze, perlmutterne Stückchen, das mussten Muscheln gewesen sein.

»Wollen Sie die Dose haben?«

»Nicht doch, nein, behalten Sie den Sand für Ihren kleinen Jungen, vielleicht freut er sich darüber.«

Aus dem Treppenhaus kam ein Geräusch, das sie unterbrach, jemand hantierte an der Klinke der Eingangstür. Beide hoben ruckartig den Kopf, gingen zur Tür, aber statt zu öffnen, lauschten sie dem erstickten Stöhnen und Blubbern. Das musste ein schrecklicher Scherz sein, denn es klang wie die Geräusche eines Ertrinkenden, wie der Geist eines Ertrinkenden, der zu seiner Familie zurückkehrt, und Giovannas Mutter war wie versteinert, ihre Sehnen am Hals waren gespannte Seile, der Mund stand halb offen, und die Augenlider zuckten. Schwester Annangela beschloss zu handeln.

In der Tür sah sie sich den drei Brüdern von Giovanna gegenüber, einem tropfte Blut aus der Nase, er drückte den Saum seines Sweatshirts an den Nasenflügel, während die anderen beiden mit betroffener Miene neben ihm standen. Auch sie wussten, dass es keine weiteren Missgeschicke geben durfte, selbst das kleinste Unglück wäre jetzt zu viel für diese Familie. Die Kinder erschienen ihr vernachlässigt, wirre Haare und schwarze Fingernägel, aber vielleicht war es nur das Ende des Tages.

»Er ist von der Mauer gefallen, aber es ist nicht schlimm«, verteidigte sich der Älteste.

Die Mutter kam hinzu, schimpfte müde mit ihnen und brachte sie ins Badezimmer, wo sie die Kinder unkonzentriert und planlos zu waschen begann. »Das hat uns gerade noch gefehlt«, sagte sie und merkte nicht, dass sie die Kinder kränkte. Sie war zerstreut, doch von Zeit zu Zeit riss sie sich zusammen, dann rieb sie eine Ohrmuschel oder die Finger mit übertrieben großer Sorgfalt. In die Nasenlöcher des Kleinsten steckte sie zwei Stalaktiten aus Watte. Noch immer floss Wasser aus dem Hahn, Schwester Annangela drehte ihn zu.

»Meine Fresse, Gino, du siehst aus wie ein Vampir«, sagte der mittlere Bruder, den kleinen betrachtend.

»Warum?«

»Ein Vampir mit Zähnen in der Nase. Und das Blut ist oben dran, statt an den Spitzen.«

»Was für ein beschissener Vergleich«, konstatierte der Älteste.

»Was machen wir jetzt, Nando?«, fragten die beiden Kleinen.

»Lasst mich mal in Ruhe.« Er gähnte. Von einem Moment zum anderen war er der Größte geworden, Giovanna war nicht mehr da, um sie alle zu bändigen.

»Lasst uns Mikado spielen«, schlug der Kleine vor, doch an dem vorwurfsvollen Blick, den die anderen ihm sofort zuwarfen, erkannte Schwester Annangela, dass dieses Spiel mit der Schwester verbunden sein musste. Ein Spiel, das man nicht mehr spielen konnte.

Ihr kam die Idee, mit ihnen eine Runde im Cinquecento zu drehen, und sie fragte die Mutter um Erlaubnis.

»Darf ich vorher die Wattedinger rausnehmen?«

»Nee, geh damit raus, dann müssen alle lachen«, schlug der mittlere Bruder vor.

»Da lachen bloß die Hühner«, sagte Nando.

»Wir nehmen sie raus, komm her.« Schwester Annangela schritt ein. »Du heißt Gino, habe ich das richtig verstanden?«

»Ja, Gino.«

»Nando, Gino und …«

»Alberto.«

Sie gingen die Treppe hinunter, jetzt waren da auch andere Mieter, die kamen und gingen, außerdem starke Kochgerüche. Schwester Annangelas runde Brille rutschte auf die Spitze ihrer kleinen Kartoffelnase. Sie schwitzte, musste sich das Gesicht mit dem Schleier abwischen.

Im Auto wurden die Kinder lebhaft und stellten ihr viele Fragen über den Motor, die Zylinder und Reifen, auf die sie keine Antwort geben konnte. Sie fuhren zur Kirche San Cassiano und zündeten eine ganze Reihe Kerzen an. Im Teigwarenladen an der Piazza kauften sie Agnolotti, und auf der Rückfahrt fischten sie in der Tüte und aßen die vom Mehl umhüllte Pasta roh.

»Wer zahlt die?«, erkundigte sich der Älteste.

»Ach, mach dir keine Sorgen, die gehen aufs Kloster«, antwortete Schwester Annangela.

»Ich hab ein Stück Salami in der Füllung gefunden!«, rief der Kleine aus.

»Unmöglich, da ist Braten drin«, widersprach ihm Nando.

»Aber ich schmeck es doch, das Stück ist salziger!«

»Das wird ein Popel sein, der da reingefallen ist.«

»Von der Frau aus dem Laden?«

»Bestimmt.«

Gino spuckte den Bissen in seine Hand und warf ihn unter dem höhnischen Gelächter seiner Brüder aus dem offenen Fenster.

»Na, na, Kinder«, sagte Schwester Annangela, weil sie es erwarteten. Dann ließ sie die Jungen freudig aufschrecken, als sie, fast ohne zu bremsen, in die breite Durchfahrt zum Hof fuhr.

»Dürfen Nonnen denn so fahren?«, fragte Gino.

»Selbstverständlich«, antwortete sie.

26

Niemand ist gekommen, nur die Mäuse.

Die Mäuse haben Mädchengesichter, die Mädchen haben Mausgesichter. Die Mäuse laufen unter den Blättern hin und her, der Boden der Hütte ist ein nervenbesetzter Rücken, der weiße Mond ein schneebedeckter Buckel. Die nackten Beinchen ekeln sie an, sie gleichen den winzigen Händen von Neugeborenen.

Sie lockt die Mäuse mit den letzten Brotkrümeln, berührt das Fell mit einem Finger. »Du hast Zöpfe wie Mäuseschwänze«, sagte die Großmutter, »komm her, iss was Gutes, Bohnen machen dichte Haare, doch das Allerbeste ist das Gelbe vom Ei, stell dir vor, es kann lebendig werden, wenn du Blut und Wärme dazugibst, wird es ein Küken.«

Als Erwachsene hat Silvia aufgehört, Milch zu trinken und Eier zu essen.

Jetzt hat ein Kind ihr etwas zu essen gegeben, alles läuft verkehrt herum.

Die Blätter fallen von den Bäumen und zwischen den fallenden Blättern beobachten die Mäuse sie mit schwarzen Augen, glänzende, schwarze Beeren. Stecknadelköpfe. Plötzlich flüchten sie, eine Eule muss vorübergeflogen sein. Die Angst der Tiere durchläuft Silvia, es ist, als bekäme sie einen elektrischen Schlag.

Marilena als kleines Mädchen kommt langsam näher,

die Locken umspielen die Konturen des ausdruckslosen Gesichts, es sind natürliche Locken, sie scheinen aber kunstgerecht mit dem Welleneisen gekräuselt, und die Nonnen konnten sie nicht ausstehen.

Im Internat lasen Marilena und Silvia Grimms Märchen und erkannten sich in diesen Geschichten versehrter Familien, wo die Mütter grausam oder verschwunden waren, die Väter nutzlos und die Brüder und Schwestern die einzige Sicherheit. Auch die fehlten ihnen, aber sie hatten beschlossen, füreinander Schwestern zu sein. Vor allem waren in den Märchen die Toten lebendig, ihre Knochen sangen, man konnte diese Knochen als Schlüssel benutzen, und in der Unterwelt ging man ein und aus, man musste nur in einen Brunnen steigen oder einen sehr langen Weg gehen oder die Kissen und das Bettzeug der Hexe ordentlich schütteln. Ihr Lieblingsmärchen war *Von dem Machandelboom*, weil die Hauptfigur Marilena hieß, dieser Zufall ließ sie vor Aufregung erbeben.

Das Mädchen bleibt vor Silvia stehen, die Finger hinter dem Rücken verschränkt, und rezitiert mit der monotonen Stimme, mit der sie Gedichte über die Jungfrau Maria und die Engel aufsagen mussten:

Mein Mutter der mich schlacht,
mein Vater der mich ass,
mein Schwester der Marlenichen
sucht alle meine Benichen,
bindt sie in ein seiden Tuch,
legt's unter den Machandelbaum.
Kiwitt, kiwitt, wat vör'n schöön Vogel bin ik!

27

Das Spiel war einfach, es war ein Krieg. Im Unterricht hatten sie einen Text gelesen, der den Inhalt der *Ilias* zusammenfasste, und in der Pause hatten sie sich dann in Griechen und Trojaner aufgeteilt, rasch und ohne Auseinandersetzungen. Es gab diejenigen, die Griechen, also die Sieger sein wollten, sie wollten Griechen wie Odysseus und Achill sein und Griechen wie Homer, der das Epos geschrieben hatte, mithin das Recht und die Geschichte auf seiner Seite hatte. Die anderen wollten Trojaner sein, die Angegriffenen, die das Vaterland und ihre Heimat verteidigten, nicht miteinander stritten und höchst ehrenwerte Personen waren, ausgenommen Paris, der ein einzelner fauler Apfel blieb. Die Mädchen wiederum mussten sich zwischen Athene, der Beschützerin der Griechen, und Aphrodite entscheiden, die auf Seiten der Trojaner stand.

Die Griechen hatten ihr Lager bei den Buchsbaumbüschen, der Kiesplatz war die Ebene von Troja, wo die Kämpfe stattfanden, und die Trojaner konnten sich hinter ihre Stadtmauern flüchten, die waren das eiserne Geländer, das den Weg zur Turnhalle begrenzte.

Den Krieg führten nur die Jungen, bewaffnet mit Weidenzweigen, deren Blätter sie abgezupft hatten. Damit peitschten sie aus purem kriegerischem Elan auf Arme und Beine, denn nur Schläge auf die Brust warfen den

Feind aus dem Spiel. Der an der Brust verletzte Soldat musste von einem Mädchen in Sicherheit gebracht und eine Zeitlang gepflegt werden, danach durfte er in die Schlacht zurückkehren. Bei der zweiten Verletzung musste er jedoch länger gepflegt werden, und bei der dritten war er tot, endgültig vom Spiel ausgeschlossen.

Die Mädchen verfolgten die Schlacht mit leidenschaftlicher Hingabe und zeigten jede Übertretung der Spielregeln durch Geschrei an. Die Jungen hatten rote Striemen auf den Waden und Handrücken, sie schwitzten, versuchten, besser koordinierte Angriffe zu organisieren, oder sie forderten einander zum Duell heraus, dann durfte sich keiner der anderen einmischen.

Martino und Giulia waren beide Griechen. Bei seiner ersten Verletzung drehte Martino sich um, er wollte sehen, welches Mädchen aus dem Lager als Erste auf ihn zukommen würde, doch Giulia stand schon neben ihm, packte ihn wortlos am Handgelenk und zog ihn weg vom Kreuzfeuer der Hiebe. Er musste sich hinlegen, und sie begann, ihm mit einer Faust, um die sie ihren Ärmel gewickelt hatte, auf den Brustkorb zu drücken. Über ihn gebeugt, um ihre Arbeit zu verrichten, zählte sie im Geist bis hundert, und da sie sehr konzentriert wirkte und keine große Gefahr bestand, dass ihre Blicke sich kreuzten, verbrachte Martino diese knappe Minute damit, sie zu beobachten, statt das Kriegsgeschehen zu verfolgen.

Sie hatte staubverschmutzte Strümpfe, einen Strahlenkranz dunkler Wimpern und Schneidezähne wie eine Erwachsene, die zu groß für ihren Mund waren. Martino hätte nicht sagen können, ob der säuerliche Apfelgeruch, der von ihr ausging, Shampoo war oder ihre erhitzte Haut.

»Hundert!«, rief sie plötzlich, und Martino sprang auf, um sich unverzüglich in den Kampf zu werfen, damit sie gar nicht erst auf die Idee kam, er würde lieber mit ihr hier am Rand bleiben.

Er kämpfte hitzig, denn er wusste, dass Giulia ihm zusah, doch gleichzeitig missfiel ihm der Gedanke, noch einmal eine Strafe zu verbüßen, durchaus nicht. Er wich aus und ging in die Hocke, auf die Gefahr hin, dass er über den Boden rollen würde, kleine Kiessplitter hatten sich in die Haut auf seinen Knien gebohrt. Er riskierte einen bösen Asthmaanfall, wollte sich aber nicht schonen. Ein solches Fluten überschwänglicher Freude hatte er nicht mehr empfunden, seit er umgezogen war. Auch als er zum zweiten Mal getroffen wurde, kümmerte Giulia sich um ihn, und Martino dachte, dass sie Pandora Groovesnore ähnelte, der Geliebten von Corto Maltese.

Doch schon bald lief das Spiel aus dem Ruder. Die Verletzten schummelten, sekundiert von ihren Helferinnen kämpften sie schon nach wenigen Sekunden weiter, die Toten standen wieder auf. Ludovico bekam einen Peitschenhieb aufs Ohr und verließ das Schlachtfeld, ein paar Mädchen waren es leid, die Jungen anzufeuern, sie überließen die Gefallenen ihrem Schicksal und spielten Hüpfen in der Etappe. Die vernachlässigten Gefallenen bezichtigten die Mädchen des Verrats und schlugen vor, sie zu bestrafen, wie es sich im Kriegszustand gehört – mit Peitschenschlägen auf den Hintern. Alle Jungen jubelten. Die Mädchen drohten, sie bei der Lehrerin zu verpetzen.

Giulia erklärte, jetzt müsse ein Schiedsrichter her. »Wir brauchen einen Zeus«, sagte sie, doch nun wollten alle Zeus sein und fingen an zu streiten. Giulia, die die Idee gehabt hatte und darum auswählen durfte, ernannte Ludovico. Die gelangweilten Mädchen wollten auch Göttinnen spielen.

»Lasst uns aufhören«, schloss Giulia barsch. »Die Pause ist sowieso gleich zu Ende.« Sie konnte es nicht fassen, dass das Zerbröckeln dieses geregelten Rahmens, in dem es erlaubt gewesen war, den widerspenstigen, fremdartigen Martino Acquadro zu berühren, ihr so gegen den Strich ging.

28

Bewaffnet mit einem langen Stock, folgte Anselmo unter einem verschleierten blauen Himmel dem Lauf des Cervo. Er ging systematisch vor, beschimpfte auf dem Weg sich selbst und die Heiligen. Die Feuerwehrmänner hatten darauf bestanden, die Wildbäche auszubaggern, aber das wollte er nicht, ihm fehlte der Mut, sich der Möglichkeit zu stellen, dass Silvia dem Beispiel des Mädchens gefolgt war und sich ertränkt hatte. In der vergangenen Nacht aber hatte ihn der Gedanke erschreckt, ein Unbekannter könnte sie zufällig herausziehen, ein junger, leicht zu beeindruckender Mensch oder einer mit bösen Absichten. Die Vorstellung, dass Fremde eine bläuliche, aufgedunsene Silvia vor sich hatten, womöglich mit hochgerutschtem Rock und Augen, weiß wie gekochte Eier, war ihm unerträglich. Wenn ein so fürchterlicher Anblick jemandem zugemutet werden musste, dann nur ihm.

Er stieß den Stock in die schlammigen Flussbiegungen und zwischen die Felsbrocken, wo er meinte, Strudel unter der Wasseroberfläche zu erkennen. Es war die verkrampfte Suche desjenigen, der hofft, nichts zu finden. Flecken aus Wasserkresse und Schafgarbe erschwerten die Arbeit, hier und da glänzte der Bach wie Stanniolpapier, so dass man nicht bis auf den Grund sehen konnte. Eine Ratte flitzte zwischen seinen Füßen hindurch und ließ ihn zusammenzucken.

Etwas weiter talwärts drängte sich ein Grüppchen Häuser um eine der alten steinernen Brücken. Dort unten konnte man leicht ausrutschen, die Felsplatten waren glitschig, glatt geschliffen und fielen zum Cervo hin ab wie eine herabhängende graue Decke. Während er, auf den Stock gestützt, mit Trippelschritten voranging und hoffte, nicht aufzufallen – es war Mittagszeit, und die Leute saßen am Tisch –, hörte er eine Stimme, die das Rauschen des Wildbachs übertönte: »Kapierst du oder willst du nicht kapieren, dass du bald krepierst, wenn du nicht isst?«

In einem Fenster direkt über ihm erschien ein zorniges Gesicht. Es war eine alte Frau mit frisch dauergewellten Locken auf dem Kopf. Die Frau sah Anselmo.

»Was machen Sie da?«

Am liebsten hätte er ohne Umschweife gesagt: »Ich suche meine Cousine«, stattdessen sagte er: »Das wollen Sie nicht wissen, glauben Sie mir, Signora.«

Zum Glück ließ sie sich das nicht zweimal sagen. Sie wollte über ihre eigenen Probleme sprechen. »Liebesqualen. Er isst mir nicht mehr«, erklärte sie, ins Innere des Zimmers zeigend.

Hinter ihr ertönte ein empörter Schrei: »Oma!«

»Jaja, Oma, Oma«, brummte sie. »Es ist die reine Wahrheit.«

»Er macht Ihnen Sorgen?«

Die Frau nickte heftig. »Siebzehn Jahre alt. In seinem Alter hab ich auf dem Land bei Vercelli Reis geschält, zehn Stunden lang mit den Beinen im Wasser und da drin dicke, schwarze Blutegel. Aber der da …«, sie senkte die Stimme, um das Aufbegehren des Enkels zu vermeiden, »der kriegt den Braten nicht mehr runter.«

»Alle verwöhnt«, bemerkte Anselmo, bei dem Vorwürfe gegen die Jugend immer gut ankamen. An diesem Tag aber war er zu niedergeschlagen und fühlte sich unwohl, weil er wusste, dass die Frau ihm vom Fenster aus zuschauen würde, während er mit dem Stock im Wasser rührte.

Silvia, Silvia, was mutest du mir zu, dachte er. Als sie Kinder waren, war er der Unruhestifter, der Schaden anrichtete und Probleme bereitete. Silvia versuchte, es wiedergutzumachen, sie brachte ihm heimlich etwas zu essen, wenn er ohne Abendbrot ins Bett geschickt wurde, und half ihm bei den Hausaufgaben. Bevor sie ins Internat kam, waren sie gemeinsam auf die Schule im Dorf gegangen, den Weg hatten sie zu Fuß oder auf dem Karren des Großvaters zurückgelegt. Ihm kamen die Morgen in den Sinn, an denen der Raureif die ganze Landschaft in gläserne Gewächse verwandelt hatte und die beiden unter ihren Stiefeln Tausende winziger Nadeln aus Eis zerbrachen. Silvia dick eingemummelt, frierend, immer mit diesem abwesenden Gesichtsausdruck.

Die beiden hatten das gleiche längliche Gesicht, die gleichen eng zusammenstehenden, blauen Augen, Nase und Mund waren identisch. Wäre da nicht Anselmos ungewöhnliche Größe gewesen, man hätte sie für Zwillinge halten können. Doch trotz all der Zeit, die sie nebeneinander hergegangen waren, Seite an Seite getrunken und gegessen hatten, im selben Zimmer geschlafen hatten, blieb Silvia ein Geheimnis. Schon als Kleinkind war sie unbegreiflich gewesen, ein verschlossenes Mädchen.

Anselmo verabschiedete sich von der Frau, die ihm unbedingt einen Kaffee anbieten wollte, und ging weiter am

Cervo entlang. Als die Häuser und die Brücke hinter einer Kurve verschwanden, seufzte er erleichtert. »Kapierst du oder willst du nicht kapieren, dass du bald krepierst, wenn du nicht isst?«, wiederholte er im Geist.

An dieser Stelle wurden die Felsplatten spärlicher, das Ufer bestand ganz aus Kieselsteinen, die Akazien beugten sich über das Wasser, und die Sonnenstrahlen, die durch ihre Blätter sickerten, warfen Kritzeleien aus Licht auf die Wasseroberfläche. Obwohl der Oktober schon weit fortgeschritten war, überwog noch das Grün. Anselmo bereitete sich darauf vor, die Strecke abzuschreiten, in der der Wildbach aus einer von großen Felsbrocken begrenzten Quelle entsprang, um dann über einen kleinen, etwa einen Meter hohen Wasserfall davonzubrausen, schäumend wie Seifenwasser. Es gab dort Einbuchtungen, in denen das Wasser stand und ein Körper sich hätte verfangen können. Anselmo ging bis zu den Waden hinein, er spürte das Kneifen der Kälte durch seine Stiefel und Wollsocken hindurch, dazu im Gesicht den kalten Atem des Wildbachs. Die Spitze seines Stocks stieß gegen die Steine, wühlte im Schlick und zwischen den Wasserpflanzen.

Als er gerade wieder aus dem Wasser steigen wollte und überlegte, dass er den Stock dalassen und am Ufer zurück bis zu einer Schänke gehen würde, stieß er auf etwas, das groß, aber nachgiebig war. Er musste innehalten, um die Kontrolle über seine Arme wiederzuerlangen. Diese verfluchten Arme hingen herab wie Würste, er hatte keine Kraft mehr. Der angespannte Brustkorb tat ihm weh. Wenn das Silvia war, musste er sie herausziehen. Aber er wollte sie auch nicht mit dieser Art Pike quälen. Er versuchte, die Masse aus dem Spalt zwischen den Steinen zu befreien, indem er um sie herum stocherte, und musste ein paar Schritte näher treten, wobei er bis zu den Oberschenkeln nass wurde. Die Farbe des vom Licht und vom aufgewühlten Schlamm geäderten Wassers erinnerte ihn an Schlangenhaut, und ihn packte der Ekel, ein fürchterliches, zum Erbrechen starkes Ekelgefühl. Etwas hielt den Körper – er war jetzt sicher, dass es sich um einen Körper handelte – am Grund zurück. Sonst wäre er jetzt nach oben gestiegen, hätte auf dem Wasser getrieben.

Sie wird sich doch nicht die Taschen mit Steinen gefüllt haben.

Endlich gab es etwas wie einen Ruck unter Wasser, gefolgt von einem aufsteigenden Schwall Blasen. Anselmo zog sich zurück. Das Ende eines dicken Baumstamms tauchte auf und ein paar Sekunden später der Kadaver eines Hundes. Dann dröhnte das Tosen des Cervo ihm wieder in den Ohren, er merkte, dass seine Beine vor Kälte brannten, die Füße spürte er nicht mehr.

Er schleppte sich ans Ufer, setzte sich auf die trockenen Kieselsteine und zog Stiefel und Strümpfe aus. Vor ihm drehte sich der Hund langsam um sich selbst. Es war ein für diese Gegend typischer Schäferhund mit dichtem, weißgrauem Fell.

Anselmo war klatschnass und erschüttert, er hätte durch die Waldung zurückgehen, das Auto holen und sich damit abfinden sollen, dass die Feuerwehrleute mit Lotungen und Haken ihre Arbeit taten. Aber der Kadaver des Hundes hypnotisierte ihn. Er blieb, um ihn zu betrachten, bis er zur Mitte der Quelle getrieben wurde, dann den Wasserfall hinab und schließlich an Geschwindigkeit zunahm und verschwand.

29

Als Martino aus dem Bus stieg, hatte der Wind den Himmel blankgeputzt und die Glocken klangen. Auf dem Weg nach Hause begegnete ihm Sandra, eine korpulente Frau, die im Dorf wohnte und für seine gleichgültigen Augen genauso aussah wie alle anderen Frauen ihres Alters, abgesehen von einem außergewöhnlich spitzen Busen. Martino konnte nicht wissen, dass Sandra noch diese Kegel-Büstenhalter trug, die seit mindestens zehn Jahren nicht mehr in Gebrauch waren.

Ein Trio älterer Jungen wütete am Tischfußball auf der Veranda der Bar. Zu Martinos Verwunderung reagierten sie auf Sandra – aber erst, als sie schon vorübergegangen war und ihnen den Rücken zudrehte –, sie grinsten, bekreuzigten sich und rieben sich den Hosenlatz. Aufgekratzt wie sie nun waren, schrien sie hinter Martino her: »He, Torino! He, Torino!«

Er ignorierte sie und machte schnellere Schritte. Ihm gingen andere Dinge durch den Kopf: die Lehrerin, zu der er unbedingt zurückkehren musste, bald, so bald wie möglich, um nachzuschauen, ob sie noch dort oben war und lebte. Das war wichtig. Dann das Spiel heute Vormittag und Giulia dicht bei ihm, all das hatte seinen Magen in Aufruhr gebracht wie die mit Alkohol gefüllten Pralinen, die auf der Zunge und in der Kehle brannten (seine Mutter wollte nicht, dass er sie aß, sein Vater entgegnete: »Hab dich nicht so, die desinfizieren«). Wenn er an Giulia dachte, spürte er eine Art Schwappen tief im Bauch, etwas, was da plantschte und kurz davor war, sich aufzulösen.

Er hatte andere Dinge im Kopf, doch kaum war er zuhause, fiel ihm ein, seine Mutter zu fragen, was an Sandra denn so merkwürdig war, dass die Jungen ein solches Theater machten. Lea wollte genau wissen, was er gesehen hatte, und da Martino rot wurde und vage blieb, konnte sie sich denken, was es gewesen war. Sie überlegte, ob sie die Sache fallenlassen musste. Eine andere Mutter hätte es getan, aber sie sah sich gern als unkonventionelle Frau. Die Geschichte mit Sandra war eine Gelegenheit, Martino zu erklären, wie heuchlerisch manche Menschen waren, vor allem in Provinzstädtchen wie diesem, wo eine Frau scheel angesehen wurde, die weder alt noch hässlich war, aber allein mit ihrem asthmatischen Sohn lebte.

»Also …«, begann sie, »Gianni hat mir die Geschichte erzählt. Es gab hier einen Priester, er ist lange hier gewesen, ein gewisser Don Franco. Na ja, er und Sandra hatten eine Beziehung«, sie hielt inne, damit Martino die Information verarbeiten konnte.

Er machte eine Bewegung mit dem Kopf, ein leichtes Zucken vor Überraschung, sagte aber nichts, und sie fuhr fort. »Sandra hatte nie geheiratet und lebte noch bei ihrer Mutter. Wenn ihre Mutter nicht im Haus war, kam Don Franco sie besuchen.«

»Aber Priester dürften theoretisch doch eigentlich nichts mit … na ja, mit …«

»Mit Frauen zu tun haben? Nein. Theoretisch dürften Frauen sie nicht interessieren.« Lea stellte eine Schachtel mit Keksen auf den Tisch und setzte sich Martino gegenüber. Ihr Sohn war mager und nervös, ein kleiner Kobold. Je mehr er aß, desto besser. Sie schob ihm die Schachtel zu, damit er sich einen Keks herausfischte, und erzählte weiter.

»Wenn du meine Meinung wissen willst, ich finde, das ist gegen die Natur. Jedenfalls dürfte es kein Zwang sein. Die Kirche fürchtet, dass die Liebe den Priester von Gott und von seinen Pflichten ablenkt. Ein verheirateter Priester mit Familie zieht nicht so gern um, er muss sich mit praktischen Dingen beschäftigen, seine Kinder aufziehen. Aber bei Protestanten gibt es das, weißt du? Auch bei den Waldensern, wie dem Papa von Luca, dem aus deiner alten Klasse.«

»Ich weiß, wer Luca ist, Mama«, erwiderte Martino gereizt. »Ich weiß, wer das ist, ich bin vier Jahre lang mit ihm in einer Klasse gewesen.« Es war das *aus deiner alten Klasse*, was ihn an seiner empfindlichsten Stelle getroffen hatte.

»Schon gut, schon gut, entschuldige bitte. Tatsache ist, dass Don Franco sich verliebt hatte.«

»In die Sandra?«

»Warum nicht? Das kann bei jedem passieren.«

Martino zuckte mit den Achseln. Er fand die Geschichte kein bisschen spannend, das waren Sachen zwischen alten Leuten. Und seine Mutter kam nicht zum Punkt.

»Die Geschichte dauerte jahrelang. Sie trafen sich unbeobachtet, es war eine heimliche Liebe. Natürlich wusste die ganze Stadt davon. Offiziell ging Franco bei ihr Kaffee trinken und um seinen Segen zu spenden, doch dann blieb er wirklich zu lange. Aber niemand fand etwas dabei. Don Franco war allen sympathisch und ein sehr guter Pfarrer. Er spielte großartig Fußball, ein Baum von einem Mann, im Spiel unmöglich zu decken. Das mit der Geliebten konnte man aussitzen. Alle taten, als wüssten sie nichts. Sandras Mutter war die Einzige, die wirklich völlig ahnungslos war. Eine frömmlerische Alte, offenbar, und herrschsüchtig, die ihre Tochter immer an der kurzen Leine gehalten hatte.«

»Was heißt das?«

»Sie hat Sandra kontrolliert, herumkommandiert. Sie hat ihr ein eigenes Leben verwehrt.«

»Aber mit Don Franco hat sie sich getroffen.«

»Ja, heimlich.«

Auch Martino war die Meinung seiner Mutter wichtig. Doch er war ein Kind und wusste, dass erwachsen werden bedeutet, sich eigene Meinungen zu bilden. Das wusste er, weil Lea es ihm gesagt hatte.

»Und dann?«

»Und dann kommt die Mutter eines Tages früher als sonst nach Hause zurück und erwischt Sandra mit Don Franco. Sie bekommt einen Anfall oder etwas in der Art. Wird verrückt vor Scham. Um sich dem Skandal nur ja nicht stellen zu müssen, läuft sie zum Fenster und springt hinunter, einfach so, während die beiden wie angewurzelt dastehen und nicht wissen, was sie sagen sollen.«

Marino machte große Augen. Das war jetzt wirklich ein Knalleffekt. »Und ist sie gestorben?«, fragte er.

»Ach was, sie wohnten im Hochparterre.«

Beide lachten, und Lea hatte ihren listigen Ausdruck, ihr Frettchengesicht, wie Martinos Papa es nannte. Dann ließ die Ähnlichkeit mit Giovannas Geschichte sie plötzlich zusammenzucken. Sie bereute, dass sie nicht daran gedacht hatte, und hoffte, ihr Sohn hätte es nicht bemerkt.

»Warum hat sie es dann gemacht?«, fragte er.

»Keine Ahnung, vielleicht war sie wie von Sinnen. Oder das war alles nur Theater. Aber sie hatte sich bei dem Sturz verletzt. Sie jammerte und schimpfte auf ihre Tochter. Leute kamen herbei. Sandra war auf die Straße gelaufen, so wie sie war, im Unterrock. Man sah, dass Don Franco sich hastig angezogen hatte. Nichts ließ sich mehr verheimlichen. Er wurde versetzt. Sandra verlor ihren Geliebten und musste sich um die behinderte Mutter kümmern. Sie lebt noch, weißt du? Aber sie hinkt, geht nicht mehr aus dem Haus.«

»Arme Sandra.«

»Ja, arme Sandra. Den Schaden hatte am Ende sie. Von allem anderen ganz zu schweigen.«

Auf diese letzte Bemerkung ging Martino nicht ein.

»Mama, wie kommt es, dass Sandra hier …« Martino zeigte auf seine Brust, er war rot geworden.

»Du musst Sätze zu Ende sprechen, Martino. Warum sie einen spitzen Busen hat?«

»Ja.«

»Sie trägt kegelförmige Büstenhalter, die man heutzutage nicht mehr sieht. Früher waren sie in Mode.«

Wer weiß, ob das für Sandra nicht eine Art Rache war. Seht her, ich bin eine alte Jungfer und gedemütigt, aber schaut euch diese Brüste an, wie sie hervorragen. Oder diese Büstenhalter hatten Don Franco gefallen, und sie brachte es nicht über sich, andere zu tragen. Als Fünfzehnjährige hatte Lea auch so einen. Sie zog ihn in der Dunkelheit des Eingangstors an und aus, dabei musste sie sich verrenken, damit er unter ihren Kleidern hindurchpasste. Ihre Eltern hätten das nicht gebilligt.

30

Wie kommt es, dass hier dauernd Leute aus dem Fenster springen?, dachte Martino. Das Wasser wird doch wohl nicht deswegen so schlecht schmecken, weil es vergiftet ist und sie langsam alle verrückt macht? Misstrauisch beäugte er den Wasserhahn. Aber ich muss der Lehrerin etwas Wasser bringen, sagte er sich, ich habe keine andere Wahl.

Er stopfte eine Fahrrad-Trinkflasche aus Aluminium in seine Schulmappe, einen Laib Brot, ein Stück Gruyère und eine leichte Wolldecke, mehr passte nicht hinein. Lea hatte den Fußboden gewischt und war dabei bis zu ihrem Lieblingssessel gekommen, in dem sie jetzt lesend saß, der Schrubber lag über der Armlehne. Sie schenkte Martino keine besondere Beachtung, ermahnte ihn nur, bald wieder zuhause zu sein, denn am Abend würde Papa aus Turin kommen. Es war Freitag.

Diesmal würdigte er den Wald fast keines Blickes. Seine Rettungsaktion erfüllte ihn mit Stolz, doch während er den Hügel hinaufstieg, redete er sich ein, dass er die Lehrerin nicht mehr antreffen würde. Er wurde unruhig, und obwohl ein Teil von ihm bei dem Gedanken fast erleichtert war, ging er schneller. Schließlich packte ihn die Angst, sie könnte plötzlich hinter ihm auftauchen, aufgeweicht und schwankend wie ein Zombie. In Turin hatte er die Plakate von *Die Nacht der lebenden Toten* gesehen.

Außer Atem kam er an der Hütte an, spähte durch die Tür, und sie war noch immer da, an die Wand gelehnt, mit geneigtem Kopf und geschlossenen Augen. Im Magen spürte er eine jähe Leere, als hätte er eine Stufe verfehlt – einen Augenblick lang glaubte er, sie sei tot, aber sie atmete. Sie schlief. Martino bemerkte das zusammengeknüllte Papier seines Butterbrots und jubelte innerlich. Sie hatte es gegessen! Er beschloss, die Decke, die Flasche und das Essen gut sichtbar zu platzieren und abzuhauen. Also bückte er sich, um die Gurte der Schulmappe zu lösen, und als er sich wieder aufrichtete, traf sein Blick den der Lehrerin. Sie war kein blinder Hund mehr, sie wirkte eher wie ein außerirdisches Wesen, das nicht ganz versteht, was es sieht.

Da er nicht wusste, was er sagen sollte, leerte Martino die Mappe. Die Anspannung lähmte seine Finger.

»Das Brot ist ein bisschen alt.«

»Danke«, sagte sie, und Martino antwortete mechanisch: »Bitte.«

Keiner der beiden wagte, sich zu bewegen, nicht mehr als unbedingt nötig.

»Du heißt Martino, richtig?«

»Ja, Maestra.«

Silvias Gesichtsausdruck veränderte sich, wieder schien sie wie in sich eingeschlossen. Doch nach ein paar Sekunden wiederholte sie mit ihrer heiseren Stimme: »Danke, Martino.«

Vergeblich versuchte Silvia es sich zu verbieten, sie musste die Trinkflasche anstarren. Als der Junge sie am Boden abgestellt hatte, hatte sie das Geräusch des Wassers darin vernommen, und das Aluminium war mit Kondenswasser bedeckt. Ihr Gaumen war so trocken, dass er sich anfühlte, als würde er gleich zerbröckeln. Martino schien das zu ahnen, denn er nahm die Flasche, überwand einen deutlichen Widerstand und hielt sie ihr hin, blieb dabei aber so weit wie möglich von ihr entfernt. Oh, sie war ihm dankbar, jetzt war sie ihm wirklich dankbar. Die Flasche wog schwer, ihr Arm zitterte. Sie legte sie auf ihrem Schoß ab und hoffte, sie würde es schaffen, den Verschluss aufzudrehen – sie konnte ihn nicht auch noch bitten, die Flasche für sie zu öffnen. Es gelang, und sie trank, konnte aber nicht verhindern, dass ihr ein Rinnsal über das Kinn und den Hals lief. Sie wünschte, sie wäre ein Schwamm, um sich ganz vollzusaugen. Das wäre herrlich gewesen, ein am Meeresboden verankerter einfacher Organismus ganz aus wogenden Kanälen, Poren und Fibern zu sein, vollgesogen mit Wasser und ohne Hirn.

Eine plötzliche Eingebung gab Martino den nötigen Mut: »Ich kann Ihnen ein Buch bringen, wenn Sie möchten. Meine Mutter hat viele Bücher.«

Sie wollte nicht, dass er ihr ein Buch brachte. Sie wollte ein Schwamm sein. Aber sie antwortete wieder: »Danke.« Der Junge nickte ernst. Silvia betrachtete seinen knochigen Körper und das eckige Gesicht, das ein wenig asymmetrische Kinn, die hellen Haare. Auf die Gefahr hin, ihn in Verlegenheit zu bringen, fixierte sie ihn weiter, denn sie spürte, wie sich in ihrem Inneren jenes Summen erhob, das, so hatte sie gelernt, einem Anfall vorausging, und sie hoffte, es würde ihr helfen, den Schub einzudämmen, wenn sie den Blick fest auf dieses reale, nahe Gesicht heftete. Doch schon verschwamm Martino, und Giovanna tauchte auf. Gleich würde sie anfangen, nach Luft zu schnappen.

»Ich muss gehen«, sagte Martino. »Heute Abend kommt mein Vater.«

Ein dumpfes Geräusch auf dem Dachbalken ließ beide zusammenzucken. »Eine Kastanie«, sagte Silvia nach einer Weile. Sie war wieder in ihr altes Selbst zurückgefallen, und das machte sie glücklich. Den Jungen zu erschrecken, ihn einer Szene auszusetzen, war das Letzte, was sie wollte.

»Ich kann Ihnen ein Buch von Gianni bringen«, schlug Martino noch vor.

»Du kennst Gianni?«

»Er hat sich mit meiner Mutter angefreundet.«

»Ach, Gianni … Gianni.«

Seit Tagen sprach Silvia nicht mehr so viele Worte und alle mit einer vollständigen Bedeutung. Es war, als balancierte sie über einen Balken. Einen Abschnitt hatte sie schon zurücklegen können, ohne viel darüber nachzudenken, doch jetzt hörte sie wieder dieses Summen, spürte einen Schwindel. Tu es nicht, sagte sie zu sich. Sie meinte: Dreh jetzt nicht durch. *Gleich geht er gleich geht er gleich geht er.*

»Ich gehe dann«, erklärte Martino, und da er keine Antwort bekam, sagte er noch: »Morgen komme ich wieder, wenn ich kann. Ist es in Ordnung, wenn ich wiederkomme?«

Wie lange konnte die Geschichte mit dem Jungen dauern? Früher oder später würde ihm etwas herausrutschen, man würde ihm folgen, er würde der Sache müde werden. Sie hatte nicht beschlossen, zurückzukehren. Aber sie hatte die Zunge ausgestreckt, um den Regen zu trinken, sie hatte das Butterbrot gegessen. Und davor war sie nicht imstande gewesen, von der Brücke zu springen.

»In Ordnung.«

Sie lauschte den Schritten, die sich raschelnd zwischen dem Laub am Boden entfernten, sie konnte noch einen Schwarm blaugrüner Fliegen auf einem Vorsprung in der Holzwand beobachten und die Flasche wie einen Talisman schütteln, um sich die Ohren mit dem schwappenden Geräusch des Wassers zu füllen. Dann kauerte sie sich unter der Decke zusammen, schloss die Augen, und schon befand sie sich in ihrer Wohnung, im Zimmer des Malardriss.

31

Das war ein kleines Zimmer, das sie als Abstellkammer benutzte. Dort hinein warf sie alle Papiere, die sie behalten wollte oder nicht loswerden konnte, zum Beispiel die Ansichtskarten, die der Vater ihr aus der Schweiz geschickt hatte, wo er arbeitete, als sie ein Kind war. Es waren wunderschöne Karten: Ansichten in Schwarzweiß von Plätzen, Städten und Dörfern, hinter denen die Berggipfel aufragten, oder handgemalte Szenen mit rotbackigen kleinen Schäfern und Schäferinnen in Kniebundhosen und Zicklein mit angedeuteten Hörnern, die ihren Freunden, den Kindern, in die Augen blickten, und die Kinder erwiderten die Blicke, einen Strohhalm kauend oder Flöte spielend.

Für ihren Vater hatte Silvia einen abgrundtiefen, kalten und unversöhnlichen Hass empfunden, weil er fehlte, an ihrem Geburtstag zu kommen versprach und dann niemals kam, sie bei den Großeltern und den Nonnen gelassen hatte und schließlich in der Ferne bei einem Arbeitsunfall gestorben war. Seine Ansichtskarten hatte sie alle aufbewahrt, aber sie lagen zwischen Schüleraufsätzen, Briefen ihrer Freundinnen, leeren Umschlägen, abgehakten Listen.

Hinter den Türen und in den Schubladen der wenigen Möbelstücke häuften sich Totenzettel mit Heiligenbildchen, Glückwunschkarten und Einladungen zu Taufen,

Erstkommunionen und Firmungen. Auf dem Boden des Zimmers stapelte Silvia Schuhkartons voller Zeitungsausschnitte: ehemalige Schüler, die dies und jenes geleistet hatten, Nachrichten aus Bioglio (Wahlen, Bergstürze, Feiern) und Artikel über Jackie Kennedy, Grace Kelly und Soraya. Es gab Extraausgaben über die Hochzeit von Jackie mit Aristoteles Onassis, die von Grace mit Rainier von Monaco und Fotoshootings von Soraya beim Urlaub in Rapallo.

Sie hatte nie über die Gründe nachgedacht, warum sie von den drei Königinnen so besessen war (auch Jackie war in gewisser Weise eine Königin gewesen): die Witwe, die Schauspielerin, die Verstoßene. Es musste mit ihren Ehen zu tun haben, mit dem Kristall und dem Pappmaché, aus dem diese Ehen bestanden. Mehr als über die anderen beiden ärgerte sie sich über Grace in ihrer prächtigen Abstellkammer an der Seite eines Fürsten, der die frühere Verlobte fallengelassen hatte, weil sie unfruchtbar war. Rainier brauchte Erben, und Grace, die große Schauspielerin, hatte sich klein gemacht, um in dieses Märchen im Miniaturformat zu passen. Sie hatte ihm Kinder geboren.

Silvia schnitt die Zeitschriftenartikel aus, ohne es zu verbergen, es war keine heimliche Leidenschaft. Luisa und Gemma bewahrten die Reportagen und Interviews für sie auf. Manchmal hatte sie sich im Wartezimmer des Arztes oder beim Friseur nicht beherrschen können und unter den vorwurfsvollen Blicken ihrer Stuhlnachbarn Seite um Seite aus einer Illustrierten gerissen. Diese Klatschberichte erinnerten sie auch an das, was außerhalb ihres Erfahrungshorizonts lag, gleichzeitig fremd und vertraut.

Silvia ist in der Hütte und im Malardriss, sie möchte das Licht anmachen, doch der Schalter funktioniert nicht, er klickt vergebens, und sie muss sich mit dem Halbdunkel begnügen. Dort liegen Zeichnungen von Giovanna, Zettel, die sie schrieb, und Fotos von ihrer Klasse. Irgendwo muss eine Pappe sein, darauf ein silbriger, krummer Christbaum: »Frohe Weihnachten, Maestra, von Giovanna Morel (und Familie).« Sie möchte ihn wiederfinden, doch ihr fallen die Zicklein ihres Vaters, die Schleifen des Rheins in Basel, Jackie mit kurzen Ärmeln und Sandalen und die Liebesromane ihrer Großmutter in die Hände. Sie bemüht sich, den Haufen der Sachen, die sie schon überprüft hat, vom Rest zu trennen, doch sie betrachtet immer wieder dieselben Briefe, dieselben Ansichtskarten.

Vor Enttäuschung kommt sie wieder zu sich. Eiskalt ist ihr zwischen den Schenkeln, das sind die feuchten Kleider und die durchnässten Schuhe. Der Nebel hat sich auf den Wald gesenkt und lässt ihn verschwimmen, die weiter entfernten Bäume sind schon verschwunden, und bald wird das Dunkel der Nacht sein Werk der Auslöschung vollendet haben. Auch Giovannas Christbaum ist nicht mehr zu sehen, dennoch muss er irgendwo im Wald des Malardriss, in dem Haus sein, das Silvia verlassen hat.

Siehst du, dass du niemals Ordnung hältst.

Die Stimme im Kopf könnte die von Luisa sein. Silvia schämt sich, und sofort kommt aus der Scham etwas Schlimmeres hervor, die Nonnen. Vor ihren aufschürfenden Blicken wird sie wieder zu einem widerspenstigen, einsamen Mädchen, dem es an Zuneigung mangelt. Wie der dumpfe Aufprall einer Kastanie auf dem Dach trifft sie ein Gedanke: Sie ist nie erwachsen genug geworden. Das hat sie absichtlich getan.

Sie ist Giovanna.

32

Lea hatte sich am Rand des Topfes verbrannt, in dem sie Risotto kochte. Während sie an ihrem rechten Handrücken saugte, goss sie mit der linken Hand Brühe nach. »Tu mir einen Gefallen«, bat sie Martino, »schneid eine Scheibe von der Kartoffel ab, damit ich sie mir auf die Stelle legen kann.«

Ein Vorhang aus Nebel war vor den Fenstern herabgefallen, hatte den Garten und die Straße versteckt. Kurz vorher war Stefano angekommen. »Ich will eine Riesenumarmung«, hatte er zu seinem Sohn gesagt. Er sagte »Riesenumarmung« und »Momentchen«, obwohl Lea das nicht mochte. Aber er sagte auch »vollsteendig« und »Gürke« und brachte sie damit zum Lachen, es erinnerte sie an die Bücher, die sie als Kind gelesen hatte.

Jetzt stand Stefano auf einem Stuhl im Flur, um ein Bild aufzuhängen, das er aus ihrer Wohnung in Turin mitgebracht hatte. Es war keine gute Idee, erstens, weil Martino sich darüber ärgerte und mit seinem ganzen Verhalten ausdrückte »das fehlte gerade noch«, und zweitens, weil Stefano in handwerklichen Dingen unbegabt war, so unbegabt, dass er nicht einmal einen Nagel in die Wand schlagen konnte. Er konnte weder etwas zusammenbauen noch reparieren, schaffte es gerade mal, eine Glühbirne zu wechseln. Dafür gelangen ihm einige Rezepte gut: panierte Leber, gebratene Pilze, im Ofen gebackene gefüllte

Pfirsiche. »Heute macht Papa einen seiner Mühlsteine«, sagten sie. Denn beim Kochen kostete Stefano regelmäßig und ließ regelmäßig die anderen kosten, und es endete damit, dass sie sich schon satt an den Tisch setzten.

Lea und Martino erschienen im Türrahmen.

»Starrt mich nicht so an.«

»Stefano.«

»Ein Bild schaffe ich.«

Martino und Lea machten einen Schritt in die Küche und spitzten die Ohren. Gleich darauf ertönte das Geräusch von Hammerschlägen und absplitterndem Verputz.

»Ich wusste es«, sagte Lea.

Stefano war mit dem Hammer in der Luft und einem fassungslosen Gesichtsausdruck erstarrt.

»Papa? Papa, du hast ein Loch in die Wand *hinter dir* gemacht!«

»Das ist kein Loch, man sieht es ja kaum.«

»Du fegst das jetzt auf.«

»Dieser Flur ist ja unglaublich eng, wie ist das möglich? Es müsste verboten sein, so zu bauen.«

Sie lachten, und ein paar Sekunden lang vergas Martino das Geheimnis, es gab keine halb verfallene Hütte in der Tiefe des Waldes mit einer Lehrerin darin, die versorgt werden musste. Doch kurz darauf tauchte das Geheimnis im hinteren Teil seines Geistes wieder auf, also auch in der Wirklichkeit jenseits der Fenster, des Nebels und der Bäume. Und das führte dazu, dass Martino nicht mehr ganz mit sich übereinstimmte, sondern sich selbst auch von außen sah, aus der Schräge, während sie das Risotto aßen und sich unterhielten, bis er auf die Idee kam, ins Bett zu gehen und einzuschlafen könnte ihm helfen, in seine

Umrisse zurückzukehren und wieder mit sich selbst übereinzustimmen.

»Na, wie kommt er dir vor?«, fragte Stefano wenig später, während er sich in Unterhose die Zähne putzte und Lea seinen Schlafanzug holte und ihm schon mal das Idrolitina in eine Flasche Wasser goss, um die Abläufe zu beschleunigen, damit sie sich zum Lesen ins Bett legen konnte.

»Ganz passabel. Er kommt zurecht.«

»Hat er Freundschaften geschlossen?«

»Er ist sauer auf uns.«

»Aber es geht ihm besser.«

»Ja, und das enttäuscht ihn sehr.«

»Also keine Freunde.«

»Gianni ist ihm sympathisch, aber ich bin nicht sicher, ob Erwachsene dazuzählen.«

»Aha. Der Schriftsteller.«

Ein bejahendes Brummen von Lea, während sie den Verschluss der Flasche rasch zudrehte und sie schüttelte, damit das Idrolitin-Pulver sich auflöste.

»Jetzt, wo du einen Schriftsteller kennst, verliebst du dich garantiert in ihn.«

»Ach was, das ist nicht mein Genre.«

Stefano sah, dass sie nicht verlegen war, also sagte sie die Wahrheit.

»Keine Spur von der Lehrerin?«, fragte er.

Sofort begriff Lea, dass sie an diesem Abend nicht zum Lesen kommen würde, und war unzufrieden mit sich, weil sie nicht gleich daran gedacht hatte: Seit einer Woche siehst du deinen Mann nicht, ein Mädchen ist gestorben, eine Lehrerin verschwunden, dein Sohn fühlt sich verschleppt, und du willst lesen. Was bist du für ein Mensch.

Nachdem Martino verstört aus der Schule gekommen war, hatte Lea mit Stefano telefoniert. Auch er bezweifelte, dass die Lehrerin heil und gesund nach Hause zurückkehren würde. Dann fragte er nach den Suchaktionen und nach der Beerdigung des Mädchens.

Martino hatte nicht hingehen wollen, doch es waren viele Menschen dort gewesen, Lea hatte in der Zeitung ein Foto von dem überfüllten Kirchenschiff gesehen. Auf Wunsch des Vaters war Giovanna mit einem weißen Kleidchen in den Sarg gelegt worden, so stand es in dem Artikel.

»Verdammt. Elf Jahre, wie furchtbar. Was weiß eine Elfjährige vom Tod«, brummte Stefano.

»Wer kann das schon wissen? Wer weiß das wirklich?«

»Ach, lass das Philosophieren, Lea. Ein Mädchen springt aus dem Fenster. Allein die Vorstellung …« Er zuckte mit den Achseln. »Da kriegt man ja eine Gänsehaut.«

»Wir haben keine Ahnung, was einer Elfjährigen durch den Kopf geht. Irgendeine Belanglosigkeit, etwas, was für dich und mich völlig unwichtig ist, kann für sie das Ende der Welt bedeuten.«

»Aber das lässt einen doch nicht mehr in Ruhe leben. Man schimpft mit seinem Kind, und es stürzt sich in den Fluss.«

Sie krochen unter die Bettdecke. Die Laken waren kalt, und sie rollten aufeinander zu, in die Mitte des Bettes.

Lea hörte Martino im Nebenzimmer schnarchen und dachte an Giovannas Mutter, an das, was sie erwartete, ohne Unterlass, bis ans Ende ihrer Tage. Lautlos begann sie zu weinen, ihre Tränen kamen aus den Augenwinkeln und flossen direkt in die Ohrmuscheln. Wütend trocknete sie sie mit den Zeigefingern und versuchte, ihre Schluchzer zurückzuhalten. Eine Frau zu sein, die beherrschend oder höhnisch war, das konnte sie ertragen, nicht aber eine Frau, die weinte. Sie hatte darüber mit Gianni gesprochen, widerstrebend und abwehrend wie ein bockiges Maultier, und er hatte festgestellt: »Hier gibt es einen verwickelten Knoten, wenn du eine literarische Figur wärst, müsste ich ihn entwirren, doch da du ein Mensch bist, ist das wohl deine Aufgabe, denke ich.«

Zum Glück beging Stefano den Fehler, sie zu trösten, und gab ihr so Gelegenheit, böse auf ihn zu sein. Sie schubste ihn weg und begann, hitzig von ihrem Onkel, dem Schwein, zu erzählen, der sie Rübchen oder Schnäuzchen genannt und sie dann betatscht hatte. Er hatte versucht, sie zu küssen, als sie erst elf Jahre alt war, elf, wie das Mädchen Giovanna, sie hatte sich entwunden und war losgelaufen, um den großen Küchentisch herum, ein, zwei, drei Mal, mit der mathematischen, der grausamen Gewissheit, dass er sie früher oder später erwischen würde, bis jemand in die Küche gekommen war, und der Onkel so getan hatte, als wäre nichts geschehen. Lea war so benommen von dem Schock gewesen, dass sie nicht sprechen konnte und kurzerhand ins Bett geschickt wurde. Später hatte sie es unter Mühen der Mutter erzählt, und die Mutter hatte es dem Vater erzählt. Doch nichts war geschehen, ihr Vater und der dreckige Onkel waren weiter zusammen angeln gegangen. Der Vater kam zufrieden mit einem Eimer voller Forellen und Barsche zurück, und Lea musste sie putzen. Sie öffnete die Bäuche, um die Innereien zu entfernen, und schabte verbissen die Schuppen ab, auf denen das Licht kleine Regenbögen zeichnete.

»Und es war nicht so, dass sie mir nicht geglaubt hätten, verstehst du? Auch sie wussten, dass er ein Schwein war, einer, der Kinder belästigte. Sowas passiert in den Familien. Was wissen wir schon von diesem Mädchen.«

»Ja gut, tut mir leid, aber jetzt beruhig dich.«

»Gute Nacht. Ich lese zwei Seiten, sonst kann ich nicht mehr einschlafen.«

Die Augen starr auf das Buch gerichtet, überlegte Lea, ob vieles von dem, was danach kam, nicht eine Antwort auf den Verrat ihrer Eltern gewesen war, die keinen Finger für sie gerührt hatten. *Ich verteidige mich selbst, ich befehle, ich entscheide, wann ich die Unterhose ausziehe.* Aber nein, Menschen funktionieren nicht auf so simple Weise. Wer weiß, woher sie diesen kämpferischen Charakter hatte, welche Summe aus Genen, Gesprächen und Ereignissen sie geformt hatte. Und aus Entscheidungen, sagte sie sich zur Aufmunterung, vor allem aus Entscheidungen.

33

»Komm, wir spielen uns ein paar Pässe zu«, schlug Stefano seinem Sohn vor, und der Vormittag verging mit Fußballspielen.

Stefano war Tennislehrer im Presseclub von Santa Rita, und früher war er eine Hoffnung des Skisports gewesen. Er war langsam, fast träge, ihm lag nichts daran, als Erster am Ziel anzukommen, er wollte seine Sache gut machen. Seine Stärke war der Spezialslalom, die technisch anspruchsvollste aller Abfahrten. Hier ragte er dank seiner perfekten Schussfahrten heraus, genoss das Arbeiten der Muskeln und Sehnen, das heftige Ziehen der Skier, die ausschwenken wollten, und die Sprühwolken aus Schneestaub, die er hinterließ.

»Du hast das Zeug zum Champion«, sagte sein Lehrer immer wieder, während er ihm Sonnencreme, dick wie Bleiweiß, auf die Nase schmierte, »was dir fehlt, ist der Kampfgeist.« Und beim Training brüllte er: »Beweg deinen Arsch, Acquadro, verdammt! Vorwärts! Mach Druck!«

Als er ungefähr fünfzehn war, hatte er mit den Wettkämpfen Schluss gemacht. Das Konkurrieren interessierte ihn nicht, ein Wesenszug, der ihm in der Beziehung zu Lea nützlich sein sollte. Die Wochenenden verbrachte er lieber mit Mädchen als auf den Pisten.

Er musste auf einen asthmatischen Sohn Rücksicht nehmen, doch die Wanderungen, langen Schwimmtouren und athletischen Kraftakte fehlten ihm nicht. Er hatte Martino nie bedrängt, wie sein Vater es bei ihm getan hatte.

Stefanos Vater war ein leidenschaftlicher Bergsteiger und die elterliche Wohnung war mit seinen Fotos tapeziert: der Vater beim Klettern in der Seilschaft, der Vater auf dem Gipfel, der Vater nimmt einen Klettersteig in Angriff, der Vater als schwarzes Insekt in einer Reihe Bergsteiger auf dem gläsernen Gletschereis, der Vater an einer Wand aus Gneis oder Granit hängend, er trägt Stiefel und Wollpullover mit Zopfmuster, hat den Eispickel und das Seil an den Rucksack gehakt, und seine Lippen sind weiß von Kakaobutter. An die Orte dieser Fotos hatte Stefano mit ihm gehen müssen, auch sie hatten ein paar Fotos geschossen, doch für Stefano waren es immer unwirtliche Gegenden geblieben, wo er sich einer stumpfsinnigen Strapaze unterziehen musste: seinem Vater zu beweisen, dass er Manns genug war. Mit achtzehn war er vom Skifahren, immerhin noch eine Bergsportart, zum Tennis übergewechselt, das in der Familie als ein Zeitvertreib für Angeber galt, etwas für eitle Schnösel.

Im Grunde war Asthma mit körperlicher Anstrengung vereinbar, man musste nur vorsichtig sein. An diesem Vormittag bemerkte Stefano, dass Martino mehr Ausdauer hatte als sonst, er kickte, ohne sich zu schonen, und wenn er stehen blieb, betastete er nicht seine Milz, keuchte nicht. Stefano verstrubbelte ihm die Haare: »Diese Luft hier tut dir wirklich gut, mein Rättchen, schau, wie du dich ins Zeug legst.«

Martino ließ sich zu einem halben Lächeln hinreißen,

doch gleich darauf hielt er es für angebracht, etwas klarzustellen: »Ich will zurück nach Hause.«

»Wir machen es so. Am nächsten Freitag kommst du mit Mama, ihr nehmt den Zug.«

Das passte ihm und passte ihm nicht. Übers Wochenende nach Turin zurückzukehren, hätte bedeutet, zwei Tage in seinem Zimmer zu verbringen, aber wie ein Gast, zwischen den Lücken, die die Sachen hinterlassen hatten, die er mitgenommen hatte, und dann die Freunde zu treffen, die sich vielleicht daran gewöhnt hatten, ohne ihn auszukommen, und schließlich die Fahrt zurück von der Stadt in den Wald, bei der man innerlich verdorrt, wie damals, als sie zum ersten Mal nach Bioglio gefahren waren und er fühlte, wie ihm das Herz mit jedem Kilometer im Brustkorb verschrumpelte – er hatte an die Mumien im Ägyptischen Museum mit ihrer zu Leder gewordenen Haut denken müssen und auch an die mit Speck umwickelten Trockenpflaumen, die seine Mutter im Ofen briet.

»Ich will zurück nach Hause und da bleiben«, präzisierte er.

»Ach, Rättchen.«

Martino schoss den Ball so heftig gegen die Hausmauer, dass der Rückprall ihn frontal zu treffen drohte und er mit einem recht uneleganten Sprung ausweichen musste. Stefano beobachtete ihn, um zu verstehen, ob es Spielräume gab, die Lage zu entdramatisieren. Es gab keine.

In dieser düsteren Stimmung fiel Martino die Lehrerin ein, die ihn hier festhielt, als Versorger, der mit Essen und Getränken hin- und herlief, und er übertrug seine Unzufriedenheit auf sie. Er war kurz davor, es seinem Vater zu sagen.

»Lass uns heute Nachmittag was Schönes machen, ja? Da gibt's dieses Kloster zwischen den Bauernhöfen, das wir besichtigen wollen. Deine Mutter sagt, die Kirche ist romanisch.«

Das Geheimnis prickelte Martino auf der Zunge.

»Hättest du Lust dazu?«

Ich hätte Lust, die Lehrerin loszuwerden, mit meiner Entdeckung gut dazustehen, ich hätte Lust, von hier wegzulaufen, bei Piero zuhause unterzukommen, bis ihr euch endlich entschließt, dass ich in Turin wohnen darf.

»Und auf dem Rückweg trinken wir eine heiße Schokolade.«

Martino hatte sich entschieden. Hinter ihrem Rücken alles auszuplaudern, nein, das wäre unehrenhaft. Er würde noch einmal zur Lehrerin hinaufgehen und ihr sagen, dass ihm nicht danach war, weiterzumachen ... womit? Sie zu decken. Ihr Essen und Wasser zu bringen. Sollte sie doch selbst sehen.

»He, träumst du?«

»Ja, können wir machen, das mit dem Ding, dem Kloster.«

»Dann komm, wir gehen uns umziehen.«

Martino grübelte noch immer. Und wenn die Lehrerin danach einfach verschwand? Er würde wie ein Vollidiot dastehen. Ein Verräter. Zweifacher Verräter. Der Lehrerin und aller anderen. Auch wenn etwas Schlimmes passieren würde, wäre er daran schuld. *Warum hast du es nicht sofort erzählt, Martino?* Er wusste nicht, warum. Weil er so überrascht gewesen war, so durcheinander. Wie sagte seine Mutter? »Moralisches Dilemma.« Aber auch wegen der Lust am Abenteuer. Weil er sich langweilte, weil er traurig war und sauer auf seine Eltern und weil er etwas vor ihnen verbergen wollte. Doch jetzt fühlte er sich unbehaglich, er hatte das alles satt und wusste, dass der Moment gekommen war, Schluss zu machen.

34

Als Silvia zum ersten Mal von jemandem gesehen wurde, glaubten sie es.

Sie war in Santhià und hatte Informationen über die Regionalzüge nach Mailand eingeholt. Etwas später erinnerte sich der Fahrkartenverkäufer an die Lehrerin, deren Foto er in der Zeitung gesehen hatte. Eine Frau mittlerer Größe, braune Haare und blaue Augen, die ihm noch nie zuvor begegnet war. Den Zug hatte sie dann doch nicht genommen, also musste sie noch in der Stadt sein.

Anselmo und Luisa trafen eine knappe Stunde nach dem Anruf in Santhià ein. Der Fahrkartenverkäufer hatte die Zeitung wiedergefunden und richtete den Zeigefinger triumphierend auf das Foto: »Die gleichen sich aufs Haar. Für mich war sie das.«

»Ging es ihr gut?«, fragte Luisa. »Sie ist seit vier Tagen verschwunden.«

»Sehr gut, es ging ihr sehr gut.«

Luisa und Anselmo wechselten einen Blick. Jemand hat ihr geholfen, ohne uns zu benachrichtigen, dachte er grollend. Luisas Hoffnung dagegen wurde schwächer – es konnte nicht sein, dass Silvia einen guten Eindruck gemacht hatte, nach dem, was passiert war.

Sie suchten die Straßen, die Bars und Geschäfte ab. Anselmo ging voran, wie besessen. Er riss Türen auf, und während die Ladenglöckchen noch klingelten, hatte er sie schon wieder zugeworfen. So verhielt er sich auch, wenn er als Kind mit seiner Cousine Verstecken spielte. Er öffnete alle Türen und sah in seinem Eifer nicht richtig hin; Silvia, die in Schränken, hinter der Gardine oder unter dem Bett versteckt hockte, entging ihm. Also zwang er sich, wenigstens ein bisschen langsamer vorzugehen. Luisa klapperte unterdessen die Nebenstraßen ab. Menschen drehten sich nach ihnen um. »Haben Sie ein Kind verloren?«, fragte eine mit Einkaufstüten beladene Frau aufgeregt.

Luisa war in großer Sorge, ihr dröhnte der Kopf. Plötzlich sah sie am Ende der Straße eine Gestalt, die Silvia hätte sein können. Anselmo war wieder in ein Café gegangen, sie wollte nicht zurück, um es ihm zu sagen, und dadurch die Gelegenheit verpassen. Sie machte schnellere Schritte, ohne die Frau aus den Augen zu lassen, ja, sie fixierte sie so intensiv, dass sich die Gestalt vor ihren Augen verdoppelte.

Die Frau trug dunkle Kleidung, die Haare und der leicht schleppende Gang passten. Keine Handtasche. Als sie um die Ecke bog, fing Luisa an zu laufen, und ihre Handtasche schwang vor und zurück wie eine Schaukel – im ersten Impuls wollte sie die Tasche wegwerfen, tat es aber nicht. Sie rief: »Silvia!«, und ihre Stimme klang, als würde sie sich die Lunge aus dem Hals schreien. In der kleinen Straße war kein Mensch, nur Hauseingänge und Gittertüren, auf der gegenüberliegenden Seite ein Stück struppiger Rasen und Garagen mit heruntergelassenen Rollläden. Auf einem Balkon fing ein kleiner Hund an zu bellen, er lief vor und zurück, erwartungsvoll angespannt wie sie.

Luisa versuchte, sich auf die Schuhe zu konzentrieren. Slipper aus Leder mit niedrigem Absatz. Dunkelblau oder schwarz? Silvias waren schwarz, und diese hier schienen blau oder von einem Schwarz, das der Staub blasser machte.

Nein, sie waren wirklich blau. Luisa gab das Laufen auf.

Die Frau war vor einem Hauseingang stehen geblieben. Sie holte einen Schlüsselbund aus ihrer Manteltasche, und erst in diesem Moment drehte sie sich mit einem beleidigten Ausdruck um.

Wenige Schritte von ihr entfernt hielt Luisa, rot wie eine Tomate, den Schultergurt ihrer Tasche um ihr Handgelenk gewickelt und das Ende zusammengedrückt in der Faust. Der Haarkamm baumelte über ihrem Ohr. Sie lehnte an der Hausmauer und bat um Entschuldigung, erklärte, sie habe sie mit jemand anderem verwechselt, einer Person, die sie seit Tagen suchten. Die Frau hatte von der Verfolgung Angst bekommen und reagierte jetzt empört.

»Ja gut, aber man darf anderen Menschen nicht auf diese Weise hinterherrennen«, sagte sie mit Mailänder Akzent.

»Bitte entschuldigen Sie. Die Sorge … ich habe mich geirrt.«

Luisa kehrte zu Anselmo zurück, der verärgert war, weil er sie aus den Augen verloren hatte.

»Ich habe Silvia mit einer anderen Frau verwechselt.«

»Das fängt ja gut an. Hast du wenigstens gefragt, ob sie am Bahnhof war?«

Aber Luisa hatte nicht daran gedacht. »Sie hatte wirklich einen Mailänder Akzent, meiner Meinung nach ist sie die Frau, mit der der Fahrkartenverkäufer gesprochen hat.«

»Meiner Meinung nach, meiner Meinung nach …«, schnaubte Anselmo. »Und können wir uns deiner Meinung nach damit zufriedengeben?«

Sie liefen, fast ohne ein Wort zu wechseln, kreuz und quer den ganzen Ort ab, dann setzten sie sich wieder ins Auto und überprüften die Straßen, die sich durch die Reisfelder zogen. Die Mähdrescher hatten die Pflanzen auf den Feldern schon abgemäht, und auf vielen Grundstücken wurden die Stoppeln verbrannt, was die Äcker schwarz-gelb gestreift wie Tigerfelle zurückließ. Trotz der geschlossenen Autofenster roch Luisa das Dieselöl und den Dung.

»Ich hab sofort gemerkt, dass man dem Typen da nicht trauen konnte, diesem Idioten vom Bahnhof«, brummte Anselmo, und sie ging darüber hinweg.

»Wir waren naiv«, gab sie zu.

»Aber es will mir nicht in den Kopf, wie du eine Mailänderin mit der Silvia verwechseln konntest.«

Er gab ihr einen Klaps aufs Knie, bevor er einen anderen Gang einlegte, und Luisa überlegte, dass Silvia sie mit ihrem Verrücktspielen und Weglaufen jetzt zwang, für immer, bis an ihr Lebensende dazubleiben und normal zu sein. Sie sah hinaus in die Landschaft. Die Alpenhänge hatten die gleiche Farbe wie der Himmel, sie hoben sich nur durch das Weiß des Schnees auf den Gipfeln ab, das kantiger und unebener war als das duftige Weiß der Wolken. Aschgraue Reiher jagten an den Kanälen nach Fischen, und die Folie der Wasseroberfläche gab sie verdoppelt wieder wie die Figuren eines Kartenspiels, die eine scharf umrissen, die andere splittrig und schimmernd. Luisa entdeckte eine Reiherkolonie zwischen den Robinien, Dutzende und Aberdutzende großer Nester, auf denen weitere Vögel wartend saßen.

35

Anfangs hatte Gemma noch gehofft. Später an diesem Abend hätte sie sich ohrfeigen können, weil sie so dumm gewesen war.

Während Luisa und Anselmo fort waren, versuchte sie sich zu beschäftigen, indem sie die Matratzen umdrehte und Teppiche klopfte, bis Corrado aus seiner Hütte hervorkroch, die aus zwei Stühlen und einer Steppdecke bestand. Man hatte ihm erzählt, dass Silvia auf Reisen war, und jetzt wollte er genau wissen, wo, ob sie wieder zu den Kängurus und Koalabären gefahren war. Um ihn bei Laune zu halten, erzählte Gemma ihm eine Geschichte vom Krieg, eine von denen mit gutem Ausgang, die er mochte.

»Das italienische Heer wurde bei Caporetto geschlagen, erinnerst du dich?«

Corrado nickte unsicher.

»Es war gefährlich, in unserer Gegend zu bleiben, also sind wir geflohen. Wir mussten die Brücke über den Tagliamento überqueren, aber sie wurde gesprengt, um die Feinde aufzuhalten. Meine Mama, meine Geschwister und ich sind noch hinübergekommen, doch mein Vater blieb auf der anderen Seite, weil er die Kutsche und die Kühe hatte und nur langsam vorankam.«

Ponte della Delizia hieß die Brücke, und noch überquerten sie sehr viele Soldaten und Flüchtlinge, außerdem Lastwagen und Karren, die von Pferden, Maultieren und

Eseln gezogen wurden. Gemma hatte das Donnern hinter sich gehört, die vor Hitze zitternde Luft gespürt, dann kamen die Schreie, die einem die Ohren durchbohrten und den Lärm des reißenden Flusses übertönten. Sie hatte die Flecken aus rotem, körnigem Brei auf dem Schlamm gesehen. Ein Kind hatte gesagt: »Schaut mal, das sieht aus wie Marmelade«, und seine Mutter hatte ihm einen Schlag auf den Hinterkopf gegeben, damit es still war, um es dann sofort wieder an sich zu drücken.

In Ferrara, wohin sie evakuiert wurden, hatte Gemma sich das spanische Fieber geholt. Unter den vielen Kranken, die dichtgedrängt in Zimmern lagen, in denen mehrere Familien zusammen hausten, war sie eine der wenigen, die überlebten, doch ihr waren die Haare büschelweise ausgefallen, und an ihren Füßen und Händen hatte sich die Haut abgeschält. Um sie zu trösten, sagte man ihr, sie häute sich eben, wie die Schlangen, wie die Zikaden, und sie würde bestimmt wieder gesund werden, denn auch die Pflanzen verloren im Herbst ihre Blätter und wurden dann im Frühling wiedergeboren – eine ganze Reihe mehr oder weniger einfallsreicher Ermutigungen. Aber ihr, der Vierzehnjährigen, war dieser halb kahle Kopf ein Gräuel. Sie berührte die spärlichen Strähnen und geriet in Verzweiflung, erwiderte, dass sie Schlangen eklig fände und Zikaden auch; sie liebte Pferde mit ihren langen Mähnen und Hunde mit dichtem, lockigem Fell. Sie riss sich Fetzen abgestorbener Haut vom Körper und warf sie in das Kohlebecken, um die anderen mit dem widerwärtigen Gestank nach gerösteten Fliegen zu ärgern.

Das sagte sie Corrado nicht, aber sie erzählte ihm, wie sie Wochen später mit einem um den Kopf geknoteten Taschentuch durch die Straßen gegangen war und ihren Vater wiedererkannt hatte, der es bis in die Stadt geschafft hatte und gerade in einem Milchgeschäft um Auskünfte bat. Sein roter Schnurrbart hinter der vom Sonnenlicht und vom Dreck verschleierten Fensterscheibe waren für sie immer noch das Inbild der Glückseligkeit. Als sie eintrat, hatte die Türglocke geklungen wie Trompetenschall. Sie hatte sich auf ihn gestürzt, in seine erste Umarmung, nur sie beide, ohne die Geschwister und die Mutter, die nach ihm verlangten. Dann hatte sie ihn in die überfüllte Wohnung geführt, und am Abend hatte sie sich kahlscheren und »mein kleiner Junge« nennen lassen.

Als sie am Ende der Geschichte angelangt war, begann Gemma ihren Optimismus zu bereuen, denn so war das Leben, und damit musste man rechnen. Einmal trifft sie inmitten all der Zerrüttung durch den Weltkrieg auf ihren Vater, und ein anderes Mal gelingt es Luisa und Anselmo nicht, Silvia in Santhià zu finden.

36

Erst am späten Sonntagnachmittag konnte Martino einen einsamen Spaziergang rechtfertigen, nach fast zwei Tagen strenger Überwachung, bei der Lea und Stefano versucht hatten, herauszufinden, wie es ihm wirklich ging, das heißt, wie schwerwiegend seine schlechte Laune war, ohne dass sie zu einer eindeutigen Schlussfolgerung gelangt wären. Sie hatten ihn gefragt, was er im Wald tue. »Nichts«, hatte er geantwortet.

»Wenn du willst, machen wir mal zusammen einen Spaziergang im Wald, sammeln Pilze. Da wird es viele geben.«

»Ich möchte lieber Sandokan spielen.«

»Ach so, ja, klar.«

»Du könntest vielleicht mit dem Sohn der Crivelli in den Wald gehen ... Warte, wie heißt er noch gleich?«

»Nächstes Mal vielleicht.«

»In welche Richtung gehst du?«

»Mal sehen. Zur Kapelle.«

Lea sah ihn fragend an.

»Die liegt oben, den halben Hang hoch.«

»Pass auf, dass du dir nicht den Fuß verstauchst.«

Bevor er sich in die Büsche schlug, stibitzte er noch ein Stück Torte, das Ende einer Salami und ein paar Äpfel. Die Blätter an den Bäumen flatterten im Wind, und am Himmel sickerten die ersten Sterne durch. Unsichtbare

Eidechsen und Vögel bewegten das Laub am Boden. Vielleicht hätte auch er sich verstecken können, in Turin, nachts auf einer Baustelle oder im Valentino-Park. Man hätte ihn aber sofort gefunden, in der Stadt waren überall Leute.

Als er in die Nähe der Hütte kam, erinnerte sich Martino an das Versprechen, das er der Lehrerin beim letzten Mal gegeben hatte: ein Buch mitzubringen. Das hatte er vergessen, und einen Augenblick lang fühlte er sich schuldig, doch gleich darauf sagte er sich, dass er sowieso zum letzten Mal gekommen war, um die Sache klarzustellen. Es ließ sich aber nicht leugnen, da war ein Zögern gewesen, als hätte er es sich anders überlegt. Er war nervös und versuchte, sich zu beruhigen, indem er die Sätze wiederholte, die er vorbereitet hatte: Es tut mir leid, Maestra, ich kann nicht länger den Mund halten. Alle suchen nach Ihnen, alle machen sich Sorgen. Es tut mir leid, Maestra, ich kann nicht länger den Mund halten. Alle suchen nach Ihnen, alle machen sich Sorgen ... Es tut mir leid ...

Um sie nicht zu erschrecken, klopfte er mit den Fingerknöcheln an die Bretter und wartete ein paar Sekunden, bevor er sich zeigte.

Sie saß gefasster da, *normaler*, Martino hätte nicht sagen können, was er damit meinte, aber das war sein Eindruck, die Haltung der Schultern und Arme schien einigermaßen kontrolliert, Hände und Füße waren unbewegt, aber nicht leblos, nicht verdreht. Ihr Gesicht sah allerdings schrecklich aus, weiß und grünlich wie ein Stück Gorgonzola.

»Ciao«, begrüßte sie ihn.

»Hallo.«

»Fühlst du dich nicht wohl?«

Es war verrückt, diese Frage von einer zu hören, die mehr tot als lebendig war. Einer, die sich mit seinen Essensresten durchschlug und deren Stimme klang, als käme sie aus einer Katakombe.

Seit mindestens anderthalb Tagen bemühte sich Silvia, sich auf den Jungen zu konzentrieren und vernünftige Gedanken zu fassen, während ihr Geist sich mit Giovanna und anderen Dingen füllte, alten Angelegenheiten, die sie für tot und begraben gehalten hatte, Erinnerungen, ungeordnet und zusammenhangslos aufgehäuft wie die Zeitungsausschnitte und Ansichtskarten in ihrem Malardriss. Sie schaffte es nicht, diese Gedanken zu beherrschen. Aber sie erkannte, dass sie zu viel von dem Jungen verlangt hatte und ihm das sagen musste, sie musste sich von dieser unvorhergesehenen Verankerung befreien. Sie hatte versucht, die Rede einzuüben, jedes Wort kostete sie große Mühe und klang fremd – ein Gerät, das außer Betrieb war, eine kaputte, im Wald weggeworfene Waschmaschine. *Martino, ich bitte dich um Entschuldigung, ich habe eine zu schwierige Entscheidung von dir verlangt, das war falsch. Es ist nicht gut, dass du dich für mich verantwortlich fühlst. Komm nicht mehr. Ich verspreche dir, dass ich zurückkehre, wenn ich mich dazu imstande fühle. Wenn ich kann, kehre ich zurück. Sobald ich kann. Aber mach du dir keine Sorgen.*

Blödsinn. Der Schaden war angerichtet. Der Junge fühlte sich gewiss verantwortlich und schuldig und sie auch, ihm gegenüber. Schuld um Schuld um Schuld. Sie waren zweifach gebunden, von dem Moment an, als er zufällig hier aufgetaucht war. Silvia hatte es nicht geschafft, zu verschwinden. Wieder fragte sie sich, ob die Verzweiflung sie dazu getrieben hätte, sich selbst loszuwerden. Aber du isst ja, du trinkst!, klagte sie eine gehässige Stimme an.

»Ich habe Torte mitgebracht. Das Buch habe ich vergessen«, sagte Martino.

»Macht nichts.«

Er räusperte sich, doch die Lehrerin kam ihm zuvor.

»Ich möchte dir etwas sagen.«

»Ja?«

»Ich muss dich um Entschuldigung bitten.«

Martino hoffte, sie würde um Hilfe bitten, es würde zu Ende sein. *Jetzt gibt sie mir grünes Licht, und ich sage es Mama, dann können wir ihre Familie anrufen.*

»Ich habe zu viel von dir verlangt. Es ist nicht … es ist nicht richtig, ja. Es ist nicht gut, dass du dich für mich verantwortlich fühlst. Komm nicht mehr. Ich verspreche dir, dass ich zurückkehre, sobald ich mich dazu imstande fühle. Und wenn nicht, bist du nicht schuld daran. Es ist … eine Sache, die ich beschlossen habe. Sie betrifft nur mich.«

»Aber wer bringt Ihnen etwas zu essen, wenn ich nicht mehr komme?«, protestierte Martino.

Silvia wusste nicht, was sie antworten sollte.

»Und wenn Sie dann zum Gehen zu schwach sind?«

Alle Einwände, die er gegen sich selbst vorgebracht hatte, erhob er jetzt gegen sie. Er fühlte sich betrogen, doppelt betrogen. Die Lehrerin bat ihn, weiterhin zu schweigen, aber ohne dass er sie im Auge behalten konnte. *Nein, liebe Maestra, so nicht.*

»Und wenn Sie Hilfe brauchen und keiner kommt? Und wenn es nachts kalt wird?«

Es war eine Pattsituation.

»Du hast recht«, gab sie zu.

»Warum gehen Sie denn nicht zurück nach Hause?«

Sie stammelte: »Ich kann nicht, ich schaffe es nicht.«

Da fiel Martino wieder ein, dass sie tatsächlich halb verrückt war, oder ganz übergeschnappt, also stand fest, dass man nicht über alles mit ihr sprechen konnte. Das war, wie man so sagte, vermintes Gelände. Er versuchte, sich irgendwie zusammenzureißen. Jetzt war er an der Reihe. Er musste starke Nerven bewahren wie Yanez de Gomera, der Gefährte von Sandokan. Der Lehrerin ging es besser. Vielleicht musste man nur ein wenig Geduld haben. Ein ordentliches Lager herrichten, ihr erst einmal mehr Decken bringen. Sie benahm sich wirklich wie ein kleines Mädchen, das sich aus Scham und Kummer versteckt, und er überlegte, dass sie wohl oder übel irgendwann aus ihrer Höhle herauskommen würde. Er musste ihr helfen, bis zu diesem Punkt zu gelangen. Und vielleicht würde sie nicht mal in der Irrenanstalt enden, wie Gianni befürchtete.

»Ich werde weiterhin kommen, so erholen Sie sich schneller.« Dann ließ Martino sich vom Sog dieser gerade getroffenen Entscheidung mitreißen. Er wollte ihr nicht drohen, er wollte sie retten: »Sonst erzähle ich alles.«

Er starrte eine Weile auf seine Schuhspitzen, überlegte, ob er nicht vielleicht übertrieben hatte.

»Ist dein Vater gekommen?«, fragte die Lehrerin, als hätte sie die Erpressung gar nicht gehört.

Sie war wirklich seltsam.

»Ja, aber woher wissen Sie von meinem Vater?«

»Du hast es mir gesagt, beim letzten Mal.«

»Ach ja. Nun, er fährt gleich nach dem Abendessen wieder ab.«

»Mein Vater wohnte auch nicht mit mir zusammen, als ich so alt war wie du.«

»Warum?«

»Er arbeitete in der Schweiz. Ich glaube, er fehlte mir. Ich war ein bisschen böse auf ihn.« Wo war ihr das jetzt herausgerutscht? Das Hungern, die brüchige Stimme, die nicht einmal ihre eigene zu sein schien, die Tatsache, dass sie vom Gedanken an die Torte abgelenkt war, die er am Anfang erwähnt hatte.

»Papa fehlt mir«, gab Martino zu. »Aber Mama ist da.«

»Ich war bei meinen Großeltern.«

»Und Ihre Mutter? War die auch weg?«

»Ach, weißt du, meine Mutter. Sie war ... sie ist früh gestorben. So ist das.«

Vielleicht wollte die Lehrerin sich für diese gewichtige Vertraulichkeit entschuldigen, dachte er, hatte aber selbst eher den Eindruck, dass sie beide Fortschritte machten, und das stimmte ihn zuversichtlich. Trotzdem, kein Wunder, die Trauer darüber, als kleines Kind die Mutter verloren zu haben, machte es sehr viel wahrscheinlicher, verrückt und einsam im Wald zu enden. Wie wäre er ohne seine Mama gewesen? Beschissen, ein richtiges Ekelpaket, und in diesem Moment wagte er nicht, sich das in allen Einzelheiten auszumalen. Aber ihm ging das schreckliche Wort »Waisenkind« durch den Kopf, das in den Büchern die notwendige Voraussetzung für so viele Übel war. Die Lehrerin war eine Art zu groß gewordener Oliver Twist.

Bei den Großeltern aufzuwachsen, war jedenfalls immer noch besser, als eine böse Stiefmutter ertragen zu müssen oder sich in einem Waisenhaus oder in der Londoner Unterwelt wiederzufinden.

»Sie haben hier im Ort gewohnt, nicht wahr?«, sagte er, nur um etwas zu erwidern.

»Ja. Das Haus neben dem Brunnen. Das mit der Glyzinie an der Hauswand.«

»In unserem Hof gibt es auch eine Glyzinie.«

»Na sowas.«

»Innen war das Haus von oben bis unten voller Schimmel.« Das hatte er so gesagt und sich die Nase zugehalten. »Darum mussten wir alles übertünchen.«

»Hast du mitgeholfen?«

»Ich habe den ganzen Flur allein gemacht.«

Silvia merkte, dass sie in Schwung gekommen war, sie konnte eine Art Konversation bestreiten, fast ohne sich dessen bewusst zu sein, während ein Teil ihres Gehirns wahrnahm, wie ein kleiner Vogel, ein Gartenbaumläufer, den Stamm der Buche hinaufkletterte und hinter dem Sparren aus Baumrinde verschwand, wo er sicher sein Nest gebaut hatte. Gleichzeitig mühten sich andere ihrer Gedanken immer noch mit Giovanna ab, Giovanna, Giovanna, Giovanna. Sie sprach wie ein Automat, konnte aber den Regeln des Gesprächs ungefähr folgen.

»Gestern Abend wollte mein Vater ein Bild aufhängen und hat mit dem Hammer gegen die Wand gehauen, die Wand *hinter* ihm!«, Martino lebte auf, als er die Bewegung nachahmte, und Silvia brachte ein schiefes Lächeln hervor.

»Er hat die ganze Malerei ruiniert. Na gut, ich bringe

das wieder in Ordnung«, sagte der Junge ein bisschen wichtigtuerisch.

Bis jetzt hatte Silvia noch nie in seiner Gegenwart gegessen. Die verpackten Lebensmittel und die neue Wasserflasche lagen dort auf dem Boden, doch bei der Vorstellung, sich das Essen mit den Händen in den Mund zu stecken, hockend, das Kinn vorgereckt wie ein Affe, schämte sie sich. Gesehen zu werden, während sie aß, bedeutete, ihre Kapitulation vor dem physischen Überleben einzugestehen. Aber was ist Verlegenheit angesichts eines Stücks Torte?

Bettnässerin Canepa, naschhafte Canepa – wieder die Nonnen. Mit diesen verfluchten Nonnen habe ich nie abgerechnet.

Dabei hatte nicht einmal sie den Fraß im Internat heruntergekriegt. Sie schüttete ihn heimlich in eine Metallschachtel, um ihn später, während der Pause, in einer entfernten Ecke des Schulhofs am Fuß der Eibe zu vergraben.

Der Junge schien wieder beunruhigt, vielleicht war sie zu lange geistesabwesend gewesen, also fragte sie das, was man Kinder gewöhnlich fragt: »Wie geht's in der Schule?«

Meinte sie seine schulischen Leistungen oder wie es ohne sie in der Schule weiterging? Martino hatte nicht verstanden.

»Gut«, antwortete er zögernd.

»Die Schule zu wechseln, ist nicht leicht«, fügte die Lehrerin hinzu, womit sie einen weiteren Wust an Gefühlen aus der Versenkung holte: die Schule, zwanzig Jahre lang Schulklassen. Silvia, du bist ein einziger Wirrwarr, das hatte Marilenas Stimme gesagt. Wenn doch nur die andere Stimme nicht mehr sprechen würde, die sie tot sehen wollte, nein, die sie demütigen wollte, weil sie nicht tot war. Tödlich beschämen. Da waren sie wieder, die Nonnen, die Meisterinnen tödlicher Beschämung.

Silvia, bleib, wo du bist, verlier dich nicht, befahl sie sich. Hör zu, der Junge spricht mit dir.

»… meine erste Lehrerin in Turin konnte aber nicht so gut unterrichten. Die zweite ja, vor allem Mathematik und Naturkunde. Ich hatte viele Freunde in der Klasse. In der Mittelschule werden wir wieder zusammen sein, meine besten Freunde und ich«, erzählte Martino.

»Ach ja?«

»Nächstes Jahr gehen wir nach Turin zurück, wir bleiben nicht hier. Sobald das Asthma besser wird.«

»Und wie geht es jetzt?«

»Besser, viel besser.«

Sie erzählten sich noch andere Dinge, ohne Zwischenfälle, sie gab vor allem zustimmende Äußerungen von sich, um sicher zu sein, dass sie keine Fehler machte. Bevor Martino ging, nahm er die leere Trinkflasche, um sie am nächsten Tag wieder gefüllt mitbringen zu können.

Silvia ließ sich vom Hin und Her des Gartenbaumläufers betäuben. Der Vogel hüpfte in kleinen Sprüngen über den Stamm, seine Krallen bohrten sich in die Rinde, ohne sie je zu verfehlen, der eingezogene Kopf ließ ihn noch konzentrierter erscheinen. Nach einer Weile bemerkte sie, dass es zwei waren, die die Buche in Spiralen von unten nach oben umkreisten, und dass ihre Federn sogar in der Abenddämmerung goldene Funken zu sprühen schienen.

37

Es gibt eine Geschichte. Sie geht zurück auf die Zeit vor Silvias Geburt, und ihr scheint, als müssten sie auch die Spinnen, die Krähen und die beiden Gartenbaumläufer kennen. Sie liest sie in den Zweigen, die durch die Löcher der Hütte eindringen, in der Schwarzfäule, die wie eine Filzdecke auf manchen Blättern liegt, und in den wenigen vergessenen oder kaputten Gegenständen mit ihren Schattenkronen (Spaten, Hippe, Harke).

Mehr als einmal hat sie die Geschichte aus dem Mund ihrer Großmutter gehört, die, wenn sie erzählte, dabei immer etwas anderes tat: Sie flickte, fegte, kochte, schärfte die Messer, rupfte ein Huhn. In der anderen Hälfte des Hauses arbeitete Silvias Urgroßmutter auf die gleiche Weise. Silvia hatte gefragt: »Warum redet ihr nicht miteinander, warum tust du so, als würde es die Urgroßmutter nicht geben, sag's mir noch einmal«, und Großmutter sah sie scheel an. An Gründen fehlte es nicht, sie waren offensichtlich, aber das endgültige Schweigen hatte wegen der Zabaione begonnen.

Großmutter hatte drei Töchter: Anselmos Mutter, Silvias Mutter und noch ein drittes Mädchen, blond, mit einer kleinen Nase wie ein Schnabel. Sie war an Hirnhautentzündung erkrankt, und es ging ihr sehr schlecht. Großmutter wollte ihr eine Zabaione machen, doch ihre Schwiegermutter war dagegen. Sie war eine harte, unbarmherzige Frau mit einer ätzenden Stimme. »Das ist nicht nötig, es ist nur Fieber, du verwöhnst dieses Kind«, hatte sie gesagt. »Die Eier können wir morgen für das Mittagessen gebrauchen, es kommt bestimmt Besuch, du wirst sehen, mein Sohn bringt uns irgendwelche verteufelten Sozialisten ins Haus.« Großmutter hatte nachgegeben, aber dann war ihr Mädchen in der Nacht gestorben. Aus Angst vor Streit hatte sie ihr keine Zabaione gemacht, und von dem Moment an hörte sie auf, mit ihrer Schwiegermutter zu sprechen.

Silvia war unbegreiflich, wie sie sich gegen den Großvater hatte durchsetzen können und ihn dazu gebracht hatte, eine Wand hochzuziehen, die das Haus in zwei Hälften teilte. Die Wand machte den Grundriss des Hauses sinnlos und zwang sie, an den Außenmauern Treppen und Galerien aus Holz anzubringen, um von einem Stockwerk ins andere zu gelangen. Großmutter zuckte nur mit den Schultern. »Ich hab ihm gesagt: ›Deiner Mutter schau ich nicht mehr ins Gesicht. Eher verlasse ich euch.‹ Und das stimmte, ich war außer mir vor Wut. Vor allem auf mich selbst.«

Seit dem Tod ihrer Tochter war die Großmutter besessen von der Idee, Silvia ordentlich zu ernähren. Die verweigerte Zabaione war ein Fehler gewesen, den sie um des lieben Friedens willen, aus Schwäche begangen hatte, aber tief im Inneren wusste sie genau, dass sie auf ihrem Vorhaben hätte bestehen müssen. Sie hätte die Schwiegermutter zum Schweigen bringen und das Eigelb mit dem Löffel schlagen müssen, bis es hell wurde, vom Zucker leicht schrundig, um ihr Vogel-Mädchen damit zu füttern, ihr den Bauch mit einer stärkenden, rohen Süßspeise zu füllen. Zum Glück hatte sie damals noch andere Töchter, Delia und Albina. Und später, als sie auch Delia, Silvias Mutter, verloren hatte, war ihr Silvia geblieben, die behalten, die genährt werden musste – genau das sagte sie.

»Aber die Tante starb trotzdem«, wandte die kleine Silvia ein.

»Ja, sicher wäre sie trotzdem gestorben.«

»Auch wenn sie die Zabaione gegessen hätte.«

»Auch wenn sie die Zabaione gegessen hätte«, wiederholte Großmutter müde.

Jetzt erinnert sich Silvia an den Drang der Großmutter, sie vollzustopfen, ihr fingerdick Butter aufs Brot zu streichen, ihr geknackte Nüsse in ihre Tasche zu stecken, als wäre das ein Lösegeld, das sie zahlen musste, und sie erinnert sich daran, dass sie sich den Bauch vollschlug, um dann ganze Tage lang zu fasten, als wollte sie Großmutter in den Wahnsinn treiben. In diesen Jahren war auch Anselmo oft im Haus, aber er aß einfach, aß alles auf, ohne den Kopf vom Teller zu heben, und danach ging er zu der verstoßenen Urgroßmutter, um sich einen Nachschlag zu holen.

38

Am Montag hatte Lea einen Termin beim Augenoptiker in Biella. Seit Wochen hatte sie den Eindruck, dass ihre Augen schlechter wurden, und sie plagte ein Kopfschmerz – Zahnstocher, die sich in ihre Augäpfel bohrten –, der sicherlich mit der Schwächung ihrer Sehkraft zu tun hatte. Ihre Mutter war mit den Jahren so kurzsichtig geworden, dass sie Menschen fast nur noch an der Stimme erkannte, und Lea fürchtete, so zu enden wie sie, ein halbblinder Maulwurf, der sich den Kopf an jedem Türrahmen stieß. Der Optiker aber stellte fest, dass sie nur ein wenig kurzsichtiger geworden war, und gewährte ihr sogar einen Rabatt auf das Brillengestell, weil es ihr so gut stand. Es hatte die Form von Blättern, die Spitzen zeigten auf ihre Schläfen.

»Ich bin also kein Maulwurf«, hatte sie gefragt.

»Aber nein, auf keinen Fall!«, hatte der betagte, kahlköpfige Optiker erstaunt geantwortet.

Sie ging in die Bar nah bei der Schule, wo sie auf Martino warten wollte, bestellte an der Theke einen Kaffee und hielt ein Schwätzchen mit dem Barmann: Turin, Biella, eine Anspielung auf die Tragödie – nein, ihr Sohn war kein Klassenkamerad des Mädchens, die … na ja, dieses Mädchens eben.

Ein junger Mann mit einer nagelneuen ledernen Aktentasche kam herein, und der Barmann flüsterte, das sei der Stellvertreter der Lehrerin Canepa. Dabei verzog er das Gesicht, als wollte er sagen: Ich beneide ihn nicht.

Lea beschloss, sich ihm vorzustellen, sie wollte wissen, wie es in der Schule lief, wie die *Atmosphäre* war, denn aus Martinos Erzählungen war das kaum herauszuhören. Der Lehrer hatte einen schwarzen Bart und halbmondförmige, ein wenig tiefliegende Augen. Auch sie waren schwarz, glänzend wie ein Armband mit Turmalinen, das Lea vor Jahren besessen hatte, und wer weiß, wo es hingekommen war.

Schon nach wenigen Minuten wurde Lea bewusst, dass ihre Bewegungen an Natürlichkeit eingebüßt hatten: die Tasse abstellen (sie hatte die Tasse zu heftig auf die Untertasse gesetzt), die Haare hinter die Ohren stecken (das hatte sie zu langsam getan). Nach einem mit Besorgungen verbrachten Vormittag löste sich der Lippenstift ab, sie spürte klebrige Krümel in den Mundwinkeln und hätte sie gerne abgeleckt oder mit den Schneidezähnen gelöst und dann heruntergeschluckt. Sie versuchte, sich mit einer Serviette zu säubern, bat um noch ein Glas Wasser.

Der Lehrer sah sich selbstverständlich zum ersten Mal damit konfrontiert, jemanden vertreten zu müssen, von dem man nicht wusste, wohin er verschwunden war, obendrein in einer vom Verlust einer Klassenkameradin verstörten Klasse, und er gestand, dass er es schrecklich fand, extrem schwierig. Doch während er das sagte, lag sein gleichzeitig versonnener und freudiger Blick auf Lea, und sie bemerkte, wie seine Augen zwischen ihren Haaren, den Augenbrauen und den Wimpern hin und her wanderten, dann von der Stirn hinunter bis zum Mantelkragen, der allerdings recht hoch geschlossen war. Sie behielten die Uhrzeit nicht im Blick, beachteten die Kinder nicht, die auf dem Bürgersteig vorbeigingen. Lea hätte sogar fast die Quittung für die neuen Brillengläser zusammen mit der schmutzigen Serviette weggeworfen.

Als Schwester Annangela an der großen Fensterfront der Bar vorüberging, bemerkte sie den Lehrer Greppi in Gesellschaft der Mutter des neu eingeschulten Jungen, Martino Acquadro, Fünfte C, der ihr nur einmal am Beginn des Schuljahrs über den Weg gelaufen war, wegen seiner roten Haare aber kaum verwechselt werden konnte. Dass die beiden dort zusammenstanden, war im Grunde ganz normal. Sie waren sich begegnet, hatten zusammen einen Kaffee getrunken. Doch Schwester Annangela war eine gute Beobachterin, und sie sah, dass Lea lächelnd den Kopf zur Seite neigte und nur auf einem Bein stand, während sie mit der Spitze des anderen Schuhs nervös an ihrem Sprunggelenk rieb, während er sich mit dem Ellenbogen auf die Theke stützte und zu ihr vorbeugte, als säße er in einer Theaterloge, die Vorfreude auf das Schauspiel genießend. Und Schwester Annangela ahnte, dass es hier nicht enden würde.

39

Am Nachmittag kam Martino keuchend auf dem Gipfel des Rovello an. Schuld waren die drei Jungen, die ihm hinterherriefen, ihn verspotteten, weil er neu in Bioglio war und mit einem fremden Akzent sprach, den sie nachäfften, und die, wenn er an ihnen vorbeiging, mit ihren unter die Achseln gesteckten Händen das Geräusch von Fürzen nachahmten. Wenn sie nicht in der Bar Tischfußball spielten, saßen sie rauchend auf der Zementmauer am Ufer, hielten die Kippe zwischen Daumen und Zeigefinger und schnippten sie dann weit von sich. Untereinander redeten sie besonders laut, damit man sie hörte, von Ärschen, riesig wie die von Flusspferden, und von schielenden Titten.

Seine Mutter war zur Arbeit gegangen, um die am Vormittag verlorenen Stunden nachzuholen. Martino hatte schnell etwas heruntergeschlungen und war dann sofort durch den Wald gelaufen, wo er bei jedem Geräusch zusammenzuckte, weil er sich vorstellte, dass die drei Idioten hinter dem Gebüsch hervorkommen würden. Oben angelangt, fand er Silvia, die wieder ins Leere starrte, katatonisch, mit Augen, die wie gekocht aussahen. Das hatte er nicht erwartet.

»Maestra?«

Er versuchte, ihr eine Chance zu geben, und folgte der Richtung ihres Blickes zur Mauer der Hütte. Da gab es nur hellblaue Flechten, die winzigen Kohlköpfen ähnelten, und von Feuchtigkeit aufgeplatzte Stellen. Er nahm sich Zeit, stellte langsam eine Papiertüte auf den Boden, in der ein Brotlaib und ein Heft der Comicreihe steckten, die er am liebsten mochte, die *Wahre Geschichte des Wilden Westens in Farbe*.

Er hatte lange darüber nachgedacht, weil er unsicher war, ob die Raubzüge der Dakota-Krieger eine geeignete Lektüre für die Lehrerin waren, aber er wollte nicht in den Büchern seiner Mutter wühlen, die das zweifellos gemerkt hätte. Er hatte das Heft über die Legende von Sitting Bull ausgesucht. Sitting Bull gefällt allen, das ist klar, hatte er sich gesagt, außerdem gab es da diese Szene, bei der er eine Gänsehaut bekam. Der Medizinmann spricht zum zukünftigen Großen Häuptling: »Jetzt verstehe ich, dass dein langer Schlaf nicht von der Krankheit kam, sondern dem Willen des Großen Geistes entsprang! Er hat sein Zeichen über dich kommen lassen, wenn du mit ihm sprichst, wird er dich anhören!« Schade, dass Silvia nicht in der Lage schien, zu lesen.

»Maestra?«

»Anselmo?«, fragte sie.

»Ich bin Martino.«

Sie sagte nichts mehr, also machte Martino enttäuscht und erschrocken Anstalten, wieder zu gehen. Er hatte noch keine zwanzig Meter zurückgelegt, als ein ersticktes Grunzen ihn schlagartig erstarren ließ. Weiter unten zwischen den Bäumen und den Haufen trockener Blätter erkannte er eine große, haarige Masse. Ein Wildschwein. Es wühlte nicht mit der Schnauze im Boden, sondern ließ seine funkelnden kleinen Augen pfeilschnell hin und her sausen, bis sie sich auf ihn hefteten.

Martino hatte schauerliche Geschichten von Wildschweinen gehört, die Hunde zerfleischten und alte Frauen in Stücke rissen. Langsam wich er zurück, auf dem Brustkorb ein Gewicht, das nichts Gutes verhieß. Er umklammerte das Asthmaspray, holte es aber nicht aus der Tasche, aus Angst, es fallen zu lassen und im Unterholz zu verlieren. Das Wildschwein hob die Schnauze, die aussah wie ein Dudelsack, und sog schnuppernd Luft ein. Martino war wieder nah bei der Hütte und rief: »Maestra, Maestra, da ist ein Wildschwein«, mit einer veränderten Stimme, die ihm widerlich war.

Gleich danach bäumte sich das Tier auf und rannte mit gesenktem Kopf auf ihn zu. Seine Beine bewegten sich trotz der Steigung sehr schnell. Martino wollte schon einen Sprung zur Seite machen, als die Lehrerin plötzlich mit der Decke in der Hand aus der Hütte kam. Sie stellte sich quer zum Gefälle und ließ die Decke vor dem Tier durch die Luft wirbeln, das langsamer wurde und grunzend einen kleinen Haken schlug. Martino sah, wie es die Spitze seiner Schnauze auf und ab bewegte, auf und ab.

»Hau ab, verschwinde!«, sagte die Lehrerin. Als sie das Tier für besänftigt hielt, packte sie Martino am Ärmel und zog ihn in die Hütte.

Sein Atem ging pfeifend, er setzte sich, zog das Asthmaspray hervor und öffnete den Mund.

»Wie geht's dir?«

Er nickte, um ihr zu verstehen zu geben, dass es ihm gut ging, und sie kehrte in ihre Ecke zurück, als hätte sie nur darauf gewartet. Martino juckte die Nase wegen des Ammoniakgeruchs, den die Bewegungen der Lehrerin verbreitet hatten.

»Aber warum … warum hat es angegriffen?«

»Es hat nicht angegriffen.«

»Aber …«

»Das war Angeberei. Ein junger Keiler. Wildschweine greifen nur aus Verzweiflung an.«

Martino konnte wieder Atem schöpfen. Ihm war, als würde das Grunzen und Stampfen auf den Blättern sich entfernen.

»Er ist weg«, bestätigte die Lehrerin. Sie war nun offensichtlich wieder vollkommen geistesgegenwärtig, sie war aufgestanden, hatte schnell reagiert und ihm geholfen. Dennoch trennte sie etwas voneinander.

»Wer ist Anselmo?«

»Anselmo?«

»So haben Sie mich vorhin genannt.«

»Oh. Mein Cousin. Geht es dir wirklich gut?«

Er nickte wieder.

»Entschuldige bitte. Mir kommen manchmal Gedanken …«, Silvia fasste sich an die struppigen Haare, »die sind wie Klebstoff.«

»Macht nichts.«

»In deinem Alter sagten alle immer, ich hätte den Kopf in den Wolken.«

»Mir sagen sie, ich sei elektrisch, ich könne nicht stillsitzen.«

»Ich kannte ein Mädchen wie dich, im Internat. Wir sind noch immer Freundinnen.«

»Sie waren im Internat?«

»Ja, bei den Nonnen. Um zu lernen.«

»Konnten Sie nicht einfach nur in die Schule gehen?«

»Es herrschte Krieg, Ausgangssperre. Und eine Lehrerinnenausbildung hätte ich hier im Dorf sowieso nicht machen können.«

Martino wollte etwas über das Internat erfahren. Seine Großeltern mütterlicherseits sagten manchmal: »Wenn du unartig bist, schicken wir dich aufs Internat«, und er dachte an die Anstalt, in der Gian Burrasca, der wilde Junge, landet. Er stellte sich das Internat wie ein Gefängnis für Kinder vor, wo man Spülwasser zu essen bekommt. Jetzt kannte er endlich jemanden, der dort gewesen war, und er bat sie so inständig, vom Internat zu erzählen, dass Silvia ihn nicht enttäuschen wollte. Sie sprach von dem Gestank nach Kohl und Rattengift und von der strengen Disziplin. Sie erzählte, wenn sie zum Spazierengehen das Haus verließen, mussten sie die Augen am Boden halten, damit sie keinem männlichen Blick begegneten. Sie sprach vom spärlichen und oft ekelhaften Essen und von den Schüsseln mit Milch, die sie trinken mussten, damit sie mehr Kalorien aufnahmen. Darum habe sie nach dem Internat mit Milch Schluss gemacht, sie konnte Milch nicht mehr ausstehen.

»War das Essen wirklich eklig?«

»Es war zum Kotzen«, bestätigte sie. »Manchmal haben wir es in Keksdosen versteckt und dann weggeworfen.«

»Und wenn sie euch erwischt hätten?«

»Hätten sie uns bestraft. Man musste essen, was da war, auch wenn es verfault schmeckte.«

»Und wie waren die Nonnen? Ich meine, zu euch.«

»Unterschiedlich. Schwester Elvira mochten wir, sie gab Naturkunde im Hof, mit Regenwürmern, Samen, Wurzeln. Meistens aber waren sie sehr streng. Es musste alles perfekt funktionieren, wir durften keine Probleme bereiten. Weinen war ein Problem, wütend werden, streiten … ha! Wehe, wenn man stritt. Etwas kaputt machen oder schmutzig machen, krank werden war ein Problem. Angst haben.«

»Sind Sie lange dageblieben?«

»Sieben Jahre.«

»Sieben Jahre!«

»Ich habe im Internat die Mittelschule und die Oberschule besucht. Damit ich Lehrerin werden konnte.«

»Sind Sie denn nie nach Hause zurückgekommen?«

»Natürlich. Zu Weihnachten, Ostern und im Sommer.«

»Das ist nicht oft«, bemerkte Martino.

»Manche mussten immer dableiben. Die Familienlosen haben wir sie genannt. Aber meine Großeltern kamen mich fast jeden Sonntag besuchen, mit dem Fuhrwerk.«

Martinos Neugier war noch nicht befriedigt, doch die Lehrerin war müde. Ihr Gesicht wirkte verschlissen, als wären ihre Züge nach und nach erschlafft, und auch ihre Erzählungen verloren an Zusammenhang.

»Eine Nonne nannten wir die ›Dogge‹, wegen ihrer Hängebacken und der eingedrückten Nase. Sie schlug hart, ich erinnere mich an ihre gelbvioletten Fingerknöchel, wenn sie den Stock in der Hand hielt. Es gab eine Familienlose, Agnese, die spuckte ihr in den Teller, wenn sie an der Reihe war, bei Tisch zu servieren. Darum mochte ich sie, und wir sind Freundinnen geworden.«

»War das die elektrische?«

»Nein, das war eine andere.«

»Und Sie?«

»Was?«

»Haben Sie rebelliert?«

»Nicht mal im Traum. Ich war schon immer ein Angsthase. Aber wenigstens petzte ich nicht.«

»Gab es welche, die petzten?«

»Ein paar. Agnese hat ganze Nächte neben dem Bett kniend gebetet, zur Strafe.«

Einmal hatten die Nonnen, aufs Äußerste gereizt, ihr ein Beruhigungsmittel verabreicht, und Agnese hatte sich in eine Art Kälbchen auf wackeligen Beinen verwandelt, das mit zusammengekniffenen Augen um sich blickte, als würde die Sonne es blenden. Aber das erzählte Silvia nicht.

»Jedenfalls lief auch bei mir nicht alles glatt. Ich war tollpatschig, zerstreut, gierig auf die Süßigkeiten, die mir die Großeltern brachten. Ich konnte weder kochen noch nähen. Im Unterricht habe ich mich angestrengt, doch ich gehörte nie zu den Besten.«

»Aber Sie sind doch Lehrerin!«

Silvia entwischte ein albernes Lachen. »Dafür muss man nun wirklich nicht Klassenbeste gewesen sein.«

Das sagt sie aus Bescheidenheit, dachte Martino.

»Dann waren Sie glücklich, als Sie herauskamen.«

»Ja. Ich wusste nicht, wie es draußen werden würde, aber ich hatte eine Arbeit, ich konnte mich nicht beklagen. Bedauert habe ich es vor allem wegen der Freundinnen.«

»Aber ihr wart noch immer in derselben Stadt.«

»Der größte Teil. Doch auch wenn man früher zusammen gewohnt hat … das ist ein weiter Weg, weißt du?«

Ein gelbes Licht, dickflüssig wie Brühe, überflutete sie durch die Löcher zwischen dem Zement und den Balken des Daches. Martino stand auf.

»Na ja, du verstehst, was das bedeutet. Auch du hast Freunde in Turin, die weit weg sind.«

»Ein Jahr lang.«

Silvia überlegte, ob er die Dauer betonte oder sie dagegen herunterspielen wollte.

»Wenn sie mich nicht vergessen«, fügte Martino hinzu.

»Bestimmt nicht.«

»Woher wollen Sie das wissen?«

»Aus Erfahrung. Vielleicht besuchst du sie ja auch mal, bevor ein Jahr vergangen ist.«

»Mein Freund Ago, Agostino, der ist wie Agnese.«

Agostino prügelte sich mit älteren Jungen und schaffte es, sich gegen alle zu stellen, auch gegen die Erwachsenen. Als er einmal eine Katze vor Steinwürfen beschützen wollte, hatte ihn ein Stein im Mund getroffen und ihm einen Schneidezahn abgebrochen.

»So wäre ich auch gerne gewesen«, gab die Lehrerin zu.

»Ich auch.«

Silvia war kurz davor, sich zu erinnern, warum sie beschlossen hatte, Lehrerin zu werden, abgesehen von der Zweckdienlichkeit und den Gepflogenheiten. Es lag auch an der Unrast, den Ängsten und der Intelligenz der Jugendlichen, daran, wie sie instinktiv zartfühlend werden können, obwohl sie noch zu jung, zu spöttisch und zu kühn sind, um Mitleid zu kennen; es lag an ihrem Blick, während sie lernen, Personen zu werden, die sich durchsetzen. Sie sind wie soeben geborene Tiere, deren Geburt ein Wunder ist, eine Verwunderung, bis sie irgendwann nur noch Nutzvieh sind, jedenfalls in unseren Augen.

»Du kennst meine elektrische Freundin, weißt du?« verriet sie. »Es ist Schwester Annangela.«

»Schwester Annangela!«

»Nach dem Internat war sie die Einzige, die ihre Gelübde ablegte.«

Martino verarbeitete die Information. Silvia und Annangela in Uniform, und sie bekamen Schläge. Er blickte nach draußen, wo sich nichts Großes mehr zu bewegen schien.

»Was mache ich mit dem Wildschwein?«

»Nichts, geh ruhig hinunter.«

»Aber es hat angegriffen.«

»Nein, ich sage dir doch, das hat es nicht. Geh nach Hause. Wenn du eins siehst, fang nicht an zu laufen, mach höchstens einen Umweg.«

Martino zögerte auf der Türschwelle, doch als er sich durchgerungen hatte, ging er zügig los, nach links und rechts blickend, als überquerte er eine Straße.

Ihm würde schon nichts passieren. Silvia dachte nicht daran, dass allein die Angst für einen Asthmatiker gefährlich ist, auch die unbegründete oder übertriebene, den Umständen nicht angemessene Angst. Sie ließ sich wieder von der Vergangenheit aufsaugen, bis in die Zeit, als sie achtzehn war: ein pummeliges Mädchen wie viele andere, beschädigt von den Demütigungen, die das Internat keiner von ihnen ersparte – man hielt das damals für eine bewährte Erziehungsmethode –, aber ein Mädchen, das sich nicht selbst bemitleiden wollte. Und so, ein wenig gedemütigt, ein wenig stolz, hatte sie sich auf das Erwachsenenleben vorbereitet.

40

Martino und Gianni warteten, dass Lea mit dem Schichten des Polenta-Auflaufs fertig wurde. Sie hatte etwas Sonderbares an sich, das die beiden erschreckte. Dabei verhielt sie sich wie sonst – rasche, resolute Bewegungen. Sie hatte das Fenster aufgerissen, um die vom Ofen erhitzte Küche zu lüften.

»Du kommst mir heute Abend vor wie poliertes Silberbesteck, was ist los mit dir?«, fragte Gianni.

»Bring mich nicht zum Lachen.«

»Wirklich, Lea, hast du dir vielleicht beim Kochen ein Gläschen gegönnt?«

»Nein, aber jetzt würde ich mir gerne eins gönnen.«

Gianni goss Rotwein ein, ein paar Tropfen auch für Martino, damit er sich die Lippen damit anfeuchten konnte. Martino fand den Wein furchtbar sauer, er biss sich auf die Zunge und aß sofort ein Stück Käse. Die beiden würden ihn nicht verdächtigen, überlegte er, wenn er versuchte, über Silvia zu sprechen, es käme ihnen gar nicht in den Sinn, dass er imstande sein könnte, ein doppeltes Spiel zu spielen wie ein Geheimagent.

»Einer, der flieht und sich versteckt und nicht mehr zum Vorschein kommt, ist der eurer Meinung nach verrückt?«

»Denkst du an die Lehrerin?«

»Ja«, gab er zu. Er war wohl nicht besonders raffiniert vorgegangen.

Gianni nahm ihn ernst. Er sagte, er könne nicht wie ein Arzt, ein Psychiater sprechen, sondern nur wie einer, der die Menschen beobachtet und Bücher liest. Seiner Meinung nach war der Irrsinn nichts Fremdes für Menschen mit gesundem Verstand, sondern eine Möglichkeit, die bei jedem angelegt war.

»Vielleicht bringt er uns deshalb so in Verlegenheit. Wenn ein Mensch entsetzlich traurig oder enttäuscht, verängstigt oder zornig ist«, sagte Gianni, »setzt er vielleicht schon einen Fuß hinein. Die Möglichkeit wird real, eine Minute lang, wochenlang, manchmal jahrelang. Es gibt Dinge, die einem das Gehirn zermalmen, zum Beispiel einen geliebten Menschen zu verlieren oder als Kind schlecht behandelt worden zu sein. Gegen bestimmte Schläge des Lebens können sich manche zur Wehr setzen, andere nicht. Ich kenne Menschen, die in einer gewaltigen Traurigkeit versunken sind. Das nennt man Depression. Diese Menschen essen nicht mehr, stehen nicht mehr aus dem Bett auf. Sind sie krank? Sind sie verrückt? Das spielt keine große Rolle. Man muss vor allem verstehen, ob sie Hilfe wollen und welche Art Hilfe. Es gibt natürlich auch die schwereren, die offensichtlicheren Fälle. Da ist es leicht zu sagen: verrückt. Menschen, die überzeugt sind, die Wiedergeburt von Napoleon zu sein, Menschen, die sich selbst ohrfeigen, die sich mit einem Beil zwei Finger abhauen wie unser Guerino hier im Ort, weil die Stimme seines vor zwanzig Jahren gestorbenen Vaters es ihm befohlen hat.«

»Wen meinst du, etwa den armen Teufel, der sich auf der Straße von seinem Esel begleiten lässt?«, fragte Lea.

»Genau den.«

»Aber wenn einer sich versteckt …«, fing Martino wieder an.

»Martino, es ist besser, ehrlich zu sein«, sagte seine Mutter. »Die wahrscheinlichste Antwort ist, dass die Lehrerin ihrem Leben ein Ende gesetzt hat. Dass sie nicht mehr zurückkehrt.«

Sie fuhr ihm mit der Hand durch die Haare. »Das ist schlimm, ich weiß. Ich weiß das, Rättchen.«

Martino sah Gianni an, und der hob die ausgebreiteten Arme, als wollte er sagen: Das kann alles sein. Aber sein Blick war ausdruckslos.

41

Das gegen Ende der Fünfzigerjahre erbaute Haus lag im Viertel San Paolo. Auf den Balkonen ein Gewirr aus Wäscheständern, Plastikliegen, Tischchen, Dreirädern, Geranien, übereinandergestapelten Blumentöpfen, zum Lüften aufgehängten Decken und Teppichen, hier und da halb versteckt von sonnengebleichten, gestreiften Markisen.

Luisa und Giulia überflogen die Namensschilder an den Klingelknöpfen, die zu unterschiedlichen Zeiten angebracht worden waren, handgeschrieben auf kleinen Papierstreifen, mit Klebeband befestigt und mehrmals mit neuen Streifen überklebt.

»Belletti, da ist er.«

Im Treppenhaus rieb sich eine getigerte Katze an Giulias Kniestrümpfen, aber ihre Mutter zog sie weiter. »Komm, wir wollen uns nicht verspäten.«

Die Wände in der Wohnung waren mit Tapeten verkleidet: flaschengrün, nussbraun, senfgelb. Bellettis Frau hatte schon Kaffee gekocht, den sie direkt ins Esszimmer brachte, ein enger Raum mit nichts als einem großen, runden Tisch und Stühlen in der Mitte. Die Frau breitete ein Tischtuch aus grünem Filz aus und stellte das Plastiktablett mit den kleinen Tassen und einem Glas lauwarmer Orangenlimonade darauf ab. Giulia hatte Bauchweh und versuchte, Signor Belletti nicht anzustarren, während er Höflichkeitsfloskeln mit ihrer Mutter austauschte und ihr erklärte, dass er es vorziehe, Paragnost genannt zu werden. Er hatte Geheimratsecken, einen vom Alter verdickten Brustkorb, sein Kopf war riesig, die Augen wurden von der Brille vergrößert, und seine glatten Pausbäckchen verliehen ihm zusammen mit der breiten, gewölbten Stirn das Aussehen eines alten Säuglings, dem noch kaum Haare gewachsen und dessen Proportionen zwischen Körper und Schädel nie ins rechte Verhältnis gekommen waren.

Freundinnen aus der Fabrik hatten Luisa geraten, sich an das Medium zu wenden. Zwei von ihnen waren bei ihm gewesen und konnten garantieren, dass es sich um einen sehr seriösen, bescheidenen Menschen handelte, einen städtischen Angestellten, der in seiner Freizeit seine Gabe in den Dienst anderer Menschen stellte. »Probieren kostet nichts«, hatten sie gesagt, »oder besser: es kostet einen angemessenen Preis.«

Luisas Frömmigkeit war gastfreundlich. Sie glaubte an das, was sie »die Präsenzen« nannte, an Schutzengel, an warnende Träume. Tatsächlich erkannte sie den Widerspruch zwischen der katholischen Lehre und ihrem Versuch, mit dem Jenseits in Kontakt zu treten, nachdem sie Geld dafür bezahlt hatte, doch ihrer Meinung nach konnte die Kirche den gesamten Raum zwischen dem Menschlichen und dem Göttlichen nicht abdecken, obwohl sie natürlich den größten Teil davon bestritt. In Situationen unerträglicher Angst war es verzeihbar, all diese Möglichkeiten auszuprobieren. Sie bezwang ihre Ungeduld, während sie den Kaffee trank. Giulia betrachtete ihre Nase und dachte: Warum habe ich nicht die Nase meiner Mutter geerbt, sie ist so gerade. Ich sehe ihr überhaupt nicht ähnlich. Sie hatte darauf bestanden, zu diesem Treffen mitgenommen zu werden, und sie war sicher, dass Luisa nicht nachgegeben hätte, wenn sie nicht von der Schlaflosigkeit und den falschen Hoffnungen zermürbt wäre.

Nach Santhià hatte es weitere Sichtungen gegeben. Anselmo hatte sich bei seinem Arbeitgeber Sonderurlaub genommen, damit er sofort an die Orte eilen konnte, begleitet von Feuerwehrleuten oder Freunden, die schon in Rente waren. Zuhause sagten Gemma und Luisa sich immer wieder, dass es besser wäre, pessimistisch zu bleiben; sie kochten während der Wartezeit, wischten auf allen vieren den Boden, traktierten die Fugen zwischen den Fliesen mit der Bürste oder widmeten sich den Rollläden und den Teppichen, um ihre Angst abzureagieren. Wenn sie den Schlüssel im Türschloss hörten, zwangen sie sich, nicht in den Flur zu stürzen. Anselmo kam allein herein, wutschnaubend, müde. In der Küche trank er ein Glas Wasser mit Natron. Er sah die zur Hälfte geputzten Rollläden bedeckt mit Rinnsalen schwarzen Wassers, die aufgerollten Teppiche, die überall verteilten Haushaltsgeräte und schimpfte. Sie ließen ihn gewähren, wussten sie doch, dass dies seine Form war, einen Schwall Verzweiflung loszuwerden, so wie für sie das Wischen und Scheuern, jeder auf seine Art.

Signor Belletti setzte sich, seine Frau ging hinaus und schloss die Tür. An der Wand in seinem Rücken hing ein Kruzifix, hinter dem ein Olivenzweig mit staubigen Blättern steckte. Luisa reichte ihm ein Foto von Silvia, das er umgedreht auf den Tisch legte, bevor er die Augen schloss, um sich zu konzentrieren.

Giulia zwang sich, zu glauben, das würde helfen, sie hatte gehört, die Hellseherei funktioniere nur, wenn man sich wirklich konzentriert, wie auch bei Gebeten, und sie wollte die Fähigkeiten von Signor Belletti nicht mit ihrer Unsicherheit sabotieren. Sie schloss ebenfalls die Augen, und als sie sie wieder öffnete, stellte Luisa gerade das Tablett auf einen Stuhl, während Belletti eine große Landkarte der Umgebung auf dem Tisch ausbreitete. Dann holte er das Pendel aus einer Schublade, einen Kegel aus Messing an einem dünnen Kettchen, und ließ es senkrecht über der Karte hängen.

Die Kette vibrierte schwach, Belletti bewegte sie langsam von einer Seite zur anderen, über die Stadt hinweg, die Hügel und Berge ringsum, die Täler, Wälder und Dörfer. Luisa schien verstört, und Giulia wurde klar, dass sie fürchtete, es würde nicht das geringste Zeichen geben, was bedeutete, dass Silvia in weite Ferne geflohen oder, schlimmer, dass sie tot war. Giulia drückte ihren Rocksaum in den Fäusten. Unbeirrbar bewegte Belletti den Arm. Als er wieder über der Stadt war, begann der Kegel zu kreisen. Die Hand des Mediums schien unbewegt und entspannt, während das Pendel sich unablässig drehte. »Im Uhrzeigersinn«, bemerkte der Mann. Hielt er das Kettchen über eine andere Gegend, wurde das Wirbeln langsamer, bis es stillstand, und wenn er damit über die Stadt zurückkehrte, nahm es wieder Schwung auf.

Belletti legte das Pendel beiseite und drehte Silvias Foto um. Giulia bekam eine Gänsehaut, die Härchen auf ihrem Arm richteten sich auf.

»Nach dem, was ich sehe, lebt eure Verwandte und befindet sich irgendwo in der Stadt. Mit Gewissheit weiß ich das nicht, aber ich glaube, sie versteckt sich in einer Kirche.«

»Einer Kirche?«

»Vielleicht hinter der Orgel oder in einem Nebenzimmer.«

»Wenn sie irgendwo eingeschlossen ist, wird sie nicht trinken können«, sagte Luisa besorgt.

»Vielleicht hat sie das Weihwasser getrunken, Mama«, schlug Giulia zögernd vor.

Belletti nickte zustimmend mit seinem mächtigen Kopf.

»Ihr dürft weiterhin hoffen. Und apropos Weihwasser, ich versorge mich jedes Jahr mit Wasser aus Lourdes. Wollen wir mit einem schönen Segen abschließen?«

Aus einer Schublade holte er ein Parfümfläschchen, auf das ein Etikett mit der Aufschrift LOURDES geklebt war, und besprühte damit die Karte, das Pendel und rasch auch seine beiden Gäste.

42

Der Ruf der Schleiereule ähnelt dem Geräusch ihres Weckers, und Silvia steht auf, verlässt die Hütte. Die Pflanzen geben Wasser ab, die Feuchtigkeit steigt aus dem Boden auf.

»Mir ist kalt an den Füßen«, sagte sie zu Anselmo, wenn sie Pilze sammeln gingen, und er entgegnete: »Denk an die Tiere, die immer draußen sind, wir aber kehren bald an den Ofen zurück.« Einmal hatten sie sich die Fersen am glühenden Gusseisen verbrannt, weil sie sich schnell aufwärmen wollten. Sie verbrannten sich oft, an glühender Kohle, an den Funken des Kamins und mit Streichhölzern, die sie anzündeten, um Zecken zu verbrennen. Silvia holte sie mit Alkohol und Pinzette aus der Haut des Hundes, und Anselmo hielt das brennende Streichholz an die Zecken. Vollgesogen mit Blut ähnelten sie grünen Oliven oder reifen Eicheln, und nach einer Weile platzten sie, was die Hühner aufscheuchte, die ringsum nach Essbarem scharrten.

Silvia haucht in ihre zusammengelegten, eiskalten Hände und denkt, dass im Wald jeder Morgen ein Sieg ist, angeschlagen zu sein, bedeutet lebendig zu sein. Der Schaden, den man erlitt, bezeugt die Existenz: die Parasiten, der Schimmel, die Kratzer, die Geschwüre, die klappernden Zähne, die verfilzten Haare, die lahmen Flügel, die verrenkten Glieder. Nichts ist unversehrt, nichts außer einem Embryo, einem harten, unberührten Edelstein oder einer Spore. In ihrem schmutzigen, hungrigen Zustand ist sie nichts Besonderes.

Anselmo: Sie will sich erinnern, wie er war, als er Giovannas Alter hatte. Ein dickes, ungeschicktes Kind, ein Fass ohne Boden, er konnte ganze Brotlaibe und ein halbes Dutzend rohe Eier verputzen, die er einfach durch ein Loch in der Schale aussaugte. Der Tag der Zeugnisse: ihre mittelmäßig oder annähernd gut, unheilbringend die von Anselmo, sie lösten Turbulenzen, Strafen und Fluchten aus.

Im Wald zielte Anselmo mit der Schleuder auf Nebelkrähen, ohne je zu treffen, und pinkelte mit seinen Freunden von den Baumwipfeln. Im Dorf bewarfen sie sich im Spiel mit Kohlestücken und gaben dem Maulesel in Wein getunktes Brot, weil es ihnen Spaß machte, ihn schwanken zu sehen. Nachts erschreckten sie die Großmutter mit Geheul unter ihrem Schlafzimmerfenster, bis der Großvater mit dem Besen in der Hand herauskam. Die deutsche Besatzung war gekommen, und Anselmo hatte nichts davon begriffen, stritt aber mit allen.

Frühling 44, sie saßen in der Straßenbahn Biella–Oropa, wenige Monate bevor die Partisanen des Bataillons Bixio das Tal einnahmen. Die Bahn hatte angehalten, Deutsche und Sozialrepublikaner auf der Jagd nach echten oder vermeintlichen Deserteuren durchsuchten die Passagiere, während die Lastwagen mit laufendem Motor vor den Bogengängen der Wallfahrtskirche warteten.

Anselmo hatte vergessen, einen Ausweis mitzunehmen. Er war noch nicht vierzehn, aber der Größte im Waggon, durch die gekrümmte Nase wirkte er älter, nichts an ihm erregte Mitleid und ließ auf sein Alter schließen. Sie hatten ihn herausgeholt, blass und schmal wie eine Stange Porree stand er in der Reihe der erwachsenen Männer, und seine Lider flatterten.

Silvia spürt die Hitze, die ihr damals ins Gesicht geschlagen war, als würde sie sich bücken, um die Ofenklappe zu öffnen, und sie sieht sich zum Republikaner gehen, auf Anselmo zeigen, ein entschuldigendes Lächeln aufsetzen: »Dieser Trottel, mein Cousin, wäre er doch bloß nicht so schnell gewachsen. Er ist dreizehn Jahre alt, ihr könnt das gerne kontrollieren, doch erstmal bringe ich ihn zurück nach Hause. Seht ihr denn nicht, wie sehr wir uns ähneln? Seht ihr nicht, dass er kein einziges Barthaar hat? Was wollt ihr machen, ein Kind erschießen? Auch zum Arbeiten in Deutschland wäre er völlig ungeeignet, schlimmer, er wäre eine einzige Plage.«

Danach waren sie zu Fuß nach Biella zurückgekehrt, Silvia versuchte, mit Anselmo Schritt zu halten, der gebückt durch die Wiesen hetzte und sich die Arme bis aufs Blut zerkratzte. Das Licht blendete sie, und das weite Tal, das sich vor ihnen öffnete, schien verflucht, mit einer verhexten Stille belegt. Sie hatten die Anspannung entladen, indem sie sich mit Pinienzapfen und den letzten runzeligen Schneeklumpen bewarfen, dann, weiter unten, hatten sie Büschel Sauerampfer herausgerissen, um an den säuerlichen, rot geäderten Stängeln zu saugen.

»Aber es stimmt nicht, dass ich eine Plage bin«, hatte Anselmo gebrummt, kurz bevor er stolperte, in ein Loch fiel und darüber Tränen lachte.

Die Gegenwart dringt in die Erinnerung ein, und Silvia überfällt eine Ahnung von Anselmos Wut und der Angst, die er um sie haben muss, aber sie kann das nicht ertragen, darum lenkt sie ihre Gedanken auf andere Ängste Anselmos, die alltäglichen, die sie nicht betreffen.

Anselmo lebt in einem Zustand ständiger Überreiztheit, kommt man ihm sehr nahe, meint man fast, die Angst hören zu können, die ihm wie eine Hornisse in der Brust brummt. Er duldet es nicht, dass seine Kinder rennen, auf dem Sofa herumhüpfen oder gegen die Möbel stoßen, denn dann malt er sich sofort aus, wie sie in der Notaufnahme liegen. Die Kinder dürfen sich nicht zu lang seinem Blick und seiner Überwachung entziehen, sie dürfen nicht schaukeln, nicht ins Schwitzen geraten, nicht aus der Flasche trinken, ohne sie ordentlich an den Mund zu setzen, Schinken oder Käse dürfen sie nicht ohne Brot essen. In seinen Augen sind das schwere Gefährdungen ihrer Gesundheit oder des guten Benehmens und als solche behandelt er diese Taten auch, indem er aus vollem Halse schreit und mit Vergeltungsmaßnahmen droht. Er duldet nicht, dass Giulia lange liest, aus Angst, sie könnte sich die Augen verderben, aber er will, dass sie die Klassenbeste ist. Vor allem erlaubt er ihr nicht, bei Tisch zu lesen, und das wäre eine nachvollziehbare Regel, wenn er beim Abendessen nicht die aufgeschlagene Zeitung vor sich hätte, den Wasserkrug oder die Essigflasche als Lesepult benutzen und murren würde, sobald jemand ihm diese Stütze wegnimmt, um sich Wasser einzuschenken oder das Essen zu würzen.

Anselmo lebt andauernd in der Furcht, etwas Schlimmes könnte geschehen. Ihn aber fürchtet niemand, trotz all seiner Wutausbrüche, man gehorcht ihm vor allem aus Verbitterung.

Silvia hat ihm jetzt einen guten Grund gegeben, Angst zu haben, sie hat die Familie im Schrecken vereint.

Wieder verwirft Silvia den Gedanken und sucht nach anderen Bildern, in die sie sich flüchten kann: Marilena (aber die bringt das Internat mit sich), das Haus in Bioglio (da kehrt schlagartig Anselmo zurück), Giulia. Vielleicht könnte sie sich mit Giulias Hilfe beruhigen, wenn sie nicht ein Paar mit Giovanna bilden würde.

Jähe Windböen striegeln die Baumkronen. Jetzt ist der Wald wieder ein Bündnis, in das Silvia sich eingeschlichen hat: Bäume, die ihre Farbe wechseln, ohne es zu wissen, friedlose und schuldlose Tiere. Eine Rehfamilie ruht niedergekauert in der engen Lichtung, inmitten der Alpenveilchen, doch als eines der Rehe Silvias Gegenwart wittert und mit den Ohren wackelt, erheben sie sich gleichzeitig und fliehen Hals über Kopf.

43

Es kam vor, dass die Kinder vor dem Unterricht oder während der Pause über Giovanna sprachen, in kleinen Gruppen und flüsternd.

»Vielleicht hat sie sich zu weit hinausgelehnt.«

»Sie war wütend und hatte ihre Bewegungen nicht unter Kontrolle.«

»Es war ihr nicht klar, was sie tat.«

»Nein, ich glaube, sie hat es absichtlich getan.«

Einmal fragte Ludovico: »Ob sie es wohl bereut hat, während sie fiel?«

Sie erschauerten. Giulia sagte: »Aber das ging sehr schnell«, und ihre Freundin Angela pflichtete ihr bei: »Ja, höchstens fünf Sekunden.«

»Ihr meint, das reicht nicht, um es zu bereuen?« Ludovico wollte sich mit dem Gedanken trösten.

Aber es reichte, darum antwortete keiner.

Martino brummelte, vielleicht sei es ein Spiel mit der Gefahr gewesen, wie wenn man Fahrrad fährt und Lust bekommt, die Augen zu schließen, um zu sehen, ob man trotzdem im Gleichgewicht bleibt.

»Wer würde sowas Blödes machen?«, warf Angela stirnrunzelnd ein.

Hier und da wurde gelacht.

Martino drückte das Kinn an den Hals und verschränkte die Arme. Sollten sie doch lachen, dachte er, aber es verletzte ihn doch, und er fühlte sich gedemütigt. Wenigstens hatte er rechtzeitig den Mund gehalten, bevor er auch noch verriet, dass er sich vor zwei Sommern beim Fahrradfahren mit geschlossenen Augen das Handgelenk gebrochen hatte. Es war ein sehr schmerzhafter Unfall gewesen, aber am folgenden Tag hatte er den frischen Gipsverband stolz in der Schule präsentiert und mit seinen Freunden über die Heldentat gelacht. Sein Auftritt damals erschien ihm vollkommen anders als dieses Gequake der Kinder von Biella, er war ein Held gewesen, der die Gefahr sogar herausforderte und darum mit den Konsequenzen seiner Tollkühnheit rechnen musste. Den Gips hatte er aufbewahrt, er lag auf dem obersten Regalbrett in seinem Zimmer in Turin.

44

Mittlerweile hatte Martino einen Lieblingsweg hinauf zu Silvia. Eine einfache Strecke, fast eine gerade Linie. Er ging aus dem Garten hinter dem Haus, überquerte die Gasse und folgte einem nur angedeuteten Pfad, grasbewachsen und voller Steine, der sich durch die Flanke des Hügels zog. Martinos Schuhe versanken in den weichen Erdschollen und glitten über die Stellen, wo Alpenveilchen in Büscheln wuchsen.

Auf halbem Weg begegnete ihm ein Strauch, mit dem er Freundschaft geschlossen hatte; er kannte den Namen nicht, Roter Hartriegel, doch er mochte seine Blätter, die von Grün in Blutrot übergingen. Danach musste man, auf die Steine springend, ein Bächlein überqueren, und ein wenig weiter oben erhob sich die kleine Kapelle neben einer über und über mit hellroten Beeren bedeckten Eibe. Von hier an veränderte sich die Vegetation: ein Tannenwald, also auch Vogelbeerensträucher, Dornbüsche, Nussbäume, Akazien, mit Efeu bekleidete Baumstämme, große Mistelkugeln, die an schon fast kahlen Zweigen hingen, ineinander verflochtene Baumkronen, verworrene Pfropfungen und Bündel toter Zweige, die von einer Pflanze zur anderen weitergegeben wurden. Das war der Wald in seinem ursprünglichen Zustand aus Baumgewirr und wechselseitigem Überwuchern.

An diesem Mittwoch kam Martino beim Roten Hartriegel an und riss ein Blatt ab – es war wie eine kleine Flammc, besonders wenn er es schwirren ließ, indem er den Stiel zwischen Daumen und Zeigefinger drehte. Er ging weiter, und da er ständig um sich blickte, aus Angst, wieder auf ein Wildschwein zu stoßen, bemerkte er die haarige Masse, auf die er fast getreten wäre, erst im letzten Moment.

Er war zu sehr Stadtkind, um mit Sicherheit zu wissen, was es war: Wiesel, Steinmarder, Frettchen oder Iltis. Das Tier lag seitlings auf einer Matratze aus Kleeblättern, der Rücken gekrümmt, die Vorder- und Hinterbeine nebeneinander liegend. Das braune Fell war noch schön, auf der Kehle breitete sich ein großer gelber Fleck aus, die Schnurrhaare zitterten leicht in der Luft, womöglich bewegte Martino sie mit seinem Atem, denn er hatte sich über das Tier gebeugt, um es genauer zu betrachten. Aus dem Maul kamen scharfe Zähne hervor, man sah den Rand einer schwarzen und rosa Mundhöhle, die Beine endeten in runden Krallen. Ob ein verborgener Biss, eine Kugel oder die Staupe es getötet hatten, ließ sich nicht erkennen.

Oben angelangt, fragte er Silvia, ob es nicht eine gute Idee sei, mit Giannis Hund in den Wald zu gehen, unter dem Vorwand, ihn auszuführen. Er könne doch die Tiere wittern und ihn beschützen. Doch sie entgegnete, wenn man die Tiere wirklich nervös machen wolle, müsse man einen Hund auf sie loslassen, außerdem sei Giannis Bracke alt, und seit sie einen Schlaganfall gehabt hatte, könne sie nicht einmal mehr geradeaus laufen.

Sie sprachen über Hunde. Martino hätte gerne einen gehabt, aber Lea machte ihm keine Hoffnungen. Silvias

Großvater hatte eine Pointer-Hündin gehalten, weiß und orange, die sehr an ihrer Mutter Delia hing, weil Delia ihr als kleines Mädchen die Ränder vom Mürbeteigkuchen gegeben hatte. Die Nachkommen dieser Hündin bevölkerten das Dorf noch immer mit Jagdhund-Mischlingen. Sie sprachen über Mütter, und Martino ereiferte sich mehr, als er vorausgesehen hatte. Seine Mutter sei nett, sagte er, sie brachte einen zum Lachen, wusste viele Dinge; ja, klar, manchmal wurde sie nervös, dann bemerkte Papa: »Du bist wirklich ein leicht reizbares Wesen«, was die Situation meistens verschlechterte. Man musste sie in Ruhe lesen lassen, durfte den Fußboden nicht mit schlammbedeckten Schuhen schmutzig machen, keinen See im Badezimmer hinterlassen, nicht essend durch die Wohnung laufen, nicht angezogen ins Bett gehen, solche Sachen, aber ansonsten sei sie wirklich nett, sie spielte Karten, erzählte ihm Geschichten aus Erwachsenenbüchern, zum Beispiel *Jane Eyre* (er räusperte sich und sprach von anderen Dingen, weil es in dem Buch um das heikle Thema der Verrückten auf dem Dachboden ging, und wer weiß, vielleicht hatte Silvia es ja auch gelesen). Außerdem war Lea die einzige Mutter mit roten Haaren und Sommersprossen bis auf die Handrücken, die er kannte.

Silvia hörte mit einem zärtlichen Ausdruck im abgemagerten Gesicht zu. An ihre Mutter erinnerte sie sich kaum, sie war vor Silvias fünftem Geburtstag gestorben. In einer Zeitschrift hatte sie die Erzählung von einer Frau gelesen, die ihren Vater verloren hatte, er musste ein berühmter Mann gewesen sein, sie erinnerte sich nicht mehr an den Namen. In der Rede, die die Tochter bei der Beerdigung halten würde, wollte sie von der großen Liebe des Vaters zum Tischlerhandwerk erzählen, und da sie sich nicht mehr erinnerte, wie diese Leidenschaft begonnen hatte, hatte sie ihn angerufen, um ihn danach zu fragen. Erst in dem Moment, als sie den Hörer ans Ohr hielt, wurde der Tochter bewusst, dass ihr Vater unerreichbar war, er war tot, und sie würde nie mehr mit ihm sprechen können.

Was Silvia betraf, so wusste sie nicht genau, was sie verloren hatte, und sie wusste erst recht nicht, wer ihre Mutter gewesen war. Niemand hatte ihr geholfen, sie sich ins Gedächtnis zu rufen, und als sie die Zeit der Reife erreicht hatte, wollte sie nicht mehr allzu oft daran denken. Sie sehnte sich nach einer unbekannten Person und einer unbekannten Beziehung und trauerte auch um die, die sie selbst gewesen wäre, wenn ihre Mutter sie großgezogen hätte.

»Ich erinnere mich fast nicht an sie. Irgendwann muss ich gefragt haben: ›Wo ist Mama?‹ Sie haben mir wahrscheinlich etwas geantwortet wie ›Mama ist in den Himmel gegangen, sie *musste* in den Himmel gehen‹. ›In den Himmel, zu wem denn?‹, ›Zu den Engeln, zu Gott.‹ Ich glaube, ich war eifersüchtig auf Gott, der seine Zeit mit meiner Mama verbrachte, und ich nicht.«

Andere Erinnerungen: den Insekten Flügel und Beine ausreißen, bitten, dass man sie reparierte, hören müssen, das ginge nicht, es sei zu spät, den Oberschenkel der Heuschrecke könne man nicht mehr richten, der Flügel werde sich nicht bewegen. Glauben, dass die Mama dich beobachtet (wie Gott, zusammen mit Gott) und sich deshalb unbehaglich fühlen, unzulänglich, ein bescheidenes Schauspiel. Um sie zu trösten, erzählte man ihr: »Deine Mama schaut dir weiter von dort oben zu.« Oft blickte

Silvia mit verlegenem Lächeln zum Himmel hinauf. Es hatte eine Zeit gegeben, in der sie sich schämte, auf die Toilette zu gehen, sie bekämpfte den Drang, bis ihr die Blase wehtat und ihr Darm zu rebellieren drohte. Eines Abends beschloss sie nach dem Gebet, die Seele ihrer Mutter freimütig um etwas zu bitten: Bitte schau mir niemals zu, wenn ich auf der Toilette bin.

»Weißt du, Martino«, sagte sie, »es verwirrt mich, dass ich älter bin, als meine Mutter jemals war.«

Silvia besaß zwei Porträts von Delia, und wer weiß, welches Bild sie sich ohne diese Fotos von ihrer Mutter gemacht hätte. Auf einem Foto mit gezackten Rändern trug Delia ihr Kind, ein in lauter Spitzen gekleidetes Baby, noch kein Jahr alt, sie hob Silvia mit beiden Händen unter den Achseln hoch, ihr Kinn berührte die feinen Haare. Für Silvia war dieses Foto das Zeugnis einer Verliebtheit, in Ermangelung von Erinnerungen der alleinige Beweis für die einzige, ihr ganzes Leben lang erwiderte Liebe. Es zeigte den intimsten Kontakt, den sie je gehabt hatte. Manchmal fragte sie sich, ob sie ihrer Mutter womöglich treu geblieben war, indem sie keine eigene Familie gegründet und das Waisenkind, das sie gewesen war, irgendwo in ihrem Inneren einbalsamiert hatte. Bei diesen Gedanken fühlte sie sich zutiefst unwohl.

Sie berichtete Martino von den Formeln, die dem familiären Kult lieb und teuer waren: Delia mit dem Schwanenhals, den langen Fingern einer Pianistin, die tierliebende Delia. Nach diesen Attributen zu urteilen, war ihre Mutter nicht nur anders als sie, die Tochter, sondern auch als ihre Eltern und deren Welt, anders als ihre soziale Schicht. Vielleicht hatte sie aber auch keine Zeit gehabt, zu altern und ihren Verwandten ähnlicher zu werden – tatsächlich war der Großvater ein vornehmer Mann gewesen, und die Großmutter hatte als junges Mädchen, so sagte man, eine schöne Figur gehabt.

Nachdem Martino gegangen war, sprach Silvia allein weiter und sagte, was sie einem zehnjährigen Kind nicht hatte zumuten wollen. Sie hatte beobachtet, wie ihre Freundinnen im Lauf der Zeit unnachsichtig mit ihren Müttern wurden, kritisch, entnervt auf sie reagierten. Sie wusste, dass einige dieser alten Mütter ein Quell des Unglücks und der Quälerei waren, und zwang sich, zu erwägen, dass es auch für sie so hätte kommen können – nichts garantierte, dass sie und Delia eine gute Beziehung gehabt hätten.

Andererseits hatte es im Internat eine Menge Waisen gegeben, die viel schlechter dran waren als sie, die von niemandem gewollt wurden. *Mach mal halblang, Silvia, du bist schließlich nicht die Einzige*. Die Menschen in ihrer Umgebung wurden krank und starben, Mussolini kam, dann der Krieg. Sogar ihre Großmutter hatte die Schwiegermutter nach dem Tod ihres kleinen Mädchens zwar abgewiesen, aber ohne großes Theater. Ihre Trauer hatte konkrete Formen angenommen: ein stummer Kriegszustand und trennende Wände, die das Haus aufteilten. Wenn sie sich auf den Tod ihrer Töchter bezog, was selten geschah, nannte sie sie »mein Unglück, das erste und das zweite«.

Unter denjenigen, die im Krieg gekämpft hatten, den Versprengten, den Gebirgsjägern, die mit abgefrorenen Zehen aus Russland zurückkamen, den Deserteuren, den Widerstandskämpfern, denjenigen, die in den Konzentrationslagern fast verhungert waren, den anderen, die den Bombenangriffen entkamen, weil sie ihre Kinder aus den Betten gezogen und sich in Kellern zusammengekrümmt hatten, unter all diesen Menschen, die sie kannte, gab es nur wenige Ausnahmen, zum Beispiel Gianni, die der Erzählung ihrer eigenen Leiden nicht auswichen. Die anderen wechselten immer zwischen denselben rituellen Formulierungen: »Ich habe Dinge erlebt, die ich niemandem wünschen würde«, »Ich habe Dinge gesehen, die man nicht beschreiben kann«, »Ich habe Dinge gesehen, die ich mit ins Grab nehmen werde.«

»Aber weil du halblang machen wolltest, bist du verrückt geworden, sieh dich an, in welchem Zustand du jetzt bist, weil du halblang machen wolltest.«

Die Lehrerin erwiderte nichts, weil in ihrem Inneren wieder die Gewissheit aufgeblitzt war, dass der einzig wahre Weg, halblang zu machen, darin bestand, Schluss zu machen. Sofort erhob sich wieder das boshafte Flüstern: »Stattdessen hast du überlebt. Du hast deine Mutter überlebt, und du hast Giovanna überlebt.«

Sie tastete nach der Hippe und schwang sie in einer rebellischen Regung gegen die Stimme.

»Die Nonnen hatten, bei allem, was sie angerichtet haben, keinen einzigen Selbstmord unter ihren Schülerinnen, du schon«, klagte die Stimme sie an, völlig ungerührt.

45

Verwirrt von der Erzählung der Lehrerin, trottete Martino hinunter ins Dorf. Als kleines Mädchen hatte sie von einem Tag auf den anderen ihre Mutter nicht mehr gesehen. Wie konnte sie dann aber begreifen, dass die Mutter nicht absichtlich weggegangen war? Dass sie aufgehört hatte, zu existieren, und sich an keinem Ort der Welt befand? Er stellte sich Silvia vor, wie sie ihre Mutter suchte, und die Arme der Großmutter, die jene der Mama ersetzten, dann sah er auch sich selbst, nicht an seine Mutter gedrückt, mit ihren rotgelben Haaren, die ihm vor den Augen hingen, manchmal auch in seinen Mund gerieten, sondern an seine Großmutter mütterlicherseits.

Vielleicht hatten die Großeltern die kleine Silvia auf den Friedhof mitgenommen, dann musste sie gesehen haben, wie der Sarg in die Erde gesenkt wurde, oder wenigstens den Grabstein und ein Foto ihrer Mama im ovalen Rahmen. Einmal geweckt, ließ sich diese makabre Fantasie nicht mehr aus seinem Kopf vertreiben, und Martino ging weiter, ohne auf die Umgebung zu achten, ließ den Roten Hartriegel hinter sich und sah sich plötzlich etwa zehn Meter von einer Gruppe entfernt, die mit dem Rücken zu ihm stand.

Es waren die Jungen von der Bar. Er flüchtete sich hinter den Strauch, von einer würgenden Angst gepackt. Sie würden ihn erwischen und fertigmachen, diese Mistkerle.

Wohin wollten sie? Wussten sie von Silvias Hütte? Er zwang sich, etwas in seinem Sichtfeld zu fixieren, um ruhiger zu werden, doch all das Rot des Hartriegelbuschs in seinen Augen half ihm nicht – es war eine aufregende Farbe, eine Alarmfarbe. Die drei rührten sich allerdings nicht oder, besser, sie machten keine Schritte in irgendeine Richtung und seltsamerweise redeten sie nicht einmal.

Martino sah, wie ihre Ellenbogen sich heftig bewegten, so wie Lea, wenn sie Eiweiß mit dem Quirl schlug und ihr ganzer Rücken vibrierte. Manchmal stieß einer von ihnen ein Grunzen aus oder holte tief Atem und hielt die Luft im Brustkorb. An einen Baum hatten sie eine Seite aus einer Zeitschrift geheftet, darauf war eine Frau im Bikini abgebildet, die in der Pose einer Meerjungfrau auf einem Felsen saß.

Schließlich begriff Martino, dass die Blicke der drei zwischen dem Foto und ihren aufgeknöpften Hosen, aus denen sie ihren Piephahn hervorgeholt hatten, hin- und hergingen. Er hätte besser daran getan, die Gelegenheit zu nutzen, um sich aus dem Staub zu machen, doch dieses Schauspiel gemeinsamen Masturbierens fesselte ihn. Ihm selbst standen die Erektionen, die nächtlichen Samenergüsse und der Stimmbruch noch bevor, doch etwas wusste er, er ahnte zum Beispiel, dass sich die Liebesgeschichten von Corto Maltese und Sandokan nicht auf Küsse beschränkten und dass die Erwachsenen im Bett nicht nur schliefen.

Mit einem Wimmern hörte einer der Jungen auf, sich abzumühen, und beugte den Rücken vor, damit nichts auf seine Schuhe kam, dann trocknete er sich die Finger am Moos und an der Hose. Bloß weg hier, ohne dass sie dich sehen und hören, beschloss Martino. Doch gerade da tauchte einer der Jungen, der mit dem seitlich flachgedrückten Haarbüschel und dem Pferdegesicht, aus seiner Entrückung auf und schaute sich um, um sicherzugehen, dass niemand sie überraschen würde. Martino ließ die Blätter am Boden knirschen, schreckte hoch und strauchelte. Der Junge setzte die Bruchstücke hinter dem Busch zusammen, bis er Martino erkannte.

»Was machst du denn hier? Spionierst du hinter uns her?« Er setzte eine empörte Miene auf, wie ein Priester.

»Was ist los?«, fragte ein anderer sofort.

»Torino ist uns gefolgt.«

»Das stimmt nicht«, protestierte der.

»Torino!«, brüllte der andere, er schien der Anführer zu sein. Breitbeinig stellte er sich vor Martino auf, die schwarzen Locken klebten ihm an der verschwitzten Stirn.

»Torino mag Würste, Leute. Er mag Béchamelsoße. Du wolltest mal kosten, stimmt's?«

Die anderen beiden lachten ordinär.

»Das hat ihm seine Mutter beigebracht, die ist zwar verheiratet, lädt aber zum Abendessen immer einen anderen ein. Machen das alle so in Turin?«

»Gianni ist mit uns verwandt«, verteidigte sich Martino, doch sie achteten nicht auf ihn.

»Die ist eklig, mit diesem Grübchen sieht sie aus, als hätte sie einen Arsch am Kinn«, mischte sich der Dritte ein. Der Anführer widersprach: »Lass mal, ich würde sie rannehmen.«

»Fick dich!«, fauchte Martino.

Der Anführer riss theatralisch die Augen auf und wandte sich an das Pferdegesicht: »Bring ihn her.«

»Ich hab Asthma, das dürft ihr nicht, ich hab Asthma! Ich sterbe!«, keuchte Martino, und während sie noch ein wenig zögerten, schoss ihm das Bild von Silvia durch den Kopf, die mit der Decke wirbelte, um das Wildschwein zu irritieren, und gleich darauf fiel ihm das tote Tier hinter dem Hartriegelbusch ein. Er drehte sich um, da lag es noch, ein fellbedecktes Stück Abfall auf dem Klee, kleine Reißzähne, das Kinn gelb und die Mundhöhle rosa, jetzt waren auch ein paar Fliegen dabei, also packte er es, seinen Abscheu bekämpfend, am Schwanz, spürte die Knöchelchen unter dem Fell, drehte es einmal im Kreis, um Schwung zu holen, und schleuderte es mit dem Ruf: »Aufpassen, der beißt!« gegen den Anführer.

Der stolperte rückwärts und landete auf dem Hintern. Der Kadaver plumpste auf seine Beine, eine Handbreit vor dem noch offenen Hosenlatz, während die beiden anderen fassungslos und angewidert zuschauten. Martino aber flog schon so schnell den Abhang hinunter, dass er sich bei jedem Sprung die Fußgelenke zu verstauchen drohte, während er rechts und links Zweige und Blätter durch die Luft fliegen ließ und aus Vorsicht ein triumphierendes Lächeln unterdrückte.

46

An einem Abend vor fünfzehn Jahren saß Silvia in Marilenas Garten. Sie waren jung, Marilenas erstes Kind schlief im Kinderwagen mit einem am Kinn zugeknoteten weißen Häubchen, das es wie einen winzigen Piloten aussehen ließ. Auf der Streuobstwiese gegenüber der großen Kurve ging ein Reh wiegend zwischen den Bäumen hindurch, beugte den Kopf, um herabgefallene Äpfel zu fressen, und drehte ihnen dabei sein flaumiges Hinterteil zu. Marilenas Mann war gerade mit dem Bewässern des Gartens fertig geworden und rollte nun den langen Plastikschlauch der Pumpe zusammen.

Marilena griff zum Messer. »Ich schneide dir noch ein Stück vom *gateau* ab.« Sie benutzte gern französische Wörter, sagte *»pardon«*, *»dommage«*, *»en plein air«*, und von weitem sah Silvia, wie Marilenas Mann den Kopf schüttelte.

Ein Angebot zum Essen lehnte Silvia fast nie ab. »Es ist ja reichlich da«, sagte sie, und als sie sich vorbeugte, um den Teller hinzuhalten, stieß ihr Stuhl gegen das gusseiserne Tischchen.

»Das ist alles nicht wahr«, platzte Marilena plötzlich heraus, als setzte sie ein schon begonnenes Gespräch fort.

»Was ist nicht wahr?« Puderzucker und fettige Krümel regneten auf Silvias Pullover herab, aber sie merkte es nicht.

»Nichts von dem, was sie uns im Internat erzählt haben, all diese Geschichten. Das eine ist Sünde, das andere teuflisch.«

»Ich weiß.«

»Jetzt möchte ich dir etwas erzählen.«

Marilena senkte die Stimme und rückte mit ihrem blassen Gesicht näher an Silvia heran. »Du weißt, dass mein Mann«, sie wies mit einer Bewegung des Kinns auf ihn, »na ja, du weißt, dass er sehr behaart ist, du hast ihn schon mit nacktem Oberkörper gesehen, wenn er den Rasen mäht. Nachdem in der Hochzeitsnacht alles geschehen ist, was geschehen muss, schläft er ein, und ich gehe ins Bad, um mich zu waschen. Ich mache das Licht an und sehe im Spiegel, dass ich über und über mit gekräuselten, schwarzen Haaren bedeckt bin, auf dem Bauch, der Brust … Ein paar Sekunden lang war ich sehr erschrocken, ich dachte: Siehst du, Marilena, das ist die Strafe, weil du mit einem Mann zusammen warst! Als wären mir all diese Haare gewachsen, verstehst du? Eine göttliche Strafe. Die überhaupt keinen Sinn hatte, wir waren ja schon verheiratet. Aber mir machte das trotzdem Angst, und ich konnte nicht anders, ich sah Schwester Ciavatta mit ihrem verstümmelten Ohr wieder vor mir und hörte ihre Drohungen.«

Silvia rief mit gellender Stimme: »Gott sieht euch alle!«

Marilena wedelte mit der Hand vor ihrer Brust, und endlich schüttelte Silvia die Krümel ab.

»Wie sie immer übertrieben haben.«

»Und wie uns das belastete! Es war, als buckelte man unter einem wahnsinnig schweren Rucksack.« Marilena schnaubte. »Ich dachte, er wäre ein Teil von mir und ich könnte ihn nicht loswerden. Dieses Schuldgefühl, weil man fröhlich war, zum Beispiel. Wenn die Ciavatta uns sagte, dass Jesus in den Evangelien niemals lacht, allenfalls weint. Und selbst wenn er zufällig mal gelacht hätte, ohne dass es geschrieben steht, dann hat er sich bestimmt nicht kaputtgelacht, so wie wir, bei uns sah man ja die Zunge im Mund.«

Silvia machte eine Handbewegung, als wollte sie sagen: Schnee von gestern. Zu der Zeit war sie überzeugt, alles hinter sich gelassen zu haben.

»Dann hast du also nicht wegen der Nonnen nie geheiratet?«

»Ach nein, ich glaube nicht. Wahrscheinlich wollte ich nicht.«

»Ich ja, und ob ich wollte, ich hab's nicht bloß einfach so getan. Du erinnerst dich, dass ich immer sagte: ›Heilige Teresa von Ávila, schick mich bald vor den Traualtar!‹

Silvia hatte auf ihre etwas mechanische Weise eine Hand auf Marilenas Arm gelegt. Sie wusste, dass es stimmte. Marilena erzählte gern alles, was ihr durch den Kopf ging (diese Geschichte von den Haaren – niemand anderes wäre mit so einer Sache rausgerückt). Silvia wiederum erzählte kaum etwas, und sie hätte auch niemandem, nicht einmal sich selbst gestanden, dass sie mit keinem Mann je eine Beziehung gehabt hatte, abgesehen von wenigen hilflosen und vergeblichen Versuchen. Auch von ihrem Briefwechsel mit dem Arzt, der ihre Großmutter operiert hatte, als sie sich den Oberschenkel gebrochen hatte und monatelang im Bett liegen musste, hätte sie nie erzählt.

Doch im Wald versteckt durchlebte Silvia abermals einen Traum. Er betraf einen Jungen aus Bioglio. Der Junge musste damals so alt wie Giovanna gewesen sein, und er gefiel ihr, das hatte sie gemerkt, weil sie seine Gegenwart wie eine Gefahr empfand. Wie sah er aus? Auf jeden Fall hatte er krumme Beine, hufeisenförmig, und dunkle Augenränder, die ihn älter aussehen ließen, braune Augen, und er roch nach Erde, was sie im Traum an den Geruch von Marilenas bewässertem Garten erinnerte.

Im Internat hatte Silvia von diesem Jungen geträumt, nicht nur einmal, sondern oft, und auch in ihren Träumen blieb er ein wenig unscharf, doch sie konnte seine Bewegungen beobachten und seine Stimme hören. Nur in einem Traum hatte es einen körperlichen Kontakt gegeben. Er hatte ihr eine trockene Kruste vom Knie gekratzt, und ein kleiner Fleck rosa Haut war zum Vorschein gekommen, genau da, wo sie jetzt ein Loch im Strumpf hatte.

Einige Augenblicke lang dachte Silvia über ihr Aussehen nach, was sie seit Tagen nicht tat, nein, was sie noch nie getan hatte. Nacheinander vergegenwärtigte sie sich ihre zerschlissenen Schuhe, die durchlöcherten Strümpfe, die ölige Schicht in ihrem Gesicht, die schwarzgeränderten Fingernägel, den schlaffen Bauch. Sie war nicht im Entferntesten wie Giovanna, sondern eine welke alte Jungfer, verquollen, mit Falten und langer Unterhose, und ihr Leben war nicht beendet, es verging, und sie ging dabei zugrunde.

47

Am Donnerstag in der Pause spazierten Giulia und ihre Freundin Angela vor der Treppe hin und her, auf die Martino sich zum Essen gesetzt hatte, sprachen ihn aber nicht an. Er tat, als interessierte er sich nur für sein mit Kalbsschnitzel und Mayonnaise belegtes Toastbrot. Die Mädchen lösten die Zuckerstückchen von ihren Brioches und steckten sie sich eines nach dem anderen in den Mund.

»Du isst die Serviette.«

»Hä?«

»Die Serviette. Du isst sie gerade«, belehrte ihn Angela aus heiterem Himmel.

Martino spürte, dass er sie hasste. Richtig, das Brot und das Papier waren zu einer einzigen Masse verschmolzen, die am Rand den Abdruck seiner Zähne trug.

»Aha. Stimmt, danke.«

Er hob wieder den Kopf, und Angela war weg. Giulia stand allein da, mit einem Ausdruck, der zwischen Skepsis und Überraschung wechselte, als wäre das Verschwinden ihrer Freundin nicht vorher abgesprochen gewesen und hätte auch sie kalt erwischt. Sie machte ein paar Schritte auf Martino zu und begann, mit der Schuhspitze im Staub des Schulhofs zu kratzen.

Martino beschloss insgeheim, dass die Papierserviette zu essen der Würde eines Mannes weniger Abbruch tat, als einen Taubenschiss auf den Kopf zu kriegen. Im letzten Sommer war er im Viertel Vanchiglia am Straßenrand stehen geblieben, um ein streitendes Pärchen zu beobachten. Gerade als der Mann lauter wurde, hatte ihn ein grauer Spritzer mitten auf der Stirn getroffen. Sofort hatte er die beschmutzte Brille abgenommen und sich mehr schlecht als recht bemüht, mit dem Taschentuch Abhilfe zu schaffen, doch unterdessen hatte die Frau angefangen, schallend zu lachen, und konnte nicht mehr aufhören, sie versuchte, sich zu beherrschen, brach dann aber in ein stoßweises Prusten aus.

Auch Martino auf der anderen Straßenseite hatte sich amüsiert, zumal die alte Geschichte von dem Wurf mit Hundescheiße auf seine Jacke noch immer schmerzte, kurzum, geteiltes Leid ist halbes Leid, doch schon bald erschien das Gelächter der Frau auch ihm übertrieben. Der Mann warf ihr hasserfüllte Blicke zu, wie ein Vorgesetzter angesichts der Aufsässigkeit eines Untergebenen, seine Freundin aber krümmte sich mittlerweile vor Lachen und hatte Tränen in den Augen, die sie von Zeit zu Zeit mit dem Handgelenk abwischte. Da hob er die Hand und verpasste ihr eine Ohrfeige. Augenblicklich erstarb das Gelächter, dann riss die Frau sich einen Ring vom Finger und warf ihn auf den Gehweg, wo er in einem Gully verschwand. Zu Martinos großem Erstaunen reagierten nun beide einmütig mit einem entsetzten Gesichtsausdruck, gingen in die Knie und durchsuchten gemeinsam lange den Kanalschacht. Das alles konnte ein Taubenschiss auslösen.

»Warum begafft Greppi dich eigentlich immer?«, hub Giulia an.

Martino drehte sich ruckartig um und traf einen Moment lang auf den Blick des Lehrers, der an eine Mauer gelehnt rauchte. Wenn er an der Zigarette zog, verdeckte der dichte, schwarze Bart seine Lippen.

»Du meinst, er beobachtet mich?«

»Vorhin auch, als ihr Fußball gespielt habt.«

»Vielleicht gefällt es ihm nicht, dass wir uns einen Ball aus Toilettenpapier und Klebeband gemacht haben.«

»Das hat doch gar nichts damit zu tun, er guckte immer nur auf dich.«

»Hm.«

»Er kennt dich doch gar nicht.« Das hatte Giulia zischend gesagt, als wäre sie böse auf ihn, und Martino vermutete den Grund.

»Hoffentlich geht er bald. Hoffentlich kommt die Canepa bald wieder, dann muss er gehen.« Er hatte sich verheddert, aber Giulia schien nicht darauf zu achten.

»Wenn sie wiederkommt …«, murmelte sie.

»Ich glaube ja.«

»Danke«, antwortete sie, als hätte er etwas Höfliches gesagt, das aber keinerlei Grundlage hatte, etwas zwischen Wunsch und Beileid.

»Vielleicht weißt du nicht«, fügte sie hinzu, »dass sie die Cousine meines Vaters ist und praktisch immer mit uns zusammengelebt hat.«

Also war Anselmo, der Cousin, den Silvia in ihrem Dämmerzustand oben in der Hütte mit Namen gerufen hatte, Giulias Papa.

»Ich wusste, dass sie zu eurer Familie gehört.«

Giulia setzte sich neben ihn. Der Schottenrock mit blauen und grauen Karos schaute unter ihrem Schulkittel hervor, und sie glättete ihn mit den Handflächen, strich auch die schulterlangen Haare zurück.

Martino war ein einziges Nervenbündel, er versuchte, mit der Zunge ein Stück zerkautes Brot vom Gaumen zu lösen, ohne dass sie es merkte, und grollte insgeheim mit seiner Mutter, die ihm dieses klebrige Pausenbrot zubereitet hatte. Mach jetzt keine Dummheiten, sagte er sich.

Stattdessen fing er wieder an: »Ich glaube, sie ist in der Umgebung geblieben.«

»Mein Vater hat überall gesucht. Auch in den Kirchen. Man hat uns gesagt, dass sie sich vielleicht in einer Kirche versteckt.« Giulia sah ihn unschlüssig an, als überlegte sie, ob sie noch etwas hinzufügen sollte.

»Ging sie oft in die Kirche?«

»Nicht besonders oft.«

»Also ist nichts dabei herausgekommen.«

»Nichts. Meine Eltern sind bis nach Santhià, nach Salussola, sogar bis nach Turin gefahren. Jemand war sicher, dass er sie in Borgo Dora entdeckt hatte. Oder am Bahnhof, andere glauben, sie hätten sie auf den Gleisen gesehen, aber das stimmte nicht. Alle verwechseln sie mit einer anderen. Nicht absichtlich, glaube ich, eher, weil sie etwas Gutes tun wollen.«

Martino ließ sich von dieser Version der Geschichte berühren.

»Kennt sie jemanden in Turin, jemanden, der ihr helfen könnte?«

»Ja, wir haben auch Verwandte dort.«

»Und bei denen könnte sie sich nicht versteckt haben?«

»Aber das würden sie uns doch sagen!«

»Vielleicht braucht sie Zeit, um sich zu erholen.«

»Glaubst du etwa, sie würden uns das nicht sagen, sie würden uns hier suchen lassen wie ... wie die Bekloppten?«

»Ja, das heißt nein, du hast recht«, gab Martino zu. In diesem Moment war er überzeugt: Er hatte alles falsch gemacht, niemals hätte er das Geheimnis der Lehrerin bewahren dürfen. Was für einen kolossalen Fehler hatte er da bloß begangen. Aber es war zu spät, wenn er seine Schuld jetzt eingestehen würde, wäre das eine Katastrophe, Giulia würde ihm niemals verzeihen. Vor Aufregung und weil er die letzten Bissen des Butterbrots zu schnell hinuntergeschlungen hatte, bekam er einen Schluckauf und musste den Atem anhalten, um ihn zurückzudrängen. Sie wartete rücksichtsvoll.

»Du bist wirklich in einem super Jahr hierhergekommen«, bemerkte sie sarkastisch.

»Warum?«

»Es ist nicht immer so.«

Endlich lächelte er sie an, mit leichter Verspätung. »Das kann ich mir denken.«

»Ich kenne das Dorf, wo du hingezogen bist.«

»Ach ja?«

»Mein Vater ist von dort, und Silvia auch.«

»Ach was!«

»Langweilst du dich da?«

»Nein.«

»Aber verglichen mit Turin muss es langweilig sein.«

»Hm, na ja. Es ist anders.« Er beschloss, auf gar keinen Fall den Wald zu erwähnen, und räusperte sich.

»Deine Mutter ist sehr schön«, sagte Giulia, »ich erinnere mich an sie, sie war am Anfang vom Schuljahr hier.«

»Deine auch«, erwiderte er automatisch.

»Hast du sie mal gesehen?«

Er wurde rot. »Ich glaube ja. Vielleicht verwechsele ich sie aber auch.«

»Am Samstag kommen wir ins Dorf. Könnte sein, dass wir uns dann sehen.«

Giulia war schon zu anderen Dingen übergegangen, sie wurde von der Verlegenheit weitergetragen wie von einem reißenden Fluss, während Martino verwirrt und benommen war – ein an den Ohren gehaltenes Kaninchen.

»Ich werde da sein«, antwortete er. Sofort nahm er sich vor, jeden Ausflug abzulehnen und, wenn nötig, den ganzen Tag auf der Hauptstraße Wache zu stehen.

»Kennst du die kleine Kapelle im Wald?«

»Die ein bisschen hässlich ist?«, wagte er.

»Die ist schrecklich! In ein paar Jahren will ich sie neu bemalen, ich übe schon. Ich habe auch ein Buch, darin steht, wie man das macht: *Die Technik der Freskomalerei.* Man muss schnell sein, denn der feuchte Verputz nimmt praktisch die Farbe auf, und wenn er dann trocknet, hält er sie fest. Ich möchte Malerin werden oder vielleicht die alten Meisterwerke restaurieren.«

Sie sagte wirklich »die alten Meisterwerke« und dachte an die Heftreihe *Meister der Farbe* und die Bücher über Funde in Ercolano und Pompei, die Silvia in ihrer Rumpelkammer aufgestapelt liegen hatte. Giulia hatte ganze Nachmittage damit verbracht, sich über Bilder und Zeichnungen, über nackte oder bekleidete Statuen mit Augen ohne Iris und Pupillen zu beugen. Neben Silvia sitzend, die derweil Aufgaben korrigierte oder sich Übungen ausdachte, kopierte Giulia die aufregendsten Werke in ihr

Heft: die Spinnen und Zyklopen von Odilon Redon, die römischen Masken mit Henkelohren und grotesken Nasen, die wächsernen Gnocchi glichen, die Skulptur eines Jungen mit einem Delphin im Arm, Tischbeine aus weiblichen Büsten, die auf Beinen eines Löwen fußten.

Martino hörte ihr zu und versuchte unterdessen, etwas Ebenbürtiges zu finden, das er ihr entgegensetzen konnte. Gern hätte er ihr ein Projekt geboten, das so großartig und originell war wie das ihre. Den Piraten und den Abenteurer schloss er schnell aus. Konnte er sagen, er wolle ein Seemann werden? Oder vielleicht ein Musiker? Er hatte manchmal daran gedacht, seine Eltern um ein Instrument zu bitten, mit dem er sein Bedürfnis, sich zu bewegen, zu trommeln, zu schlagen, im Zaum halten konnte. Ein Schlagzeug, überlegte er, und das erschien ihm als eine geniale, von Giulia inspirierte Idee.

»Es wird Zeit, gehen wir wieder rein«, kam sie ihm zuvor, und die Glocke erklang so laut, dass seine Schuhsohlen vibrierten.

48

Auf der Heimfahrt ging Martino dieses Gespräch, das ihm außerordentlich lang und sehr bedeutungsvoll vorkam, noch einmal im Geiste durch. Das Ruckeln des Busses nahm er als zärtliche Schubser wahr. Die Lichter der Ampeln glänzten vor dem grauen Himmel, die Masten der Hochspannungsleitung erschienen ihm wie Wunderwerke gitterförmiger Schönheit und die Stromkabel als festliche Girlanden.

Vor der Kirche verließ er den Bus mit einem Sprung und erkannte die Frau mit dem spitzen Busen, Sandra, die sich gerade abmühte, eine zitternde Gestalt auf die Bank zu setzen. Sie hatte sich breitbeinig vor der Frau aufgestellt und stützte sie unter den kraftlosen Armen, wobei sie sich mit dem Rücken im Gleichgewicht hielt, um das Niedersinken der Alten so langsam und gleichmäßig wie möglich zu machen. Dann zog sie ihr die Strickjacke zurecht, die am Rücken hochgerutscht war, und ging in die Apotheke.

Die Alte merkte sofort, dass Martino sie unverwandt anstarrte.

»Kenn ich dich? Komm mal her, komm!«

Das musste die Mutter von Sandra sein, die Frau, die aus dem Fenster gesprungen war. Der metallene Gehstock, den ihre Tochter neben ihr abgestellt hatte, fiel vor seine Füße, und Martino bückte sich, weil er ihn wohl oder übel aufheben musste, während die Alte murrte: »Die ist wirklich zu gar nichts nütze.« Sie umfasste den Stock mit einer altersfleckigen Hand und lehnte ihn an ihre Hüfte, als wäre er ein Schwert. Die spärlichen weißen Haare waren zurückgekämmt und zu einem winzigen Knoten gebunden, unter dem Scheitel sah man den rosa Schädel.

Sie fragte: »Von wem kommst du?«

»Ich bin nicht von hier.«

»Von wo dann?«

»Turin.«

»Und was willst du hier?«

»Ich bin aus gesundheitlichen Gründen hergekommen.«

»Du?! Du scheinst mir gesund wie ein Fisch im Wasser.«

Martino hörte nur mit halbem Ohr zu, er stellte sich vor, wie sie völlig verstört aufs Fensterbrett stieg. Wieder machte ihm die Ähnlichkeit mit der Geschichte von Giovanna zu schaffen, und er dachte, dass es besser gewesen wäre, wenn von den beiden das Mädchen überlebt hätte.

»Mag ja stimmen, dass ich kaum rauskomme, aber verblödet bin ich noch nicht«, sagte die Alte. »Ich wusste, dass du kein bekanntes Gesicht bist.«

Auf ihrem Schoß lag ein ledernes Handtäschchen mit Schnappverschluss, und sie hantierte mit ihren krummen Fingern daran herum, bis sie die Tasche geöffnet hatte.

»Aber du bist wirklich nur Haut und Knochen.«

Sie kramte schnaubend in der Tasche, der Anhänger an ihrem Goldkettchen, ein Medaillon mit der Jungfrau Maria, schwang vor und zurück.

»Verdammte Arthrose. Du hast ja keine Ahnung von Piepen.«

»Piepen?« Martino beugte sich über die Tasche, in der er ein Bündel Geldscheine vermutete.

»Ich meine Ziepen, das Ziepen.«

»Ach so.«

Die Alte wurde ungeduldig. »Was treibt meine Tochter da drin. Sie ist vor einer halben Stunde reingegangen.«

»Nein, das werden fünf Minuten gewesen sein.«

Sie zeigte ihm die Uhr an ihrem mageren Handgelenk. »Eine halbe Stunde, sag ich dir.« Wieder stöberte sie eine Weile in der Tasche und holte ein in glänzendes Papier gewickeltes Schokoladenbonbon hervor.

»Warte, ich habe noch mehr.«

Martino liebte diese Schokohaselnüsse mit Zuckerstreuseln. Meistens brach er sie mit den Zähnen in zwei Hälften, um sich auf den Teil mit der Nuss in der Mitte zu konzentrieren, dann waren die Schokolade und die Zuckerstreusel an der Reihe.

»Isst du es nun oder nicht?«

Ein Mann mit buschigem Schnurrbart blieb stehen, um zu grüßen. Wie viele Männer seines Alters, hartnäckige Trinker, hatte er rote Couperose-Flecken auf den Wangen und ein Netz geplatzter Blutgefäße auf der Nasenspitze.

»Wie geht's, Miranda?«, fragte er die Alte.

»Wie es geht? Mit dem Stock.«

»Ich sehe, dass Sie in guter Gesellschaft sind.«

»Aus Turin.«

»Oha.«

»Na ja, das ist ja nicht gerade auf dem Mond.«

Martino wurde allmählich ungeduldig. Er hatte Angst,

auf den Anführer und seine beiden Kumpane zu stoßen. Er wollte sich nach Hause flüchten, in den Einzelheiten von Giulias Nähe schwelgen, zum Beispiel dem goldenen Flaum auf ihren Knien – dabei war sie brünett –, und später durch den Wald den Hügel hinaufsteigen, aber auf Seitenwegen, um böse Begegnungen zu vermeiden, und mit Silvia über Giulia sprechen, ihr erzählen, wie sehr sie Silvia vermisste. In seiner Fantasie entstand eine Szene: Es war Samstag, er ging mit der Lehrerin, die sich auf ihn stützte, den Hügel hinab durch den Wald und führte sie bis zu Giulia.

Die Alte bemerkte, dass er in Gedanken nicht mehr bei ihr war. »Ich glaube, ich habe dich lange genug gequält«, sagte sie und verzog das ganze Gesicht, um ihm zuzuzwinkern.

»Danke für die Schokoladenbonbons.«

»Nun geh schon, geh, halt dich nicht mit Bedanken auf.«

Um nicht an der Bar vorbeizumüssen, nahm Martino den Weg am Weinberg entlang, wo die letzte Ernte des Jahres im Gang war. Behutsam legten die Weinleser die Trauben in Plastikschüsseln und sangen: »*Am Hut, am Hut, den wir tragen / steckt eine lange, steckt eine lange schwarze Feder / sie dient uns, sie dient uns als Fahne / wenn wir oben im Gebirge, oben im Gebirge Krieg führen, ohilala.*«

Als er sich zur Kirche umdrehte, sah Martino, dass Sandra aus der Apotheke gekommen war. Sie stand aufrecht hinter der Bank, eine Hand auf der Schulter ihrer Mutter, die ihre Finger mit Sandras Fingern verschränkt hatte, und in dieser Haltung setzten sie ihr Gespräch mit dem Mann fort.

49

Im Briefkasten fand Lea einen an sie adressierten Umschlag ohne Absender. Darin war ein ausgeschnittenes Bild, auf Pappe geklebt: eine Frau mit roten Haaren, porträtiert von Modigliani. Sie trug ein schwarzes, schmuckloses Kleid mit einem weichen, grauen Kragen und hatte Augen ohne Pupillen oder vielleicht ganz aus Pupillen, denn sie waren völlig schwarz. Die gebogenen Linien antworteten aufeinander: Nase, Gesicht, Hals, Handgelenk, Knie. Der Busen war nicht zu sehen, als hätte sie keinen – ein Schwimmring unter den Achseln. Die Frau ähnelte Lea tatsächlich, wirkte wie ihre ruhigere, gebändigte Version.

Lea fand kein geschriebenes Wort, geschweige denn eine Unterschrift, dennoch war sie sicher, dass der Lehrer ihr dieses Bild geschickt hatte. Stefano nicht, nicht Gianni, kein Kollege. Was sie betraf, so hatte sie von ihm geträumt, es war einer dieser archetypischen Träume gewesen, in denen man Durst hat und einen Wasserhahn findet, aus dem aber kein Wasser kommt. Sie begegneten sich in einer Art Kongresshalle voller Menschen, alles war sehr stark erleuchtet, sie versuchten, sich ungestört zu treffen, und konnten es nicht.

Lea legte das Bild in eine Schublade zwischen ihre Unterwäsche und streckte sich auf dem Bettüberwurf aus. Gestern hatte Gianni sie gefragt, warum sie so überzeugt war, eine böse Frau zu sein, und sie hatte geantwortet, das sei nur ihr Wunsch, sich von anderen zu unterscheiden, da die Menschen sich gewöhnlich vor sich selbst aufspielen, behaupten, gut und liebenswert zu sein, und denken, sie hätten immer recht. »Du kannst mich nicht für dumm verkaufen«, hatte er erwidert.

Das Telefon klingelte, und Lea stand auf, angespannt und beim Gedanken an den Lehrer innerlich bebend. Es war Stefano, sein Knie war wieder angeschwollen wegen des verschlissenen Meniskus, er konnte nicht mit dem Auto fahren. Seine Mutter hatte ihm Aluminiumschalen vom Grillimbiss mitgebracht, die sie als selbstgekochte Köstlichkeiten ausgab (»Vol-au-vent und Zunge in grüner Soße, wer's glaubt, wird selig!«), doch Stefano hoffte, dass Lea und Martino morgen Nachmittag den Zug nehmen und bis Sonntag bei ihm bleiben würden.

»Natürlich«, sagte Lea, »natürlich kommen wir.«

»Sag mal, ist etwas angekommen?«, fragte er.

»Was angekommen?«

»Nichts, nichts, also ist es noch nicht da. Wie dumm von mir, jetzt habe ich dir die Überraschung verdorben.«

»Willst du mir jetzt sagen, wovon du redest?«, beharrte sie. »Komm schon, Stefano.«

»Ich habe dir eine Kleinigkeit geschickt.«

»Einen Brief?«

»Es sollte eine Überraschung sein.«

»Nun hast du aber schon zu viel gesagt, also kannst du ebenso gut damit rausrücken.«

Sie insistierte mit einer giftigen Sturheit, die ihn verletzte.

»Ein Unterrock. Ich habe ihn in einen Briefumschlag gesteckt. Wenn er da ist, sag mir, ob er dir gefällt.«

Lea entschuldigte sich unbeholfen und verachtete sich dafür, doch gleichzeitig dachte sie, dass der Absender der Karte dann wirklich der Lehrer sein musste, und ein Schauer lief ihr über den Rücken.

Nachdem das Telefonat beendet war, kochte sie Quitten für die Cotognata und fand sich lächerlich, weil sie das Gefühl gehabt hatte, ein Unbekannter könnte sich wild entschlossen in ihre Ehe einschleichen und sie aus dieser Verbindung drängen. Sie nahm das Bild von Modigliani aus der Schublade und wollte es in den Mülleimer werfen, doch dann änderte sie abermals ihre Meinung und versteckte es wieder im Schlafzimmer, in der hässlichen Truhe, wo sie die Wollsachen aufbewahrte.

50

Als er zuhause ankam, sah Martino sofort, dass seine Mutter schlechter Laune war. Sie hielt den Kopf gesenkt und fuchtelte mit den Händen, als müsste sie wer weiß was von sich abschütteln. Alles, was sie tat, geschah hastig und zugleich übertrieben: ein Glas ausspülen, das Mittagessen aufwärmen, das Brot in Scheiben schneiden.

»Dein Zimmer ist ein Schweinestall. Nach dem Essen räumst du auf«, befahl sie.

Sie wollte wissen, warum er keinen Hunger hatte, aber er hatte keine Lust, ihr von den Schokoladenbonbons der Mutter von Sandra zu erzählen, die zwar wie eine Hexe aussah, aber eigentlich gar nicht so übel war.

Als Lea verkündete, dass sie am nächsten Tag den Zug nach Turin nehmen würden, sprang er auf wie von der Tarantel gestochen. Sie staunte: Zum ersten Mal setzte Martino seinen Willen durch, indem er sich klar ausdrückte, wie ein Erwachsener, der seinen Zorn zügeln kann. Er warf ihr vor, dass sie ihn aus Turin herausgerissen hatte, ihn an einer Schule in der Stadt angemeldet hatte, ohne ihn nach seiner Meinung zu fragen, ihn hierhin und dorthin schickte und immer nur Befehle gab, aber er habe das alles satt, er wolle jetzt nicht nach Turin zurückfahren, das sei völlig ausgeschlossen, er habe etwas vor, am Samstag komme eine Freundin, seine einzige Freundin an dieser blöden Schule, und Papa würde sehr gut ohne sie zurechtkommen.

»Nein, dein Vater braucht uns«, entgegnete sie, »das ist eine Laune von dir, und Launen beuge ich mich nicht.«

»Von wegen Laune, es ist eine Frage von Leben und Tod!«, schrie Martino sie an, und dann entwischte ihm: »Das verstehst du nicht, es geht um die Lehrerin.«

»Wie, die Lehrerin?«

»Weil … weil … meine Freundin ist mit ihr verwandt, sie kommen, um die Lehrerin zu suchen, und ich will mithelfen.«

»Machst du Witze? Diese Frau könnte seit Tagen tot sein. Wehe dir, wenn du herumläufst, um sie zu suchen, verstanden? Ist dir denn nicht klar, dass du dann plötzlich …« Lea verstummte, und ihre Lider flatterten, als wäre ihr aus heiterem Himmel etwas Naheliegendes aufgegangen. »Du gehst doch nicht etwa in den Wald, weil du hoffst, die Lehrerin zu finden? Sag mir die Wahrheit.«

»Nein, ich geh in den Wald, um Sandokan zu spielen.«

»Du musst in der Nähe des Hauses bleiben. Heute gehst du auf keinen Fall raus.«

Martinos Beredsamkeit stockte, die Enttäuschung verschloss ihm die Kehle. Er warf seine Schultasche auf den Boden, floh in sein Zimmer und schlug die Tür zu.

Windstöße trugen einen Geruch nach feuchten Pflanzen ins Haus. Im Wald war dieser Geruch so stark, dass seine Nase kribbelte und er die Schärfe der Piniennadeln von der süßlichen Fäulnis der abgestorbenen Blätter unterscheiden konnte. Doch der Wald war unerreichbar und damit auch die Lehrerin, der es wirklich schlecht gehen würde, wenn er wegfuhr. Donnerstag, Freitag, Samstag und Sonntag, vier ganze Tage lang. Er musste unbedingt nach draußen, von seinem Ersparten Essen kaufen und in die Hütte bringen.

Martino machte beide Fensterflügel weit auf, entschlossen, nach unten zu springen und sich davonzustehlen. Es war kein so großer Höhenunterschied, und wenn sogar Sandras Mutter etwas Ähnliches überlebt hatte, würde er es bestimmt auch schaffen. Er beugte sich aus dem Fenster, um die Breite des Zementwegs abzuschätzen, der um das Haus herum verlief und den er überspringen musste, damit er auf dem weichen Grasboden landete. Um sich Mut zu machen, stellte er sich vor, ein Wildschwein wäre ihm auf den Fersen, aber ausgerechnet in diesem Moment betrat seine Mutter das Zimmer. Sie kam, um Frieden zu schließen. Ihn aber vorgebeugt und mit einem Fuß auf dem Fensterbrett zu sehen, brachte ihr Blut abermals in Wallung.

»Was, zum Donnerwetter, tust du da?«

Martino setzte seinen Fuß zurück auf den Boden. All seinen Vorsätzen zum Trotz fühlte er sich einem Geständnis gefährlich nahe. Ein etwas kleinerer Martino, den er in seinem Inneren bewahrt hatte, drängte ihn, sich in Leas Arme zu werfen, sie mit heftigem Weinen zu erschrecken, und sie so darauf vorzubereiten, ihm seine Lüge zu verzeihen und dass er das Versteck der Lehrerin geheim gehalten, Lebensmittel gestohlen, zugelassen hatte, dass alle sich Sorgen machten, mit Hunden und Freiwilligen nach ihr suchten und dass die Verwandten der Lehrerin in den Dörfern, unter Brücken und bis nach Salussola und Turin falschen Fährten hinterherliefen. Aber in den letzten Wochen hatte sich etwas verändert. Im Brustkorb spürt er auch ein Herz, hart und elastisch wie ein Gummiball, das wild auf und ab hüpfte, ohne Vorwarnung und ausgelöst von den unterschiedlichsten Gedanken: an Piero und Agostino, die weit weg waren, an die Freundschaft mit der Lehrerin, an Giulia und an die drei Vollidioten, die sich im Wald verschanzten.

Sie fingen wieder an zu streiten. »Du kommst mit nach Turin«, worauf er erwiderte: »Ganz bestimmt nicht.« Müde geworden, gelangten sie schließlich zu einem Kompromiss, mit dem beide unzufrieden waren. Sie würden am Sonntag früh losfahren und am selben Tag mit dem letzten Zug zurückkehren.

51

Lea wusste, dass der Lehrer in der Nähe der Schule wohnte. »Sieh mal, was für ein Zufall«, hatte er gesagt und durch die Tür der Bar auf einen kleinen Balkon im vierten Stock gezeigt, wo sein Fahrrad quer eingeklemmt stand und der Lenker über die blaulackierte Brüstung ragte. Nachmittags mache er damit lange Fahrten, hatte er erzählt, mal auf den Serpentinen in den Bergen, mal zu den mittlerweile trockenen Reisfeldern. Wenn Stefano weit weg und Martino von seiner neuen Freundin völlig gefangen war, hätte sie den Samstag frei, überlegte sie, und sie würde den Tag damit verbringen, den Impuls zu unterdrücken, in die Stadt zu fahren.

Um sich abzulenken, nahm sie Hammer und Schraubenzieher und widmete sich der Zerstörung des Nests, das eine Grabwespe Ende August zwischen einem Innenrollladen und der Hausmauer gebaut hatte. Martino und sie hatten das Kommen und Gehen des Insekts beobachtet, aus sicherer Entfernung, weil sie nicht wussten, ob die Wespe stach, ob sie so gefährlich war wie eine Hornisse.

Schmollend, die Hausaufgaben auf den Knien, saß Martino auf der Bank neben der Haustür, wo er sich sonst nie hinsetzte. Durch die Wolken drang das Sonnenlicht in kurzen, hellen Abschnitten, vielleicht gaben sie ihm ein Zeichen, stotterten etwas in einem unbekannten Code.

In der großen Kurve tauchte Maria mit ihrem schweren Schritt auf, ein Plastikbeutel klatschte ihr gegen das geblümte Kleid. Sie hatte schmale Augen, Nase und Mund waren klein, und alles stand eng zusammen in der Mitte des breiten, quadratischen Gesichts, das unter dem Kinn mit einem Speckrand abschloss. Maria, genannt der »Siebentöter«, drehte den Hühnern und Gänsen im Dorf den Hals um und war berühmt für ihre Geschicklichkeit. Während sie näher kam, musterte Martino ihre Hände und Fingernägel, aber sie waren sauber. Aus dem Beutel schauten hellgelbe Federn hervor, und ohne dass er gefragt hätte, bestätigte sie: »Eine junge Henne, die hat man mir für meine Dienste geschenkt. Aber du bist ja ein Städter, für dich wachsen die Hühner in den Geschäften, schon nacktgerupft.«

Weil sie Lust hatte, Martino zu beeindrucken, erteilte Maria ihm eine Lektion im Töten von Geflügel. Der auf dem Asphalt liegengebliebene Plastikbeutel blähte sich schlaff auf, dann legte er sich wieder um das Huhn, dessen lange, steife Schwungfedern gegen das Plastik stießen.

»Mit deiner bösen Hand, das ist bei mir die linke, hältst du das Huhn an den Beinen fest, die andere legst du um den Hals und stützt dabei den Daumen in die Vertiefung hinter dem Kopf. Dann musst du mit beiden Armen heftig ziehen«, sie führte die Bewegung vor, ein jäher Ruck, der Martino zusammenzucken ließ. »So bricht die Wirbelsäule und Schluss, das Huhn ist hin. Niemals den Hals umdrehen, kann passieren, dass das Tier dann mit baumelndem Kopf abhaut und dir nicht stirbt. Gut, das

Schlimmste ist vorbei. Jetzt schneidest du mit der Heckenschere die Kehle durch und hängst es auf, damit das Blut rausläuft.«

»Warum rufen alle immer nur Sie?«

»Weil die Tiere bei mir weniger leiden. Du darfst kein Mitleid mit dem Vieh haben, sonst stirbt es schlecht. Auch die Angst lässt es leiden, also muss man energisch sein, weißt du, schnell, damit es nicht mal merkt, was passiert.«

Martino blickte zu ihr hinauf, ehrfürchtig, wie zu einem Würgeengel. Sie trug Pantinen aus durchlöchertem, weißem Leder, einen sommerlichen Kleiderrock und darüber einen Wollpullover mit Zopfmuster.

»Die anstrengende Arbeit kommt danach. Federn rupfen oder das Kaninchen häuten«, erklärte sie und genoss die Wirkung jedes einzelnen Wortes, bevor sie sich wieder auf den Weg nach Hause machte.

Von drinnen rief ihn seine Mutter.

»Martino, komm mal her, sieh dir das an!«

Sie hatte das aufgebrochene Nest der Wespe mit der Kehrschaufel aufgefegt und wollte ihm unbedingt etwas zeigen.

»Für heute reicht's mit toten Tieren«, platzte er heraus.

»Warum? Welche anderen toten Tiere hast du denn gesehen?«

»Das Huhn von Maria, aber ich hab's nicht richtig gesehen.«

»In Ordnung, war nicht so wichtig.« Lea wollte sich bücken, um ihm einen Kuss auf den Kopf zu geben, aber Martino hatte ihr schon den Rücken zugedreht und merkte es nicht.

Später, als es ihn ein wenig aufgemuntert hatte, dass die Hausaufgaben beendet waren, fragte er: »Was wolltest du mir zeigen?«

»Ach, nichts. Es war wirklich eine gruselige Sache.«

»Was denn?«

»Ich glaube, die Larven haben die Wespe aufgefressen.«

»Wie eklig! Bist du sicher?«

»Mir war, als hätte ich ein Stück Wespe da drin gesehen. Was Mütter nicht alles machen.«

Das war ironisch gemeint, aber er wollte die Sache unbedingt überprüfen, als müsste er die Ehre der Kinder wiederherstellen.

Das Nest lag noch auf der metallenen Schaufel, in große, regelmäßige, zylindrische Einheiten zerbrochen, drum herum lagen Krümel. Es gab organische Teile, einen Bauch vielleicht, und viele ineinander verwickelte Beinchen, die sich unter der Lupe eindeutig als Spinnenbeine erwiesen. Siegesgewiss lief er Bericht erstatten: Die Wespe hatte sich mitnichten auffressen lassen, sondern Beute für ihre Kleinen gejagt, und danach hatte sie sich ihren eigenen Angelegenheiten gewidmet.

52

Zum ersten Mal seit sie sich im Wald befindet, spürt Silvia für Momente etwas wie Langeweile. Es hat mit dem Zeitgefühl zu tun, das sich, wenngleich vage, an Martinos Besuchen orientierte. Aber er kommt nicht, und da sie es nicht mehr gewöhnt ist, Handlungen und Gedanken zu beherrschen, überlässt sie sich ihrer Benommenheit.

Eine rotschwarze Ameise läuft ihr über die Hand, Silvia zerdrückt sie mit dem Daumen und riecht an ihrer Fingerspitze, es ist ein Bläschen, das scharf riecht. Sie hebt einen Stein auf und steckt ihn in den Mund, ohne nachzudenken, wie eine, die das Laster hat, an ihren Fingernägeln zu kauen, und es gar nicht mehr wahrnimmt. Sie reibt mit der Zunge über die schuppige Oberfläche, kalte, metallische Nadeln stechen sie. Nach einer Weile spuckt sie den Stein in die Handfläche, er glänzt, ein silbriger Glimmer bedeckt ihn. Sie hebt wieder einen auf, aber es ist nur ein Erdklumpen, der sofort zerbröselt. Ein dritter Stein in der Größe einer Kirsche, schwarzviolett gefleckt, verschafft ihr länger Befriedigung. Die Blätter und das Stroh sind sauer, ihre Fasern, hart wie Rosshaar, ekeln sie an. Da ist ihr der Geschmack des Schmutzgemisches unter ihren Fingernägeln lieber. Sie kehrt zu den Steinen zurück, meist unregelmäßige Gebilde von einem stumpfsinnigen Grau, lutscht sie, und die falschen Bonbons von Giovanna kommen ihr in den Sinn.

In der ersten Grundschulklasse war Giovanna die Einzige, die nie Bonbons in die Schule mitbrachte. Sie trug einen schmucklosen, an den Ellenbogen abgenutzten Schulkittel, die blonden Haare rutschten ständig aus den Spangen und fielen ihr ins Gesicht. Sie wiederholte das erste Schuljahr, schien aber nichts dazugelernt zu haben. Ihr Körper indes hatte Zeit zum Wachsen gehabt, verglichen mit ihren Klassenkameraden war sie groß und nahm viel Raum ein, darum zwängte sie sich, so gut es ging, hinter ihr Pult und beugte den Rücken so tief, dass die Wirbelsäule sich unter dem schwarzen Stoff abzeichnete.

Für die anderen war sie die aus dem Tal, Tochter eines primitiven Menschenschlags. Sie sprach einen starken Dialekt, mit einer anderen Färbung als jener, die Silvia während ihrer Kindheit in den Ortschaften auf den Hügeln aufgenommen hatte, anders vor allem als die weniger starke Färbung in der Stadt. Wenn Giovanna sprach, hatte man den Eindruck, etwas in ihrer Kehle würde der Luft und dem Ton den Weg versperren, so dass sich beide zwischen dem hinteren Gaumen und der Nase Platz verschaffen mussten. Es war der gleiche Akzent, den man während des Weidewechsels am Beginn und am Ende des Sommers neben den Glocken der wandernden Kuhherden und den Rauchsäulen aus den Brennöfen der Köhler in den Hochtälern hörte – es war die Sprechweise abgeschieden lebender, randständiger Menschen von sprichwörtlicher Rohheit und Unreinlichkeit.

Alle Kinder in der Klasse italianisierten Wörter aus dem Piemontesischen, richteten ein Durcheinander an, schrieben noch lange Zeit »sagrinarsi«, »bogiare« und nannten den Topf nach seinem Material »ramina«. Wenn sie sprachen, vermischten sie Italienisch und Dialekt mit unterschiedlichen Anteilen. Giovanna nicht, für sie war das Piemontesische die einzige Sprache und das Italienische ein fremdes, feindliches Idiom, denn es verwies sie auf ihren Platz, also nach unten. Ihre Muttersprache hatte in der Schule nichts zu suchen, sie verdiente es nicht, geschrieben und gelesen zu werden.

Während der Pause blieb Giovanna allein, oft verließ sie nicht einmal das Klassenzimmer. Eines Tages hatte Silvia sie dabei überrascht, wie sie im Mülleimer wühlte, um das von den Kameraden weggeworfene Bonbonpapier herauszuholen und sich in die Tasche zu stecken. Dann hatte sie sich in den Schulhof geschlichen und, ohne aufzufallen, im Kies die regelmäßigsten Steine herausgesucht, um sie in die kleinen Vierecke aus buntem Stanniolpapier einzuwickeln. Sie täuschte etwas vor, mehr für sich selbst als für die anderen.

Es stellte sich heraus, dass Giovanna beim Murmelspiel scharf und präzise warf, und dank dieser Fähigkeit bekam sie ihren Platz in der Klassengemeinschaft, dank der Murmeln und ein paar Ohrfeigen, die sie den Jungen verpasste, die nicht mit Anstand verlieren konnten. Silvia unterließ es, diese Ohrfeigen als Mängel im Betragen zu verzeichnen.

Am Ende der ersten Klasse entschied die Lehrerin, dass Giovanna eine Lektüre brauchte, die sie mit der rein dialektalen Welt verband, in die sie zurückkehren würde, und lieh ihr die *Canzoni piemontesi* von Angelo Brofferio. Es war eine Ausgabe von 1881, der Titel war in vergoldeten Buchstaben auf den Buchrücken geprägt. Das Buch hatte ihrem Großvater gehört, der es liebte, seinen Freunden diese Gedichte vorzutragen, besonders *L'umanità e 'l mërluss ossia Cavour e 'l cholera*, *Die Menschheit und der Kabeljau oder Cavour und die Cholera*, und ein anderes mit dem Titel *La glòria dël Paradis*, *Die Herrlichkeit des Paradieses*. Schon beim ersten Reim bekreuzigte sich die Großmutter und floh in ein anderes Zimmer, doch Großvater legte seine Hand auf den Arm der kleinen Silvia, damit sie blieb und zuhörte:

Se i poum d'or son per parei
Che noiousa landa!
Da Bergnif a stan aut mei;
Viva la ca granda!
Mei la giù con diaulot
Che si dsour con i bigot.

Dieses Buch im aufklärerischen und antiklerikalen Geist gefiel Giovanna so sehr, dass sie es nie zurückgab. Die Lehrerin hatte jedem Schüler einen Leserausweis der Stadtbibliothek gegeben, aber keinem hatte sie je ein eigenes Buch mit festem Einband und goldenen Buchstaben anvertraut. Giovannas Vater hatte die Verse verstohlen betrachtet und gefragt: »Das hat dir wirklich die Lehrerin gegeben? Bist du sicher?« Giovanna war stolz darauf, sie blätterte in dem Buch und fühlte etwas wie einen prall mit Luft gefüllten Ballon in der Brust, der ihr half, den Rücken gerade zu halten. Um sich wichtig zu machen, schrieb sie manchmal in Schulaufsätzen: »Wie auch der berühmte Dichter Brofferio sagt.«

53

An diesem Donnerstagabend musste Luisa zur Nachbarin hinaufgehen, um ihr eine Spritze zu geben, und Giulia wollte sie begleiten.

»Wir müssen fragen, ob ihr das recht ist, weißt du, sich mit nacktem Hintern sehen zu lassen ...«

Palma, die Nachbarin, hatte nichts dagegen. Sie war ein Riesenweib um die siebzig, mit einem gleichgültigen, schmächtigen Ehemann, der die Tür öffnete und gleich darauf wieder zur Quizshow im Fernsehen zurückkehrte. Sie hatte streichholzkurze Haare und ein schönes, wie geschliffen glänzendes Gesicht, wo die Falten vom Fett geglättet waren, violette Lippen und einen enormen Hintern, der im Lichtkegel der Nachttischlampe phosphoreszierte.

Sie wollte von den Suchaktionen hören, wie es Anselmo ging, wie sie zurechtkamen, hatte aber auch das starke Bedürfnis, sich über ihren Mann zu beklagen, und sagte: »Sobald ich kann, lasse ich mich scheiden.«

»Ist doch nicht dein Ernst, Palmina.«

»Du wirst schon sehen, es kommt durch.« Sie meinte das Gesetz zur Legalisierung der Ehescheidung, über das im Parlament seit fünf Jahren erbittert gestritten wurde.

Unterdessen reichte Giulia ihrer Mutter, was sie brauchte: den mit Desinfektionsmittel getränkten Wattebausch, den Metallteller mit der Spritze und den Nadeln, die Ampulle mit Lamuran und dem Gummistöpsel, den man durchbohren musste. Luisa zog die Spritze auf und ersetzte die Nadel, um sicherzugehen, dass die Spitze nicht abgebrochen war, dann klopfte sie mit dem Zeigefingernagel gegen die Spritze, und ein paar Tropfen des Arzneimittels quollen heraus. Sie desinfizierte die Haut und setzte, ohne Zeit zu verlieren, die Spritze an. Während sie den Kolben zurückzog, hob sie an der Einstichstelle mit Daumen und Zeigefinger eine Hautfalte, danach konnte sie injizieren. Giulia prägte sich die verschiedenen Schritte ein.

»Ja, aber auch wenn sie zustimmen ... entweder hast du einen verrückten Mann oder einen, der im Gefängnis sitzt, sonst passiert gar nichts.« Luisa zog die Spritze heraus. »Fertig.«

»Hab nicht mal was gemerkt, du hast wirklich ein goldenes Händchen«, sagte Palma und kehrte sofort wieder zu ihrem Thema zurück: »Verlassen der ehelichen Wohnung«, erklärte sie.

»Aber er sitzt doch drüben im Wohnzimmer!«

»Wer bringt den schon da weg. Gehen werde ich. Ich fahre nach Desenzano zu meinen Kindern. Hab schon drei Enkel, die sehe ich nie, und das ist seine Schuld.«

»Nehmen sie dich auf?«

»Laura hat's mir schon versprochen: ›Komm, wann du willst, Mama, ich mach das Esszimmer für dich fertig.‹«

»Dann geh doch.«

»Und ob ich gehen werde, meine Liebe, und nach fünf Jahren verlange ich die Scheidung.«

»Jaja, und dann wirst du schon sehen.«

»Ich verlange die Scheidung. Einfach, weil ich es mir

wert bin. Ich will nicht zusammen mit ihm unter der Erde landen, mit unseren Fotos auf dem Grabstein und bei mir die Inschrift: ›verheiratete Greggio‹. Ich will als Palma Ferraro sterben, Punkt. Ich sage dir, ohne mich verspielt er noch seine Unterwäsche, ganz abgesehen von der Pension. Die sich obendrein sehen lassen kann.«

Während Palma sich mühsam aufrichtete und ihre Kleidung in Ordnung brachte, drehte Luisa sich mit einer Grimasse zu ihrer Tochter um, als wollte sie die Sache herunterspielen.

Als sie wieder unten waren, hatte Giulia Fragen an ihre Mutter. Sie verstand nicht, was Primino, Palmas Mann, so begierig spielte und warum das schlecht war. Luisa erklärte, er habe das Laster des Kartenspiels und verliere dabei Geld, darum sei seine Frau böse auf ihn. Sie sagte ihr das nur, weil die ganze Nachbarschaft es wusste, es war kein Geheimnis. Unterdessen ließ Luisa die Badewanne volllaufen. Wegen der Müdigkeit und der Sorge war ihr ganzer Körper, beginnend bei den Füßen, kalt geworden, sie hatte steife Finger, und der Kopf lastete ihr schwer auf dem Hals.

Normalerweise war erst am Sonntag für alle Badetag, außerdem war es schon spät. Anselmo hatte sich mit Kreuzworträtseln ins Bett verzogen, Gemma und Corrado mussten schon eingeschlafen sein. Giulia und Luisa zogen sich aus, während der Dampf den Spiegel beschlug. Luisa musterte einige rote Pünktchen, die auf ihrer Brust und unter den Achseln hervorgekommen waren. »Angiome«, erklärte sie, »harmlose Angiome. Ich habe eine getüpfelte Haut.«

Sie hatte nur eine Brust, die andere war vor drei Jahren wegen eines Tumors entfernt worden, geblieben war nur eine krumme Spur auf dem flachen Brustkorb. Luisa füllte die Leere mit einem Silikonkissen, das eigens angefertigt war, um in den Büstenhalter gesteckt zu werden. Giulia befremdete der Gedanke, dass dieser Busen, an dem sie getrunken hatte, abgeschnitten und weggeworfen worden war. Luisa sagte, sie sei zur Hälfte wieder ein kleines Mädchen, und Gemma brachte von Zeit zu Zeit die heilige Agatha ins Spiel, die ihre abgeschnittenen Brüste auf einem Tablett trug.

Als sie in der Wanne lagen, tauchte Anselmo in der Tür auf und brummte: »Ihr seid ja alle verrückt. Weißt du denn nicht, wie spät es ist?«

»Mach die Tür zu, die Wärme entweicht«, erwiderte Luisa.

Sie hatte sich und Giulia eine Plastikhaube aufgesetzt, damit ihre Haare nicht nass wurden. Sie benutzten viel Seife. Luisa wusch Giulias Zehen, einen nach dem anderen, und rieb ihre Fersen mit Bimsstein. Manchmal stieß sie lange Seufzer der Befriedigung aus: »Das war aber mal nötig, wirklich.«

Giulia verglich die einzige Brustwarze ihrer Mutter, die körnig war und klar vom hellen Warzenhof unterschieden, mit ihren eigenen flachen Brüsten und den kleinen Knöpfen aus Fleisch in der Mitte.

»Als Mädchen musstest du Töpfe mit Wasser auf dem Herd erhitzen?«

»Ja, so haben wir das gemacht. Und mindestens drei Personen benutzten dasselbe Wasser, wir haben ausgelost, wer als Erster hinein durfte.«

»Wirst du dich auch von Papa scheiden lassen?«

Luisa machte große Augen, Giulia zuckte mit den Schultern.

»Nein, bestimmt nicht.«

»Warum?«

»Weil ich ihn noch gernhabe.«

»Großmutter sagt, geschiedene Leute werden nicht in die Kirche reingelassen.«

»Ja, das kann sein.«

»Dann kannst du dich sowieso nicht scheiden lassen.«

»Stimmt. Aber zum Glück will ich das ja nicht, oder?«

»Wird Palmina dann nicht mehr in die Kirche dürfen?«

»Es müssen viele Jahre vergehen, bevor die Scheidung offiziell wird. Bis dahin kann sie zur Messe und auch die Kommunion empfangen.«

»Und danach?«

»Ich glaube, es interessiert sie nicht.«

»Aber dann bei der Beerdigung, wie kann man eine Messe für sie feiern?«

»Ich weiß es nicht. Du wirst sehen, dass sie eine Trauerfeier in der Kirche nicht verbieten. Machst du dir deswegen Sorgen?«

Während sie den Schaum mit den Händen einsammelte und sich ans Kinn klebte wie einen glitzernden Bart, dachte Giulia darüber nach.

»Nein.«

»Gut. Dreh dich um, ich wasche dir den Rücken.«

Sie kitzelte Giulia ein bisschen, dann stieg sie als Erste aus der Wanne, hielt Giulia den offenen Bademantel hin und band ihr den Gürtel um die Taille.

Später im Bett sah sie Anselmo mit dem Rücken zu ihr

auf die Seite gedreht, in einer Position verschanzt, die einer Anklage gleichkam. Und tatsächlich, kaum hatte sie sich ausgestreckt, fing er an, Vorwürfe herunterzurasseln: die Wasserverschwendung, die späte Uhrzeit, die Schule am nächsten Morgen, der verlorene Schlaf, die schlechten Gewohnheiten. Luisa öffnete die Schachtel, in der sie ihre Ohrstöpsel aufbewahrte, und während er, noch immer mit dem Rücken zu ihr, weiterredete, steckte sie sich die Stöpsel in die Ohren und schloss die Augen. Doch auch in der Stille spürte sie, dass ihr Mann unruhig und verärgert war, sie erkannte es an der straff gespannten Bettdecke und den Schwingungen der Matratze.

Als Anselmo endlich eingeschlafen war, beugte Luisa sich im Halbdunkel über ihn. Unter seinem gerippten Unterhemd kamen die weichen Brusthaare hervor, die sie gern streichelte und die Corrado ausriss, um mit dem Kampfspiel anzufangen. Der in den Schlaf gehüllte, lange Körper strömte Wärme aus. Anselmo war drei Jahre jünger als sie, und das hatte sie immer getröstet: Während des Krieges war er noch ein Junge gewesen und hatte keine Zeit gehabt, etwas Böses zu tun.

Luisa stand auf und ging in die Küche. Im Kühlschrank fand sie einen Rest Bratkartoffeln, die sie, im Dunkeln sitzend, aß. Silvias Verschwinden, Palmina mit ihren Fluchtplänen, ihre eigene Jugend, ihre Ehe und die Arbeit in der Fabrik, die Krankheiten, die Aufenthalte im Krankenhaus, die Genesungen, die Entbindungen – dieser scheinbar dissonante Chor aus Ereignissen folgte einem geheimen Akkord, den sie zu benennen versuchte, ganz so, als würde man ein Lied singen wollen, das man im Kopf erklingen hört, doch ohne es laut anstimmen zu können. Ein Bindemittel hielt die Teile ihres Lebens zusammen, eine Bedingung, dieselbe, die sie daran hinderte, mit Tellern um sich zu werfen, wenn Anselmo sie plagte. Luisa versuchte, diese Bedingung für sich selbst klar zu formulieren, während sie die kalten Kartoffeln kaute und beobachtete, wie das gezackte Schwarz der Berge an den Stellen grau und weiß wurde, wo der Mond die Wolken durchschnitt und den Schnee beleuchtete, der auf der Höhe gefallen war.

Was hält dich auf den Beinen, überlegte sie. Es war das Pflichtgefühl. Man hatte es ihr beigebracht – aber wer? Alle, alles: die Benimmregeln, die Religion, die Familie. Denn man musste, was man tut, ordentlich tun, das Richtige tun, man musste zurechtkommen. »Wie geht's?« »Wir kommen zurecht«, eine mechanische Antwort, und dennoch vollkommen ehrlich. Zurechtkommen war wie eine moralische Vorschrift, denn das Leben ist ein Karren, der gezogen werden muss, eine Arbeit, die beendet werden muss. Wenn du müde bist, hältst du durch. Wenn du leidest, erträgst du es. Wenn du gehen möchtest, bleibst du. Betriebsamkeit als Gegengift gegen das Unglücklichsein. Nicht dass Luisa nicht glücklich gewesen wäre, oft war sie es. Ihre Freuden waren zwangsläufig gerade dem Durchhalten, Ertragen und Bleiben entsprungen. Nach dem Tod ihres ersten Geliebten hatte sie geheiratet. Nach dem Tod ihres ersten Kindes waren Giulia und Corrado geboren worden. Sie hatte ein Leben aus zweiten Versuchen gehabt. Aus Auferstehungen, wie Schwester Annangela ihr einmal gesagt hatte.

Luisa fiel das Gesicht wieder ein, das Silvia gemacht

hatte, als sie ihr nach der ersten Entbindung einen Besuch im Krankenhaus abgestattet hatte. Silvias ausdruckslose Miene erlaubte Luisa, ihren Blick darauf ruhen zu lassen. Silvia hatte sich auf den Besucherstuhl gesetzt, nachdem sie ihn um neunzig Grad zum Fenster hin gedreht hatte, und war dort lang sitzen geblieben, die Fußgelenke um die stählernen Stuhlbeine geschlungen. Stumm, wie für eine Totenwache – tatsächlich war es eine. Bloß, dass Silvia weder versucht hatte, sie zu trösten, noch, herauszufinden, ob Luisa es schaffen würde, den Verlust ihres Kindes zu überwinden.

54

Luisa war sicher, dass sie es schaffen würde, während der Wehen nicht zu schreien, aber sie hatte es getan, während ihr Körper sich auf eine Weise verhielt, die unvereinbar war mit allem, was sie über sich wusste, und Muskelstränge, die seit jeher stumm waren, sich auf einmal verkrampften, um dem Kopf des Kindes Platz zu machen und es aus ihrer Gebärmutter zu stoßen, wo es viele Monate lang behütet gewesen war.

Sie nahm einen süßlichen Geruch wahr, nach Garnelen, die mit der Schale gekocht wurden, und von ihren Beinen spürte sie nur, dass sie, steif wie Stöcke, in die eine oder andere Richtung zeigten, wenn man mit ihnen hantierte und sie beugte. Das Fruchtwasser trat in regelmäßigen Strömen aus, zuletzt war es rosa und dann rot gefärbt. In dem Moment hatte etwas Hartes gegen ihre Beckenöffnung gedrückt, begleitet von einem Brennen wie von einer offenen Wunde. Fast ohne ihr Zutun pressten ihre Muskeln und versuchten, ihre Anspannung im Pressen zu entladen.

Sie hatte nur aufgehört zu schreien, weil man es ihr befahl, man sagte, sie müsse ihre Kräfte auf einen Punkt konzentrieren. Sie biss die Zähne zusammen und wimmerte. Gegen Ende trat das Wasser aus, das sie getrunken hatte. Immer wieder fuhr die Hebamme mit dem Finger über ihre wie ein Trommelfell gespannten Schamlippen und sagte, sie sehe die Haare des Kindes. »Sind schwarz wie Rabenflügel.« Bei der nächsten Wehe war ein kurzes, schmerzhaftes Aufflammen der ersten wirklichen Erleichterung seit sechzehn Stunden vorausgegangen – der Kopf war herausgekommen. Da hatte Luisa sich eine Erinnerung an die Hausgeburten ihrer Verwandten gegönnt, ohne Apparate und ausreichend Desinfektionsmittel, mit Petroleumlampen, die die ganze Nacht brannten, Waschschüsseln aus Zinn und Bergen von Laken, die am nächsten Tag mit der Hand gewaschen wurden.

Sie glaubte, es sei überstanden, der Rest des Kindes war herausgerutscht wie das Zucken eines großen Fisches, und die Plazenta hatte sie nicht einmal gespürt, man zeigte sie ihr, und sie dachte, dass von allem, was sie bisher erfahren hatte, der Anblick der Theke des Schlachters einer Entbindung am nächsten kam. Benetzte rosafarbene Fleischstücke, Hinterteile und Viertel, kleine Organe wie gummiartige Blüten. Sie war auf die Kissen zurückgefallen und hatte gewartet, dass man ihr das saubere, verpuppte Kind zurückerstatten würde. Aber das Kind atmete nicht. Vielleicht das Herz, vielleicht ein Stoffwechselproblem, nicht ausreichend entwickelte Lungen.

Anselmo hatte sie fest an sich gedrückt und geweint, sie aber konnte sich nicht damit abfinden, dass sie diese Karawane nun anhalten musste, diese Abfolge aus Liebe, keimenden Zellen, Mühe, Fantasien, Erbrechen, Vorbereitungen und Bändern, die sich dehnten, um einem kleinen Menschen Platz zu machen, der wirklich existiert hatte, der Augenbrauen hatte, Fingernägel, einen für ihn ausgewählten Namen und einen winzigen blauen Hintern, den sie gesehen hatte, als er noch lebte.

Lange danach hatte Luisa den Schluckauf des Kindes weiterhin gespürt, kleine, regelmäßige Stöße auf der Höhe ihres Nabels. Sie hatte nicht den Mut, es noch einmal zu versuchen, war aber auch nicht mutig genug, sich zu entziehen. Tag und Nacht spielte sie mit dem Gedanken, Nonne zu werden. In dieser Zeit hatte sie Silvia beneidet, frei und allein in ihrem Panzer, ein bisschen traurig vielleicht, aber wenigstens nicht völlig verängstigt, nicht schwanger. Silvia hatte das Gleiche gedacht, Jahre später hatten sie es einander gesagt: Wer zwingt mich denn, wer zwingt ihn denn.

»Aber sieh doch«, hatte Silvia hinzugefügt, »was für wunderbare Kinder du jetzt hast.«

»Ja, am Ende ist es gut für mich ausgegangen.«

»Ich hätte das nicht geschafft.«

Bei Giulias Geburt hatte Luisa eigentlich eine Betäubung gewollt, damit man das Kind herauszog, ohne dass sie es spürte, stattdessen hatte sich alles von Anfang an wiederholt, doch das Mädchen hatte sofort geweint, ihr Blöken eines verärgerten Tierchens, speckig und schön, beschmiert mit dem Talg der Neugeborenen, die Wangen prall wie Dudelsäcke. Sie war herangewachsen, entwickelte sich zu einem jungen Mädchen.

Silvia war weggegangen, sie hatte beschlossen, sie alle zu verlassen, tot oder lebendig. Luisa saß nachts in der Küche, versuchte, sich selbst mit den Augen ihrer Tochter zu sehen, und fragte sich, was Giulia sie lehrte.

55

Am Nachmittag des darauffolgenden Tages, dem Freitag, betrank sich Giulia gemeinsam mit ihrer Freundin Angela. Nach der Schule waren sie mit dem Plan in Giulias Wohnung gegangen, die Hausaufgaben schnell zu erledigen, um sich dann gegenseitig etwas in ihre verschließbaren Tagebücher zu schreiben und zu zeichnen. Es mussten Sätze sein, wie sie bei den Mädchen der Klasse gerade in Mode waren: »Die besten Freundinnen sind Schwestern, die du dir selbst aussuchst (Eustache Deschamps)«, »Drei Blümlein mal ich für dich hin / weil ich deine Freundin bin. / Das erste ist fürs Glücklichsein / das zweite sagt, sei nie allein. / Das dritte aber leise spricht: / Ich denk an dich, vergiss mich nicht. (Anonym)«.

Beide waren stark erkältet, hatten eine verstopfte Nase und schmerzende Nebenhöhlen, darum beschlossen sie, bevor sie sich an die Arbeit machten, zwei Tassen heißer Milch mit einem Tropfen Grappa zu trinken, was die Erwachsenen ihnen gewöhnlich gegen Erkältung zubereiteten. Den Tropfen konnten sie allerdings nicht recht dosieren, es sollte nur eine Spur sein, wurde in ihren Händen aber zum Inhalt eines Gläschens. Zehn Minuten später saßen sie lachend über ihre Schulhefte gebeugt, achteten nicht auf die Tintenkleckse und amüsierten sich köstlich über ihre zunehmend verzerrte, unregelmäßige Handschrift.

56

Zur selben Zeit saß Martino in der Hütte mitten im Wald.

In der Schule hatte er den ganzen Vormittag lang Sätze ausgebrütet, die er Giulia sagen wollte, war aber nicht imstande gewesen, auch nur einen auszusprechen. Er wunderte sich, wie unbeholfen ihn ihre Gegenwart machte und wie wenig es ihm half, sich das zu vergegenwärtigen, um die Kontrolle über sich zurückzuerlangen. Die Hände zum Beispiel – wenn er auch nur den Verdacht hatte, Giulia könnte ihn beobachten, verwandelten sich seine Hände in zwei mechanische Schaufeln, die völlig unbrauchbar waren für feinere Verrichtungen, wie sich die Schuhe zuzubinden oder den Anspitzer aus dem Federmäppchen zu holen und einen Bleistift zu spitzen. Verzweifelt versuchte sein Gehirn am Schaltbrett, die Schaufeln zu manövrieren, doch der Knoten der Schnürsenkel geriet schlaff und saß nicht richtig, der Anspitzer fiel auf den Boden, und ein ebenfalls tollpatschiger Fuß kickte ihn aus Versehen weg.

Obendrein gab es das Geheimnis, das ihm zu schaffen machte. Manchmal vergaß er es eine Zeitlang, manchmal war es ihm lästig, trotzdem schien ihm, dass er es für immer bewahren könnte. Doch das stimmte nicht, denn die Lehrerin war abhängig von ihm, und das war eine Last, die man unmöglich lange Zeit ertragen konnte.

Lea hatte ihn gegen das feierliche Versprechen, sich

nicht zu weit vom Haus zu entfernen, nach draußen gehen lassen, und er war, ohne eine Minute zu verlieren, den Hügel hinaufgestiegen.

Trotz des Essens, des Wassers und der Decken sah die Lehrerin immer kränklicher aus, unter den Wangenknochen war die Haut rissig, und violette Ränder umgaben ihre Augen. Mit ihr zu sprechen aber war einfach geworden, sehr viel einfacher als die Gespräche mit Giulia.

»Was hast du heute gemacht?«, fragte sie ihn, worauf er sich nicht zurückhalten konnte, Giulia zu erwähnen und zu gestehen, dass sie Freunde geworden waren, mehr oder weniger.

Silvia schien nicht zu reagieren. Ihr Gesichtsausdruck war sanft und leicht schwachsinnig.

»Warum gehen Sie nicht zurück?«, wagte Martino sich vor.

»Ich habe Angst.«

»Angst wovor?«

»Schuldig zu sein.«

»Aber das denkt niemand.«

»Ich fühle es. Im Gewissen.«

Martino schwieg. Er überlegte.

»Wie jemand, der dich von innen überwacht«, fügte sie hinzu, um zu erklären, was das Gewissen war.

»Eine Lehrerin.«

Silvias Blick mied die Schlammkruste auf ihren Schuhen und den staubbedeckten Rock.

»Ja«, sagte sie, »eine Lehrerin.«

57

In der Dämmerung war die Luft klar und kalt, eine Raureifdecke aus Sternen erhellte den Himmel, und ein leichter Wind blies trockene Blätter und den Duft der Alpenveilchen in die Hütte. Silvia sprach wieder einmal mit sich selbst. In Wirklichkeit dachte sie manches nur.

Der Vater schlug sie. Auch Anselmo wurde als Kind geschlagen. Im Internat schlugen sie uns. Was war also anders? Es war Giovanna.

Sie spürte Feuchtigkeit im Gesicht, und die Vorstellung eines befreienden Weinens entsetzte sie. Sie kratzte sich mit den Fingernägeln trocken, dann ging sie die Dinge durch, die Martino ihr gebracht hatte: die Trinkflasche, die Decken, die Ausgabe der *Wahren Geschichte des Wilden Westens*, das Brot, das sie noch nicht gegessen hatte, die Schokolade. Sie schlug das Comicheft auf. Sie hatte versucht, diese Geschichten von Bisons und Indianern zu lesen: die Dakota, die Crow, die Nez Percé. Die eng zusammengequetschten Blockbuchstaben verursachten ihr Kopfschmerzen, auch empfand sie keine Faszination für Galoppritte oder den Hagel aus glühendem Blei, der die Indianer vom Lattenzaun des Forts verscheuchte. Doch das Problem war ein anderes. Diese Dinge gehörten Martino, und sie wog sie behutsam in der Hand, wie Pfirsiche, die man auf dem Markt auswählt und dabei achtgibt, sie nicht zu beschädigen.

Martino riskierte, ausgeschimpft, eingesperrt, soviel sie wusste, vielleicht sogar geschlagen zu werden. Wenn jemand anderes sie fand, würde man auch all den Proviant finden, und daran hatte sie bisher nicht gedacht. *Dumm bist du, Silvia.*

Da sie sich nicht im Traum hätte vorstellen können, dass Giovanna in den Wildbach springen würde, kamen ihr einen Moment lang Zweifel, ob Martino, einmal entdeckt, so weit gehen könnte, das Gleiche zu tun. Sie glaubte es nicht, denn sogar in ihrer Einsamkeit und ihrem Zustand konnte sie beurteilen, dass so etwas unmöglich war, *noch einmal so etwas*, doch sie empfand trotzdem heftige Gewissensbisse, und das war ihr erstes nicht mit Giovanna zusammenhängendes, lebhaftes und starkes Gefühl, seit sie die Nachricht in der Zeitung gelesen hatte, an einem Morgen vor einigen Tagen.

Vor wie vielen, konnte sie nicht sagen. Sie wusste nicht, seit wann der Junge sich um sie kümmerte, also versuchte sie, es mit Hilfe der Lebensmittel zu errechnen – was hat er mir zu Essen gebracht? Brot, Butter und Zucker, Wurst, mehr Brot, irgendwann vielleicht Käse. Wir haben über Hunde gesprochen, und was hatte er an dem Tag gebracht? Torte, nein, Äpfel. Sie bemühte sich lange, kam aber zu keinem Schluss.

58

Unter der Dusche rieb Lea ihre Oberschenkel ausgiebig mit dem Massagehandschuh aus Rosshaar und rasierte sich die Beine und Achseln, fuhr wieder und wieder mit der Klinge über die vom Badeschaum glitschige Haut. Sie benutzte das heiße Glätteisen, um Haarsträhnen zu festigen, und schminkte sich die Augen mit blauem Lidschatten und Mascara. Derart zurechtgemacht, putzte sie schließlich die Wohnung.

Martino war ein Bündel nervöser Unruhe und hatte sich gleich nach dem Frühstück davongemacht. Sie konnte ihm nur noch den Namen der so sehnlich erwarteten Klassenkameradin entlocken: Giulia.

Gianni kam vorbei, um ihr die Autoschlüssel dazulassen, aber Lea wusste noch nicht, ob sie das Auto nehmen würde. Sie säuberte gerade das Gemüse von Erdresten und trocknete sich die Hände am Rock, als wäre es ihr egal, ob er nass wurde. Sie meinte den scharfen Schweißgeruch unter ihrem Parfüm zu riechen und war sicher, dass Gianni ihre Haare bemerkt hatte, die weiße, in der Taille von einem Gürtel zusammengefasste Bluse und auch, dass sie riskierte, sich schmutzig zu machen, wenn sie in diesem Aufzug Küchenarbeiten verrichtete.

»Soll ich dir ein paar Artischocken beiseitelegen?«, fragte sie.

»Danke. Und Martino?«

»Ist draußen. Erwartet seine Freundin Giulia. Sandokans Geliebte, fürchte ich.«

Gianni lachte, wobei sich die Narben auf seinem Gesicht kräuselten. Ein mit Brillantine gestärktes Haarbüschel war dem ordnenden Kamm ausgewichen und stand ihm wie eine Antenne vom Kopf ab.

»Das ist doch die Tochter von Anselmo Rosso. Auch ich warte auf die Familie, sie haben sich verspätet, eigentlich sollten sie schon vor zwei Stunden hier gewesen sein. Heute suchen wir die Ufer des Quargnasca ab.«

»Wie kann es sein, dass man noch immer nichts weiß? Das ist jetzt mindestens zehn Tage her.«

»Ich kann es dir nicht sagen. Wenigstens der Leichnam muss ja irgendwo sein.«

Sie reichte ihm eine Tüte mit geschälten Artischocken.

»Wusstest du, dass Artischocke auf Englisch so heißt wie bei uns im Piemont? Genauso.«

»*Articioc*?«

»*Artichoke*, a, r, t, i, c, h, o, k, e.«

»Na sowas.«

»Ich glaube, es hat mit dem Arabischen zu tun. Ich brauche das Auto nicht, behalte es ruhig bis morgen.«

»Du weißt doch, morgen fahren wir mit dem Zug nach Turin.«

»Eben. Du stellst es am Bahnhof ab, dann habt ihr es gleich dort, wenn ihr abends zurückkommt.«

Danach dachte Lea eine Zeitlang, dass sie sich nicht wegbewegen würde. Sie kochte etwas und machte ein paar Schritte auf der Straße, um nach Martino Ausschau zu halten. Als er sie sah, trottete er ihr entgegen. »Fährst du nach Biella?«

»Warum?«

»Du bist elegant angezogen.«

»Ja, stimmt«, antwortete sie, »aber ich komme früh zurück. Das Essen ist fertig. Noch immer keine Giulia?«

Sie fing sich einen bösen Blick ein.

»Ich frage, weil Gianni auch auf die Familie wartet. Wenn sie ankommen, kannst du mit ihr zu uns gehen. Zeig ihr doch dein Zimmer.«

Martino nickte geistesabwesend, und Lea ging ins Haus zurück. Sie war außer Atem und fühlte sich wie ein wandelnder Betrug.

Im Auto ließ sie die Fenster hinunter, damit kalte Luft hereinkam und der Geruch nach Zigaretten und Vetiver verflog. Sie hupte für Martino, der am Straßenrand stand, und fuhr weiter. Das Fahren beruhigte sie. Frauen, die zum Einkaufen gingen, dann ein Junge mit Kraushaar und zu kurzen Hosen kreuzten ihren Weg. Am Himmel zog sich ein Schwarm Stare wie eine Ziehharmonika zusammen und fächerte sich wieder auf, eine Rußwolke mit einem Eigenleben.

In der Stadt parkte sie nahe der Schule, doch nicht in der Straße des Lehrers, und bevor sie ausstieg, überprüfte sie noch einmal im Rückspiegel Gesicht und Haare. Als sie um die Ecke bog, sah sie, dass das Fahrrad an seinem Platz auf dem Balkon mit der blauen Brüstung war.

59

Ein Rentner, der Pilze sammeln ging, hatte gegen sechs Uhr morgens am linken Ufer des Cervo die Tasche entdeckt, begraben unter einer Schicht Kastanienschalen. Darin waren die durchweichten Hefte, das Federmäppchen, die Brieftasche mit allen Ausweisen, die Schlüssel, die Halstabletten. Keine Zeitung – wer weiß, wo die gelandet war, vom Wind zerrissen und vom Regen aufgelöst. Nahm man das Haus der Lehrerin als Bezugspunkt, war die Richtung ungefähr die ins Dorf.

Anselmo eilte an den Ort, begleitet von Feuerwehrleuten. Mehr Spuren gab es jedoch nicht, es mussten Tage vergangen sein, und man konnte nicht mit Bestimmtheit sagen, ob die Lehrerin ihren Weg von dort fortgesetzt hatte oder woanders hingegangen war, zum Beispiel einen Zug genommen hatte. Auch als die Hunde losgelassen waren, witterten sie nichts. Die Männer weiteten die Suche trotzdem aus und verloren den ganzen Vormittag, danach beschloss Anselmo, dass ein Versuch in Bioglio die Mühe wert war, wie geplant. Also kamen er, Luisa, Gemma, Giulia und Corrado erst mittags dort an. Sie parkten im Hof eines Verwandten, und Anselmo stieg aus, um die Suchmannschaft zu treffen, er beeilte sich, war aber erschöpft und hatte Blasen an den Fersen.

Wenige Meter unterhalb der Straße, am Abhang, der im Schatten lag, prügelten sich zwei Jungen. Anselmo rief ihnen ein paar warnende Worte zu, aber das nützte nichts. Einer der beiden war kleiner, aus der zerknautschten Jacke kam sein Hals hervor, mager wie der eines Huhns, der andere, stärkere, mit Krauskopf, drückte ihn zu Boden und versetzte ihm Kniestöße in den Bauch. Mit wenigen Sprüngen war Anselmo bei ihnen, packte den Großen mit seiner Riesenpranke und riss ihn mit aller Gewalt hoch.

Der Anführer protestierte: »He, was soll das!«, doch als er Anselmos Gesicht sah, verstummte er. Er kannte diesen Mann, und vor allem kannte dieser Mann seine Mutter und seinen Vater. Also half er Torino, der hustete und nach Luft schnappte, sich aufrecht hinzusetzen. Eigentlich schien er gar nicht so übel zugerichtet zu sein, abgesehen von dem Fausthieb, der ihm die Lippen gegen die Zähne geschlagen hatte. Torino blickte mit vor Hass funkelnden Augen, geballten Fäusten und Blutstropfen am Mund zu ihm auf. Der Anführer erwartete, dass er jetzt in Tränen ausbrechen würde, stattdessen holte er das Asthmaspray aus seiner Tasche und inhalierte gierig den Strahl aus diesem Ding. Also stimmte es, dachte der Anführer, das Weichei war auch noch behindert.

Anselmo zog den Jungen hoch, legte ihm eine Hand auf die Schulter und begann mit seinem Verhör, dem sich die beiden Rivalen mit gesenktem Blick, leiser Stimme und unvollständigen, ihrer Meinung nach aber ehrenhaften Antworten widersetzten.

»Du bist wirklich ein elender Feigling, Walter, mal sehen, was dein Vater dazu sagt. Du kannst sicher sein, dass ich ihn anrufe«, drohte Anselmo. Dann wandte er sich an Martino: »Ab nach Hause mit dir. Sag deiner Mutter, sie soll das mit Eis behandeln.«

»Meine Mutter ist nicht zuhause.«

»Verdam… Ihr zwei stehlt mir einen Haufen Zeit. Ich bringe dich zu meiner Frau. Hau ab, Walter«, befahl er und ging los, Martino hinter sich herziehend, ohne anzuhalten, bis er vor einer Tür stand, anklopfte und nach wenigen Sekunden gleich noch einmal klopfte. Eine Frau, der Martino gelegentlich begegnet war, kam öffnen, sie hatte ein scharfgeschnittenes Gesicht und eine riesige, runde Brille wie ein Lokomotivführer.

Anselmo schob Martino hinein. »Man hat ihn verprügelt. Er braucht etwas Eis für seine Lippe und vielleicht was Süßes zu trinken. Er leidet an Atemnot. Seht zu, was ihr tun könnt.«

»Das ist der Sohn von der Lea aus Turin, nicht wahr? Um Himmels willen!« Die Frau hob Martinos Kinn an und musterte durch ihre ungeheure Brille die Striemen auf seiner Lippe. Martino dachte, sie wäre die Frau des kräftigen Mannes, aber dann sagte sie: »Schau mal, Luisa, was Anselmo uns da gebracht hat«, und führte ihn in die Küche, wo Giulia am Tisch saß, große Augen machte und den Mund aufriss wie eine Comicfigur. Unterdessen verband Martino im Geist die Anwesenden: Anselmo war der Vater von Giulia, die brünette, stattliche Frau musste ihre Mutter sein, und der Kleine, der Brot in einen Becher Wasser tunkte und auf das Tischtuch kleckerte, war vermutlich ihr Bruder.

»Martino?«, sagte Giulia, und von dem Moment an überschlugen sich die Erklärungen. Giulia und Martino gingen in dieselbe Klasse, die ältere Frau, dünn wie eine Spindel und kerzengerade, war Giulias Großmutter; jemand hatte Silvias Tasche gefunden; Anselmo und die anderen machten sich bereit, die Ufer des Wildbachs Quargnasca abzusuchen; Martino hatte sich mit einem älteren Jungen geprügelt, einem Walter, der als Sohn bekannter Leute identifiziert wurde (»gewalttätig von klein auf«, kommentierte Gemma). Martinos Mutter war mit Giannis Auto in die Stadt gefahren, um etwas zu erledigen, was er nicht näher benennen konnte, sicher irgendeine Besorgung.

Martino hütete sich, zu verraten, dass er stundenlang auf der Hauptstraße hin und her gegangen war, um Giulia keinesfalls zu verpassen, und so auf den Anführer gestoßen war. Er hatte versucht, wegzulaufen, doch diesmal hatte der andere sich nicht überrumpeln lassen, hatte ihn eingeholt und am Jackenkragen gepackt. Fast hätte er Martino erwürgt, als er ihn hinunter zum Ufer geschleift hatte, während die Steine ihm schmerzhaft gegen das Kreuzbein geschlagen waren und die Lunge mit dem Galopp seines Herzens nicht mithalten konnte. In diesem Moment aber schien ihm, als hätte das Abenteuer sich gelohnt, denn seine Verlegenheit konnte als Gleichmut eines Boxers durchgehen, der zwar verloren hatte, doch mit Würde, und tatsächlich ließ Giulia sich zu strahlenden Blicken stummer Bewunderung hinreißen, wie Lamellen aus Sonnenlicht, die durch eine halb geschlossene Jalousie dringen.

Luisa gab ihm eine Tasse Ovomaltine zu trinken und behandelte seine Lippe mit Eiswürfeln und antiseptischer Salbe.

Giulia war in den Garten hinausgegangen, Martino zögerte noch, blieb vor der Balkontür, dann auf der Außentreppe und zuletzt vor dem Gartentor stehen, doch schließlich war er bei ihr. Sie stand zwischen den letzten gelben Blüten der Topinambur.

»Lass uns zu der kleinen Kapelle gehen«, schlug sie vor.

60

Der Lehrer antwortete über die Gegensprechanlage, und Lea sagte ihren Namen. Eine ziemlich lange Pause folgte. Dann wiederholte er ihren Namen, als könnte er seinen Ohren nicht trauen, und das ärgerte sie. Ich bin mir also doch nicht so sicher, dachte sie, wenn ich mich so leicht verdrießen lasse.

»Störe ich?«

»Nein, natürlich nicht. Ich habe nicht erwartet, dass … vierter Stock.«

Als sie aus dem Fahrstuhl trat, wartete er in der Tür auf sie. Er wirkte nicht mehr irritiert, aber auch nicht so, als wäre er kurz davor, die Förmlichkeiten beiseitezulassen und sich auf sie zu stürzen. Er bot ihr Kaffee und Kekse an. Sie plauderten miteinander, doch etwas zerfahren, weil beide an das dachten, was sie geschehen lassen würden.

»Ein Elefant ist im Raum«, sagte Lea.

»Stimmt. Du bist da.«

»Vielen Dank.«

Dann küssten sie sich. Sie kannte ihn nicht, und in diesem ersten Kuss wurde die ganze Fremdheit offenbar, aber Lea war bereit, sie hatte es erwartet. Er legte zu viel Hitze in den Kuss. Ihm war unbehaglich, er versuchte, ihr zu zeigen, wie sehr sie ihm gefiel, übertrieb jedoch. Mit seiner großen Hand drückte er ihren Nacken, und nachdem er ihre Lippen geküsst hatte, ging er zu den Wangen über, dann zum Hals, als hätte ihr Mund keine Umrisse und keinen Willen.

Jemand klingelte, nicht von der Straße, sondern vom Treppenabsatz aus.

»Das muss die Nachbarin sein, manchmal bringt sie mir am Wochenende Mittagessen. Bin sofort wieder da.« Er ließ die Tür angelehnt und ging öffnen. Sie hörte ihn mit einer Frau sprechen, sein Tonfall war höflich, er wirkte nicht aufgeregt und hatte auch keine Eile. Er zeigte ihr die dampfende Aluminiumschale mit warmen Crêpes darin.

»Wir könnten später Hunger bekommen«, sagte er.

Lea stand auf.

»Ich weiß nicht, was mit mir los ist, aber vielleicht ist es besser, wenn ich gehe.«

»Warum?« Jetzt war er ernstlich irritiert.

»An Gründen mangelt es nicht.«

»Es mangelte auch nicht an Gründen, als du angekommen bist.«

»Du hast recht. Ich muss darüber nachdenken.«

»Habe ich etwas Falsches gesagt?«

»Nein.«

»Etwas Falsches getan?«

»Nein, ganz und gar nicht. Vielleicht war es die Unterbrechung. Ich habe mich gerade von außen gesehen.«

»Geht es dir gut?«

»Ja, es geht mir gut. Entschuldige bitte. Ich bin wie ein Wirbelsturm hergekommen, und jetzt nehme ich Reißaus.«

»Ich war gerade dabei, mich an die Vorstellung zu gewöhnen.«

»Tja.«

Sie nahm ihre Handtasche. »Bin ich vorzeigbar?«

»Absolut.«

Er begleitete sie zur Tür und rief den Fahrstuhl, während sie in dem unaufgeräumten kleinen Wohnungsflur wartete.

»Hast du Angst, die Nachbarn könnten mich sehen?«

»Nein, ich bin schließlich nicht verheiratet.«

»Nein, du nicht, in der Tat.«

Sie gab ihm einen leichten Kuss auf den schwarzen Bart, und das Bedürfnis, ihn an sich zu drücken, kehrte zurück.

»Bist du wirklich sicher?« Er hielt sie am Ellenbogen zurück.

»Ja. Entschuldige.«

»In Ordnung.«

»Ich könnte aber wiederkommen.«

»Wann immer du willst.«

Wieder auf der Straße, blickte Lea am Haus hoch, den Lehrer sah sie nicht, aber den grauen Kopf einer betagten Frau, die im zweiten Stock zwischen den Gardinen hervorlugte. Lea winkte grüßend, und der Kopf verschwand.

61

Giulia hatte einen Stock vom Boden genommen, mit dem sie gegen die Steine schlug, »wegen der Schlangen, obwohl die vielleicht schon im Winterschlaf liegen«. Sie war flink, unter der Haut ihrer Waden zuckten die Sehnen wie Gummibänder, und Martino hatte Mühe, mit ihr Schritt zu halten. Bei der Kapelle erwiderten sie, Seite an Seite, den starren und leicht verblüfften Blick der Jungfrau Maria und des Kindes.

»Warum sind sie denn schwarz?«

»Die hier ist praktisch die Madonna von Oropa, in Wirklichkeit eine hölzerne Statue. Bist du mal im Heiligtum gewesen?«

»Nein.«

»Es ist oben in den Bergen. In der Kirche steht die Schwarze Madonna. Aber warum sie schwarz ist, weiß ich nicht. Es gibt dort auch einen Findling.«

»Das sind diese Felsbrocken, die von den Gletschern transportiert wurden?«

»Ja, genau die! Die Kelten haben sie praktisch angebetet. Bis zum neunzehnten Jahrhundert gingen Frauen, die ein Kind bekommen wollten, in die Kirche, um ihren Hintern auf den Stein zu setzen, weil sie glaubten, das würde Glück bringen. Das hat mir meine Mama erzählt.«

Giulia war wegen ihrer eigenen Worte puterrot geworden. »Komm, wir gehen weiter nach oben«, sagte sie hastig.

»Ach nee, nein, besser nicht.« Martino hielt sie zurück. »Wollen wir uns nicht lieber die Ziegen von Maria anschauen gehen?«

»Ich mag Maria nicht. Sie tötet die Tiere von allen.«

»Aber Hühner und Kaninchen isst du.« Die Angst ließ ihn grob werden.

»Die sind ja schon tot. Mit eigenen Händen würde ich sie ganz bestimmt nicht töten. Hör mal, ich will rauf auf den Gipfel. Du brauchst ja nicht mitzukommen.«

»Nein! Ich geh da nicht hoch! Wegen des Asthmas.«

»Ach.«

»Ich kann nicht. Tut mir leid.« Die Scham überwältigte ihn. Um das Geheimnis zu wahren, musste er als kompletter Versager auftreten, einer, der sich nicht nur verprügeln ließ, sondern auch noch unfähig war, einen Hügel hinaufzusteigen.

»Gut, wir sehen uns später«, erklärte sie.

»Giulia.«

»Was ist?«

»Möchtest du mein Zimmer sehen?«

»Gern. Warte dort auf mich, ich lass mir euer Haus zeigen. Da oben gibt's eine Stelle, wo praktisch die Rehe schlafen, und die will ich finden. Dir würde es gefallen, glaub ich, schade, das mit dem Asthma.«

»Na gut, dann Ciao«, brummte er mit finsterer Miene und fing an, übertrieben langsam hinunterzugehen. Wenn Giulia Silvia entdeckte, würde sie ihn für immer hassen. Aber vielleicht fiel das, was er ihr in die Hütte gebracht hatte, ja gar nicht auf, zumindest erstmal nicht. Oh, da war *Die wahre Geschichte des Wilden Westens*. Verdammter Mist.

Hinter seinem Rücken hörte er das Geräusch von raschelndem Laub, er drehte sich um und sah Giulia, die sich beeilte, ihn einzuholen. Die Haare hüpften ihr um das Gesicht.

»Ich hab's mir anders überlegt.«

Sie wechselten ein schiefes, verlegenes Lächeln.

Auf dem Weg hinunter ins Dorf richtete Martino es so ein, dass seine Hand wie zufällig die von Giulia streifte, Knöchel gegen Knöchel. Er bekam Lust, zu pfeifen.

Kurz darauf jedoch erschien ihm sein Zimmer mit Giulia darin nackt und voll unpassender Dinge, die sich wer weiß welchen Zufällen verdankten – es war, als hätte er sich selbst bis zur Unterhose ausgezogen. Er zeigte ihr seine Comics, und Giulia tat so, als würden sie ihr gefallen, obwohl Pistolen, Meuchelmörder und sturmdurchtoste Meere Männersache waren.

»Nicht schlecht, dieser Hugo Pratt, aber was für ein komischer Name«, bemerkte sie.

»Es ist ein Künstlername, außerdem war sein Vater Engländer, glaube ich.«

Sie schien sich nur für die Zeichnungen zu interessieren. Mit dem Zeigefinger folgte sie den Umrissen der Figuren, als wollte sie lernen, wie man sie kopiert. »Zwei Striche, einfach so, zack, zack«, murmelte sie. Dann fügte sie hinzu: »Aber warum ist die Stirn bei ihm immer so vorspringend, und die Augen liegen tief, ein bisschen wie bei Affen … Wenn ich zeichne, mache ich die Stirn gerne gewölbt.«

Martino nahm das nicht gut auf, er wurde bockig. Die

Stirnen von Hugo Pratt zu kritisieren, erschien ihm ausgesprochen anmaßend.

»Engelchen haben eine gewölbte Stirn«, sagte er mit Verachtung.

»Na und?«

Er improvisierte, sagte, was ihm einfiel: »Das hier sind Geschichten vom Krieg! Von Piraten!«

»Du hast recht«, räumte sie zu seiner Überraschung ein. »Ist ja klar, den Stil muss man dem Thema anpassen.«

Sie wussten nicht, was sie sich noch sagen sollten, zwischen ihnen herrschte eine Verlegenheit, die sie nicht ein für alle Mal auflösen konnten. Also spielte Martino wieder auf die Lehrerin an, wie einer, der sich fast danach sehnt, enttarnt zu werden. Wem das Herz voll ist, dem geht der Mund über, das sagte Lea immer.

Mit betretener Miene auf seinem Bett sitzend, vertraute Giulia ihm etwas Wichtiges an. Sie mache sich keine Illusionen mehr, Silvia war tot, sie erwarte nicht mehr, dass Silvia zurückkehrte, und versuche, das zu akzeptieren. Martino verstand nicht. Er wollte, dass sie weiterhin hoffte, und versuchte, sie zu überreden. Die Lehrerin lebe noch, auf jeden Fall, ganz bestimmt, und so machte er starrsinnig weiter, bis Giulia böse wurde.

»Hör auf.«

»Aber das glaube ich wirklich!«

»Nein, du sagst das nur so, um nett zu sein.«

»Nein, das tu ich nicht.«

»Deiner Meinung nach kann ein Mensch tagelang herumlaufen, ohne gefunden zu werden? Allein, ohne Geld, ohne Handtasche? Du hast doch auch gehört, dass man ihre Tasche mit allen Sachen drin gefunden hat. Auch die

Brieftasche. Was isst sie deiner Meinung nach? Gebratene Luft?«

»Vielleicht hat jemand …«

»Schluss jetzt!«

Sie hatte einen verstörten Blick, der ihn schlagartig verstummen ließ. Dann ging sie, ohne ein Wort.

62

Martino stand einen Moment lang wie angewurzelt da, kam aber schnell wieder zu sich. Vom Nachmittag blieb nicht mehr viel, also raffte er in aller Eile Wasser, Brot und ein fast leeres Glas Marmelade zusammen und lief aus dem Haus. Der Schmerz pochte wieder in der verletzten Lippe, und er zitterte vor Zorn und Enttäuschung. Absichtlich schleuderte er seine Schulmappe gegen die Bäume. Er ließ Silvia nicht einmal Zeit, nach dem Grund für seine blauen Flecken zu fragen, und zum ersten Mal redete er ohne Rücksicht und ohne Furcht.

»Man sucht Sie am Wildbach, Anselmo und Gianni, die anderen kenne ich nicht. Ich war mit Giulia bei der Kapelle, und sie wollte hinauf zu der Stelle, wo die Rehe schlafen, direkt hier unterhalb der Hütte, aber ich habe sie überredet, da nicht hinzugehen. Sie ist sogar böse geworden. Und davor habe ich mich mit einem Größeren geprügelt. Meine Mutter ist noch nicht zurückgekommen. Sie sitzen die ganze Zeit hier, als würde Sie nichts interessieren.«

»Seit wann?«

»Wie?« Martino runzelte die Stirn.

»Ich weiß nicht, wie lange ich schon hier bin.«

»Ich habe Sie vor einer Woche gefunden, glaube ich. Aber Sie sind schon länger weg.«

Die Haare der Lehrerin waren verfilzt, sie hatte sich die

Decken über die Schultern gelegt und drückte sie mit aschgrauen Händen an ihre Brust. Ihr Blick aber war klar, als hätte sie sich gerade die blauen Augen ausgespült. Sie streckte einen Arm aus und strich mit dem Zeigefinger auf der Höhe des Knies über den Stoff von Martinos Hose.

»Ich gehe zurück, das verspreche ich dir.«

»Das haben Sie mir schon einmal gesagt.«

Silvia nickte.

»Wann?«, drängte er.

»Sehr bald.«

»Jetzt?«

»Jetzt nicht, aber sehr bald.«

Martino war misstrauisch. »Geht es Ihnen noch schlecht?«, fragte er.

»Dieses Mädchen, Giovanna. Ich hatte sie sehr gern.«

»Aber an die Menschen zu denken, die gestorben sind, und um sie zu trauern, das passiert doch allen.«

»Ja«, gab sie zu.

»Giulia zum Beispiel glaubt, dass Sie tot sind. Aber das sind Sie nicht. Sie sind ein lebendiger Mensch.«

Die Lehrerin schwieg, und Martino wusste nicht, wie er ihr Schweigen deuten sollte. Er versuchte, sich vorzustellen, was seine Mutter in so einer Situation gesagt hätte, aber es gelang ihm nicht. Je länger er nachdachte, desto mehr schien ihm, dass es darum ging, sich zu entscheiden, wer einem wichtiger war, die Toten oder die Lebenden. Er selbst war überzeugt, dass man auf die Lebenden achten musste und dass die Lehrerin darum zu ihnen zurückkehren musste, doch er hätte nicht erklären können, warum, es war eher ein Gefühl als eine Überlegung, und hier zu sitzen und sich darüber den Kopf zu zerbrechen, weckte in ihm plötzlich das starke Bedürfnis nach einem warmen Abendessen und seinem Bett, also verabschiedete er sich und ging.

63

In den ersten Tagen hatten sie beim Suchen immer laut ihren Namen gerufen, in der Hoffnung, gehört zu werden, und wenn die Hunde zurückkehrten, um ihre feuchten Nasen an den Handflächen der Suchenden zu reiben, hatten sie sie wieder angetrieben. Jetzt ließen sie die Hunde frei umherstreifen, riefen nicht und sprachen untereinander nur das Nötigste. Sandra war dabei, in Turnschuhen und mit einem auf dem Rücken zusammengeknoteten wollenen Schultertuch, und Maria Siebentöter, die Spucke schluckte und sich an die Milz fasste, aber nicht wollte, dass man ihr half. Renzo war dabei, Bruno, Serafino und alle, die zusammen als Kinder und Jugendliche am Quargnasca Verstecken und Kämpfen gespielt hatten. Schwester Annangela und Marilena bildeten das Schlusslicht der Expedition, sie waren mit dem Cinquecento gekommen und hatten in den Stunden davor zu zweit die unbenutzten Keller und verfallenen Häuser des Ortes durchsucht.

Schwester Annangela musste mit ihren kurzen Beinen den Baumstämmen und Büschen ausweichen, über die Anselmo gestiefelt war, ohne sie überhaupt zu bemerken. Das Wasser, wenige Schritte entfernt, verströmte einen kalten Geruch nach Metall und Anis, doch an manchen Stellen roch es auch nach Wachs, durchweichten Fasern und süßem Gries. Die abgebrochenen Zweige der Holunderbäume zeigten ihr weißes Mark. Sie sahen aus wie feine Knochen, Vogelknochen, und riefen bei Marilena Erinnerungen wach, Worte aus den Geschichten, die sie mit Silvia im Internat gelesen hatte. Darum glaubte sie, Wahnvorstellungen zu haben, als sie zwischen dem Farnkraut einen Sargdeckel erkannte.

Hektisch machte sie Schwester Annangela ein Zeichen mit der Hand, doch die blieb ungerührt: »Kaum zu glauben, dass sie noch immer hervorkommen.« Marilena verstand und beruhigte sich. Es war einer der Särge, die bei der Überschwemmung vor zwei Jahren aus der Erde gerissen worden waren, als ein sintflutartiger Regen ganze Berghänge in zähflüssige Ströme aus Schlamm und Geröll verwandelt hatte. Mit dem Hochwasser waren die Brücken davongeschwommen, und die Erdrutsche hatten ganze Waldstücke, Autos, Webmaschinen, Tiere, Menschen und Friedhöfe mit sich gerissen.

»Glaubst du, hier liegt irgendwo auch das Skelett?«, murmelte Marilena.

»Keine Ahnung. Sieh mal da, meiner Meinung nach ist das der Greifer eines Webstuhls.« Schwester Annangela sprach ein Gebet, und die beiden Frauen setzten ihren Weg zwischen Holunder- und Blaubeerbüschen fort. Dabei achteten sie auf mögliche Überreste und Abfälle, aber es war schwierig, sie genau zu erkennen.

Anselmo und Gianni gingen fast wie ein Paar nebeneinander her, beide groß und schlaksig. Gianni war ein paar Jahre älter, und eine Zeitlang hatte Anselmo ihn argwöhnisch beobachtet, weil er dachte, dass Silvia ihn vergötterte, und weil Gianni während des Krieges manchmal nachts mit zwei Kameraden und einer über die Schulter gehängten Sten gekommen war, um Geld aus der Partisanenkasse zu nehmen, die der Großvater im Haus versteckt aufbewahrte. Der Großvater hingegen schätzte ihn, und schließlich glaubte Anselmo selbst, dass Gianni so etwas wie ein Genie war.

Es war spät geworden, bald würden sie ihre Taschenlampen benutzen müssen, doch Anselmo achtete nicht darauf, er ging mit gesenktem Kopf voran, empört über die beharrlich auftrumpfende Vegetation, die ihm die freie Sicht versperrte und das absichtlich zu tun schien, damit er gezwungen war, aufzugeben. Irgendwann hängte er die anderen ab, stets gefolgt von Gianni.

»Siehst du, wie der Wald sich alles zurückholt, bis vor wenigen Jahren gab es hier oben nur Wiesen.« Anselmo blieb stehen, um die Landschaft zu betrachten. »Mit der Silvia bin ich aber immer hierher gegangen, von Rivi aus.«

Er schüttelte den Kopf, und Gianni meinte, Tränen zu sehen. Schon wollte er zu ihm gehen und ihm eine Hand auf den Rücken legen, da hörten sie Rufe hinter sich und liefen eilig zurück, mit Stichen im Magen vor Anspannung.

Es war Maria, sie hatte sich den Fuß verstaucht und saß mürrisch zwischen den Quecken. »Ich kann nicht mehr auftreten. Geht weiter, ihr nehmt mich auf dem Rückweg wieder mit.«

»Nein, wir kehren sofort um«, sagte Anselmo in einem weinerlichen Ton. Maria und Gianni blickten sich erstaunt an, doch gleich darauf fluchte er wieder in seiner gewohnten Lautstärke, und das beruhigte sie.

»Was bin ich für eine Last, eine schreckliche Last«, jammerte Maria, während Sandra ihr das Fußgelenk mit einem Taschentuch verband.

Mit den Armen formten sie einen Sitz, um Maria in den nächstgelegenen Ortsteil zu tragen, sie kicherte, weil sie den Schmerz überspielen wollte, und Anselmo und Gianni kicherten, damit man nicht merkte, wie sehr sie sich anstrengen mussten. Nur einen Augenblick lang gab Anselmo sich der Fantasie hin, er würde Silvia tragen.

64

Bei Martino zuhause brannte Licht, und Lea erwartete ihn; sie hatte ein Paket auf den Tisch gestellt, das mit einem roten Band verschnürt war. Um die verletzte Lippe machte sie einen Riesenaufstand, küsste und umarmte ihn und schwor, sie würde der Sache nachgehen, und der Andere, dieser Schlägertyp, würde nicht so leicht davonkommen, aber Martino bat sie, auf keinen Fall etwas zu unternehmen, das seien einzig und allein seine eigenen Angelegenheiten.

Das Geschenk war eine große Schachtel Aquarellfarben. Martino dachte, dass Giulia davon begeistert sein würde, und geriet bei dem Gedanken selbst in Hochstimmung. Ja, er konnte die Farben sogar in die Schule mitnehmen und als Entschuldigung benutzen, um wieder Frieden zu schließen.

Am nächsten Morgen war Leas Fürsorglichkeit noch nicht erschöpft. Sie brachte ihm eine Tasse Milch mit Keksen ans Bett und wärmte seine Kleidung über der Heizung auf.

»Hör mal, ich habe Agostino zum Mittagessen bei uns eingeladen«, sagte sie, als sie in Giannis Auto stiegen. »Gestern Abend, als du schon schliefst, habe ich mit seinen Eltern telefoniert. Habe ich da einen Fehler gemacht?«

»Nein, nein, du hast keinen Fehler gemacht.«

»Stört dich der Zigarettenrauch? Ich glaube, die Sitze sind völlig durchtränkt davon.«

»Nein, Mama.«

Lea kurbelte das Fenster herunter. »Lass uns noch ein bisschen frische Luft einatmen, das ist wie Inhalieren.«

Im nassen Asphalt spiegelte sich der blasse Himmel. Martino überlegte, dass er Ago die Wahrheit über die Lehrerin erzählen konnte, sein Freund wohnte ja ganz woanders und wusste nicht mal, wer sie war. Auch von dem Wildschwein würde er ihm erzählen und wie er ein totes Tier auf einen größeren Jungen geworfen und sich später mit ihm geprügelt hatte. Er saugte an der verletzten Lippe, um den rostigen Geschmack des getrockneten Blutes zu schmecken.

»Lass die Lippe in Ruhe«, schimpfte Lea. Dann fügte sie hinzu: »Wie gut, dass wir das Auto haben. Gianni ist wirklich ein herzensguter Mensch. Wie Papa übrigens auch.«

Martino hörte nicht zu, er bastelte im Geist an seinem Bericht für Agostino. Sie fuhren an dem Haus neben dem Brunnen vorbei, wo Silvia geboren worden war, wenn er das richtig verstanden hatte, und an der Mauer, die die große Kurve säumte, wo am unteren Rand die ihm mittlerweile vertraute Inschrift prangte: GIMONDI BESSER ALS MERCKX. Über dem Hügel standen langgezogene weiche Wolken, die aussahen wie Flanell. Während sie sich von Bioglio und vom Wald entfernten, fühlte Martino, dass er glücklich war.

65

Silvia traf ihre Vorbereitungen in der Nacht, tastend. Die Trinkflasche, die zusammengefalteten Decken, die leere Schale und das übrig gebliebene Einwickelpapier legte sie in eine Ecke. Zwischen die Seiten der *Wahren Geschichte des Wilden Westens* steckte sie das herzförmige Blatt eines Alpenveilchens, ein Körnchen des silbrigen Glimmers und eine Feder des Gartenbaumläufers, die sie am Fuß der Buche gefunden hatte.

In der Tür zu der Hütte blieb sie stehen wie eine unschlüssige Schwimmerin, die das kalte Wasser mit der Spitze des großen Zehs prüft. Der Weg war lang, sie würde Stunden brauchen.

In der Dunkelheit blitzten kleine leuchtende Kreise auf – die Augen eines Fuchses oder Dachses. Sie ging, solange sie konnte, durch den Wald, mied die Wege und die Straße. Um sie herum atmeten die Pflanzen, und manchmal lehnte sie sich mit dem Rücken an einen Baum und umklammerte mit der Hand einen knotigen Auswuchs im Stamm. Sie hörte die Geräusche eines fliehenden und eines jagenden Tieres, ein Rupfen, ein Raspeln knapp über ihrem Kopf. An den Rändern des Waldes, wo die Finsternis weniger dicht war, erkannte sie giftige Pilze und die Blüten des Safran, die giftig sind – ein rasches Ende war immer in Reichweite gewesen, wenn sie gewollt hätte.

Die noch feuchten, im Schatten liegenden Wiesen waren übersät mit den Blüten der Kardendistel. Ein paar schläfrige Kühe hoben ihre ernsten, massigen Mäuler zu ihr auf, eine rotgescheckte streckte die gummiartige Zunge heraus, um die Brennnesseln zu fressen, die auf der anderen Seite des Lattenzauns wuchsen. »Brennnesselbusch, Brennnesselbusch so klein, was stehst du hier allein? Ich weiß die Zeit, da aß ich dich nicht gesotten und gebraten«, murmelte Silvia wie die Jungfrau Maleen im Märchen. Ihr fehlte Giovannas Gesicht, der kämpferische Ausdruck, frei von Vorwürfen, aber auch von Mitleid, so hatte sie ausgesehen, als sie in der Hütte erschienen war. Jetzt ließ sie sich schon seit einiger Zeit nicht mehr blicken.

Der wirklich schwierige Teil kam, als sie die Füße auf den Asphalt setzte und den Blick auf die geraden, harten Häuser richtete. Wieder musste sie die Brücke über dem Cervo überqueren, dabei schloss sie die Augen und fuhr mit der Hand über die Zementbrüstung, Zentimeter für Zentimeter. Ihre Finger waren noch klebrig vom Harz und von der Schwarzfäule auf den Blättern.

Im Morgengrauen schlief die Stadt in einem cremefarbenen Dunst, und sie stand vor dem Haus von Anselmo und Luisa. Vor Müdigkeit schwankend, ergriff sie die Klinke der Haustür. Sie steckte schief im Leben, wie eine überdrehte Schraube, die in ihrem Gewinde nicht so greift, wie sie sollte. Vielleicht hatte sie sich beim Tod ihrer Mutter überdreht, vielleicht schon vorher, vielleicht danach. Nur Geduld, sagte sie sich, Geduld.

Das Klingeln der Gegensprechanlage riss alle aus dem Bett.

Anmerkung der Autorin

Dieser Roman ist ein Produkt der Fantasie, doch manche der erzählten Ereignisse sind von einer wahren Geschichte inspiriert. Als kleines Mädchen habe ich begonnen, sie zu rekonstruieren, während ich gelegentlichen Andeutungen und Gesprächsfetzen lauschte, denn es handelte sich um eine heikle, leidvolle Geschichte, über die nicht offen gesprochen wurde, zumindest nicht in meiner Gegenwart.

Die Cousine meines Großvaters, eine unverheiratete, kinderlose Lehrerin, war ein fester Bestandteil der Familie. Sie lebte neben meinen Großeltern in einer Nachbarwohnung mit Verbindungstür und aß mit ihnen zu Mittag und zu Abend. Zu der Zeit war sie schon pensioniert, heiß geliebt von Generationen ehemaliger Schülerinnen und Schüler. Sie war anders als die Frauen, die mich aufgezogen haben: meine Mutter, meine Großmutter und meine Urgroßmutter, die durch ihr Dasein als Mütter und verheiratete oder geschiedene oder verwitwete Frauen definiert waren. Sie dagegen war vielleicht einsamer, in meinen Augen aber auch freier. Sie kochte nicht, sie putzte nicht die Wohnung, sie tat nichts von alledem, was man von einer Frau erwartete. Außerdem war sie ein extrem zerstreuter und geistesabwesender Mensch, ein Charakterzug, den wir gemein hatten und der uns zu Komplizinnen machte. Eindruck machte mir auch, dass sie Waise war und Jahre in einem von Ordensschwestern geführten Internat verbracht hatte. Sie sprach selten vom Internat, sie hatte sich dort sehr unwohl gefühlt, aber enge Freundschaften geschlossen. Allein ihre Lebensgeschichte erschien mir schon wie ein Roman. Die Hauptfiguren von Kinderbüchern sind oft Waisen (ich dachte an Oliver Twist, Sophiechen in Roald Dahls »Sophiechen und der Riese«, Mowgli im »Dschungelbuch«, »Anne auf Green Gables« und »Jane Eyre«).

Irgendwann wurde mir klar, dass im Erwachsenenleben der Lehrerin etwas Schreckliches passiert war, das sie gezeichnet hatte. Sie war tagelang verschwunden gewesen, um dann fast verhungert und verdurstet, vom Regen durchnässt und völlig verdreckt nach Hause zurückzukehren. Wo hatte sie sich aufgehalten? Das wusste man nicht sicher, wahrscheinlich hatte sie sich in einer Kirche versteckt. Um zu überleben, hatte sie das Wasser in den Weihwasserbecken getrunken. Aber warum war sie weggegangen? Man wollte es mir nicht sagen. Später habe ich erfahren, dass eine ihrer Schülerinnen, ein fast zwölfjähriges Mädchen, sich umgebracht hatte, indem sie sich in den Wildbach stürzte. Die Lehrerin fühlte sich verantwortlich, weil sie der Familie mitgeteilt hatte, dass das Mädchen in der Schule oft fehlte. Der Schmerz und das Schuldgefühl hatten die Lehrerin um den Verstand gebracht.

Sie selbst hat nie mit mir darüber gesprochen, und ich habe nie zu fragen gewagt. Meine Mutter jedoch erinnert sich gut an die Angst in jenen Tagen, die Suchaktionen und dann die überraschende Rückkehr, das Klingeln an der Tür im Morgengrauen.

Nach dem Tod der Lehrerin hat ihre Geschichte nicht aufgehört, mir Fragen zu stellen. Im Mittelpunkt steht ein unerklärliches Ereignis, das sich dem Erzählen widersetzt und opak bleibt – der Selbstmord eines Mädchens.

Bevor ich schreiben und erfinden konnte, musste ich die Fakten rekonstruieren oder besser, die Version der Fakten, die damals gegeben wurde, die Versuche, die Geschehnisse zu entziffern, die Haltung derjenigen, die sie aus der Nähe miterlebt oder darüber geschrieben hatten. Darum habe ich mit den Zeugen der Geschichte gesprochen und in Zeitungsartikeln aus jener Zeit recherchiert. Diese Texte haben mir geholfen, mich auf das zu konzentrieren, was ich erzählen wollte und wie und warum ich es so erzählen wollte. Kurz, sie waren mir nützlich, um jene Wahrheit zu finden, die der besonderen Form des Romans angehört und mit der menschlichen Lebenserfahrung zu tun hat. Dazu gehört auch, auf Stimmen zu hören, die schwach und verstreut scheinen, aber weiterhin zu uns sprechen, obwohl seit den Ereignissen viele Jahre vergangen sind und sich seither viel verändert hat: die Sprache, die Schule, die Erziehung, die wirtschaftlichen und politischen Verhältnisse.

Mehrere im *Corriere Biellese* und im *Biellese* erschienene Artikel zeugen von Entsetzen und von Versuchen, zwei Ereignisse zu erklären oder zu beurteilen, die sich dem Verstehen entziehen. Ein Kind bringt sich um, seine Lehrerin verschwindet. »Das eine und das andere Ereignis versinken zu tief in den dunklen Windungen der menschlichen Psyche«, die undurchdringlich bleibt (dieses und die folgenden Zitate sind wortwörtlich den Zeitungen entnommen, wie auch das im Kapitel 18 des Romans eingefügte Zitat).

Von dem Mädchen werden in den Artikeln erschütternde Details berichtet, die in einem Roman künstlich wirken würden, und in einem gewissen Maße sind sie das wohl auch. Zum Beispiel: »Nach viel Geschrei eine plötzliche Stille, und die Mutter betritt widerstrebend das Wohnzimmer, das auf den Entwässerungskanal hinausgeht: M.M. ist nicht mehr da, am Fenster hat sie ihre Schuhe zurückgelassen. Ein Zettel auf dem Tisch verkündet sibyllinisch die Tragödie: Warum stehen zwei Schuhe auf dem Fensterbrett?« Die Erklärung der Tat wird auf eine frühe Pubertät und den damit zusammenhängenden Wunsch nach Rebellion zurückgeführt: »In ihrem Tagebuch wurden vertrauliche Sätze gefunden, welche die ersten Anzeichen des Einsetzens der Geschlechtsreife bei einem Mädchen erkennen lassen, deren körperliche Entwicklung fortgeschrittener war als die ihrer Altersgenossinnen [...]. Vielleicht verbirgt sich hier der Grund für die unbesonnene Reaktion des Mädchens. Sie fühlte sich schon als Frau, weil es verstohlene Blicke und unschuldige Annäherungsversuche gab, und die Bestrafung, die sie als ungerecht empfand, verletzte sie. Eine Reaktion, für die die Lehrerin jedoch keineswegs verantwortlich gemacht werden kann – sie hatte die Eltern benachrichtigt, wie es ihre Pflicht war. Im Übrigen beschließen nicht alle, die den Schulunterricht schwänzen und getadelt werden, vielleicht sogar mit Prügelstrafen, ihrem Leben ein Ende zu setzen.«

Die Lehrerin ist ein Rätsel. Sie wird als mustergültige Pädagogin beschrieben: »Sie war das, was man eine altmodische Lehrerin nennt, für sie gab es nur die Familie und die Schule. Ihre Welt war die Arbeit, für andere Zerstreuungen gab es in ihrem Leben keinen Platz. Oftmals blieb sie sogar während der Pause zwischen dem Vormittags- und dem Nachmittagsunterricht in der Schule, begnügte sich mit einem belegten Brot zum Mittagessen und half in ihrer Freizeit Schülern, die besondere Unterstützung benötigten. Ihr wurde gerade diese Klasse anvertraut, weil man ihre ungewöhnliche Gabe der Geduld und ihre Fähigkeit zur liebevollen Zuwendung anerkannte, die bei einigen *schwierigen* Schülern zu besseren Leistungen führen konnte.«

Immer stärker drängt sich die Vermutung eines zweiten Selbstmords auf und bleibt gleichzeitig inakzeptabel (Freunde und Bekannte werden interviewt, die Familie schweigt). Unterdessen erschweren anonyme Anrufe und falsche Fährten die Nachforschungen. Die Auflösung kommt erst, als man nur mehr erwartet, eine zweite Tote zu finden. Doch »die Odyssee der Lehrerin« bleibt ein Geheimnis, denn die Frau behauptet, sich an nichts zu erinnern. Vielleicht will sie auch nichts erzählen.

Aus dieser Leere entspringt der Roman, er füllt sie mit der Vorstellungskraft.

Eine Frau wird von ihren Großeltern und den Nonnen aufgezogen, dank des verhassten Internats wird sie Lehrerin und macht daraus eine Mission, den Mittelpunkt ihres Lebens. Sie hat keine eigenen Kinder, kümmert sich aber um Generationen von Kindern und versucht, ihnen eine gute Lehrerin zu sein (im Gegensatz zu den Nonnen). Doch dann wird sie mit dem Tod einer ihrer Schülerinnen konfrontiert. Was zerbricht in ihr?

Wie in den Märchen, in denen oft Kinder die Lösung herbeiführen, die Beziehungen sich also umkehren, versteckt sich hier die erwachsene Frau, die Lehrerin, im Wald, und ein Kind kümmert sich um sie. Martino hat es in Wirklichkeit nicht gegeben, er ist die Verkörperung aller Kinder, die für die historische Lehrerin wichtig waren. Ich bin überzeugt, dass sie auch dank dieser Kinder, dank ihrer Zuneigung zu ihnen und der Verbundenheit mit ihrer Rolle als Lehrerin, dem Leben wieder zustimmte und nach Hause zurückkehrte.

So viel kann ich noch hinzufügen: Nach monatelanger Rekonvaleszenz begann die echte Lehrerin wieder zu unterrichten. Heute ist die Schule des Ortes nach ihr benannt.

Dank

Ich möchte den Menschen danken, die an der Entstehung und Veröffentlichung dieses Buches beteiligt waren, weil ich von ihrer Erfahrung und Intelligenz profitieren durfte: Chiara Valerio, Alice Fornasetti, Marzia Grillo und Claudio Panzavolta.

Ich danke Stefania Di Mella, Cristina De Stefano, Gabriela Jacomella, Maria Moschioni und Marta Barone für ihre Lektüre, ihre Ratschläge und ihr Wohlwollen. Giulia Caminito hat mir den wichtigen Rat gegeben, die Schauplätze genau zu benennen und zu beschreiben.

Ich danke Paola und Massimo, meinen Eltern, und Ermanno, er ist mein Großvater und auch ein wenig Anselmo.

Ich danke Maria, Francesco und Irene.

Ich danke Tullio, mehr denn je, für alles, was er für den Roman und für mich getan hat.

Anmerkung der Übersetzerin

Zu Seite 247:
»Alle Kinder in der Klasse italianisierten Wörter aus dem Piemontesischen, richteten ein Durcheinander an, schrieben noch lange Zeit ›sagrinarsi‹, ›bogiare‹ und nannten den Topf nach seinem Material ›ramina‹.«

Die Wörter aus dem Piemontesischen habe ich dem italienischen Original entnommen, weil diese sprachliche Mischung sich im Deutschen nicht nachbilden lässt und jeder Rückgriff auf einen deutschen Dialekt den irrigen Eindruck einer naturalistischen Übersetzung weckt. Das Wort »sagrinarsi« aus dem französischen »chagrin« (Kummer) wird zum italianisierten Infinitiv des Verbs (sich Sorgen machen); »bogiare« kommt aus dem französischen »bouger« (sich bewegen), und »ramina« ist eine vom Material (rame = Kupfer) abgeleitete Worterfindung für »Topf«.

Zu Seite 249:
Die Übersetzung des piemontesischen Gedichts aus dem Italienischen lautet:

Wenn so die goldnen Äpfel sind
welch Jammer, welch Langeweile!
In Berlicche geht's ihnen besser;
Es lebe das Große Haus!
Besser hier unten mit den Teufelchen
als dort oben mit den Heuchlern.